KB251631

높은 곳에 오르다

登高

바람 세고 하늘 높은데 원숭이 울음소리 애절하고
강가 물 맑고 모래 흰데 새 맴돌며 난다
끝없이 나무들에선 낙엽이 우수수 떨어지고
그치지 않는 장강은 출렁출렁 밀려온다

風急天高猿嘯哀 渚淸沙白鳥飛廻
無邊落木蕭蕭下 不盡長江滾滾來

長江水路寨

장강수로채

Fantastic Oriental Heroes

長江

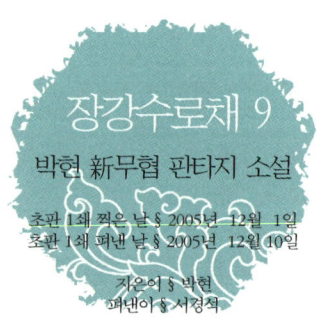

장강수로채 9

박현 新무협 판타지 소설

초판 1쇄 찍은 날 § 2005년 12월 1일
초판 1쇄 펴낸 날 § 2005년 12월 10일

지은이 § 박현
펴낸이 § 서경석

편집장 § 문혜영
편집 § 장상수 · 서지현 · 최하나

펴낸곳 § 도서출판 청어람
등록번호 § 제1081-1-89호
등록일자 § 1999. 5. 31
어람번호 § 제2-0756호

주소 § 경기도 부천시 원미구 심곡1동 350-1 남성B/D 3F (우) 420-011
전화 § 032-656-4452 팩스 § 032-656-4453
http://www.chungeoram.com
E-mail § eoram99@chollian.net

ⓒ 박현, 2004

ISBN 89-5831-844-9 04810
ISBN 89-5831-303-X (SET)

※ 파본은 본사나 구입하신 서점에서 교환하여 드립니다.
※ 저자와 협의하여 인지를 붙이지 않습니다.

박현 新무협 판타지 소설

長江水路寨

장강수로채

Fantastic Oriental Heroes

長江

9

부탁

도서출판

청어람

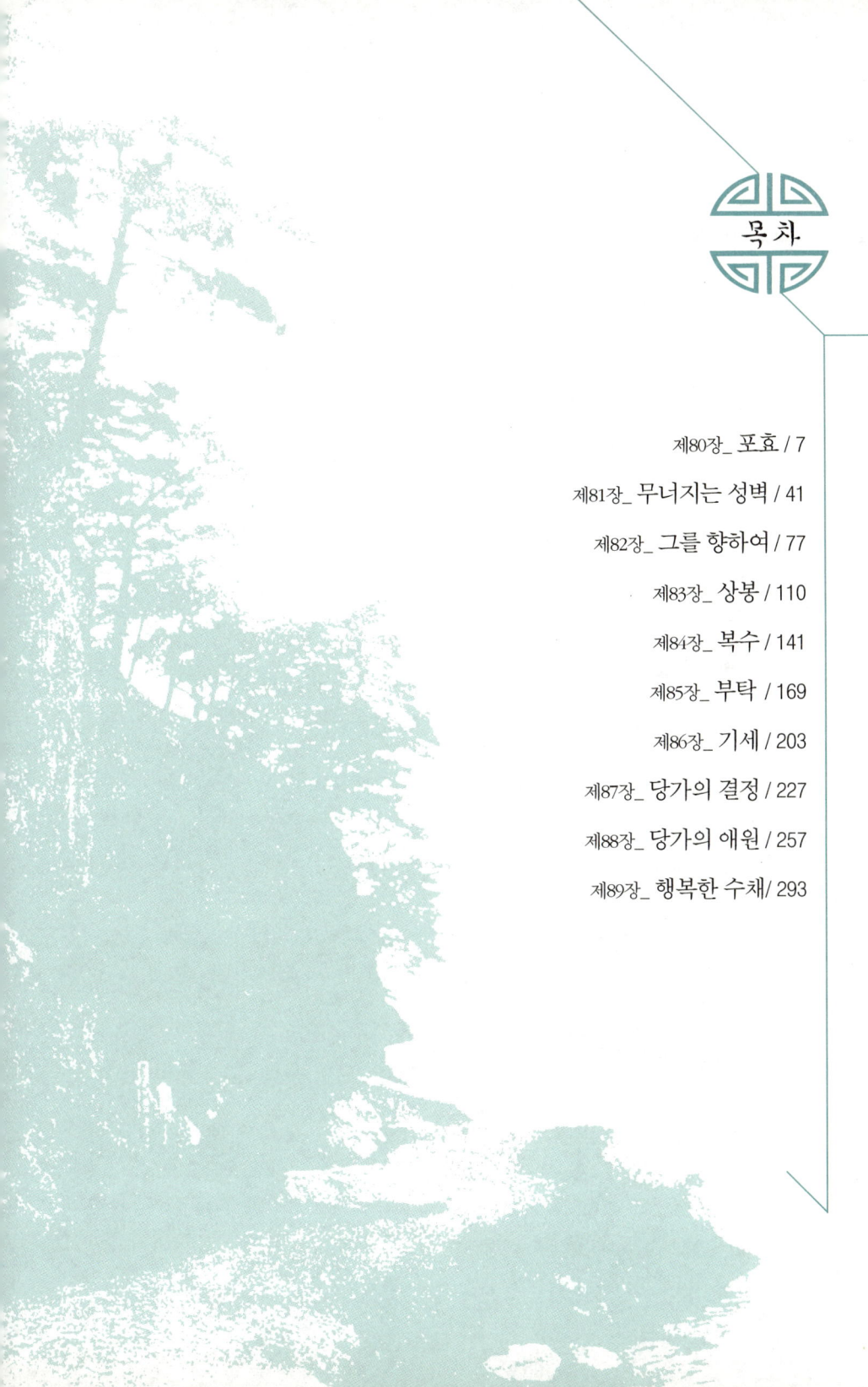

목차

제80장
포효

포효

성문.

팔두마차 두 대 정도는 우습게 지나갈 너비에, 장정 오십 명이 달라붙어야 겨우 들까 말까 한 성문이 눈앞에서 산산조각으로 터져 나간다고 상상해 보라. 거기다가 언제 나타났는지, 부서진 성문 한가운데 우뚝 버티고 서서 이글거리는 눈빛으로 도를 겨누고 있는 사내와 정면으로 눈이 마주쳤다고 생각해 보라.

천하의 그 누구라도 오금이 덜덜 떨릴 수밖에 없으리라.

당가의 외성 경계조장인 당문화 역시 마찬가지였다.

그는 곽무한과 눈이 마주치자마자 모골이 송연한 느낌이 들어 자기도 모르게 사지를 벌벌 떨며 서 있다가, 허공으로 날아오른 성문의 잔해가 요란한 소리를 내며 땅에 떨어질 때쯤에야 겨우 정신을 차릴 수 있었다.

그러나 정신을 차렸다고 해서 금방 냉정을 되찾을 수 있었던 건 아니었다. 놀란 가슴을 진정시키려면 아직도 많은 시간이 필요했다.

그러나 곽무한은 그럴 여유를 주지 않았다.

이글거리는 눈빛으로 사방을 한 번 둘러본 곽무한은 마치 제집 안방에 들어가는 사람처럼 성큼성큼 걸음을 내딛기 시작했다.

"어, 어?"

그 위세에 질린 당문화는 자기도 모르게 주춤주춤 뒤로 물러났다. 그러다가 뒤에 있던 수하와 몸을 부딪치고 나서야 겨우 정신을 차렸다.

'이런 망신이……'

당문화의 얼굴이 빨갛게 달아올랐다.

지금 자신이 발을 딛고 있는 이곳이 어디던가?

구대문파 무인들도 한 수 접어주는 곳, 독과 암기로 천하를 오시한다는 사천당가가 아니던가?

거기다가 자신은 또 누군가?

수많은 경쟁자를 물리치고 외성 경계조장에 발탁된 가문의 특급 고수가 아니던가?

그런데 고작 침입자의 눈빛 하나에 기가 죽다니!

당문화는 획! 고개를 돌렸다.

붉어진 얼굴도 감출 겸 공격 명령을 내리기 위해서였다.

그러나 수하들의 얼굴을 본 순간 당문화는 할 말을 잃고 말았다.

마치 나무꾼이 호랑이를 만난 표정이랄까?

수하들은 아직도 넋이 나가 있었다.

마치 좀 전의 자신을 보는 것 같았다. 그 바람에 자존심이 상한 당문화는 신경질적으로 고함을 질렀다.

"모두 뭣들 하는 거야? 정신 차려! 침입자는 한 놈뿐이야!"

그때부터 정지됐던 시간이 흐르는 듯, 수하들이 정신을 차렸다.

장내엔 순식간에 흉흉한 살기가 피어올랐다.

그러나 곽무한은 눈도 깜짝 않았다.

오히려 모두에게 엄포를 놓았다.

"모두 뒤로 물러서! 난 피라미들 따위는 상대하고 싶지 않아."

그 말을 듣고 당문화는 속으로 콧방귀를 뀌었다.

자신을 포함해 지금 이곳에 있는 이들은 모두 내로라하는 정예 무인들이다. 거기다가 머릿수만 해도 오십 명이 넘는다. 그런데 피라미라니?

"보아하니 똥오줌 못 가리는 하루살이다. 모두 쳐라!"

명이 떨어지자 경계무인들이 움직였다.

"와아아! 이놈! 감히 여기가 어디라고!"

"애송아! 여기가 바로 네 무덤이다!"

왁자한 함성 소리와 함께 포위망이 좁혀졌다. 그리고 경계무인들이 득의만만한 표정을 지을 무렵,

"좋아! 꼭 관을 봐야 눈물을 흘리겠단 말이지?"

포위망 속에서 웅웅거리는 목소리가 흘러나왔다. 뒤이어 곽무한의 발이 지면을 힘차게 내리찍었다.

투콰아앙!

둔중한 굉음과 함께 지축을 뒤흔드는 진각.

"어이쿠!"

"어어엇?!"

그 여파에 경계무인들이 휘청거리는 순간,

휘이익, 촤라라락!

사방에 여진을 일으킨 진각의 영향 때문인지 저 뒤에 있던 전각의 창문들이 느닷없이 뒤집어졌다. 뒤이어 전각을 둘러싸고 있던 담벼락이 와르르 무너져 내리며 그 사이로 구멍이 숭숭 뚫린 철벽이 나타났다.

뿐인가?

우우웅!

갑자기 유부에서 흘러나오는 것 같은 기이한 기관음이 울리더니 지면 이곳저곳이 쩍쩍 벌어지기 시작했다.

"으아아! 피해! 기관이 발동됐다아아!"

누군가가 그 모습을 보고 비명을 질렀지만 이미 늦어버렸다.

귀를 울리던 기관음이 그치자마자 전각 창문과 철벽 등에서 갑자기 암기들이 쏟아지기 시작했다.

쐐애애액!

촤라라락!

"끄아아악!"

"으아아악!"

섬뜩한 파공음을 동반하며 사방팔방으로 쏟아지는 암기들.

그 누구도 예상치 못한 끔찍한 광경이었다.

처절한 비명성과 함께 아수라장으로 변해 버린 장내.

"맙소사……."

당문화는 짚단처럼 널브러진 수하들을 보며 일시지간 말을 잇지 못했다.

세상에 어느 누가 이 일을 믿을 수 있겠는가?

진각 한 번으로 외성 곳곳에 숨겨진 기관 장치를 한순간에 격발시켜 무력화시켜 버리다니!

어느덧 암기가 그쳤다.

장내엔 가끔 신음성만 흐를 뿐, 쥐 죽은 듯 조용했다.

그때까지도 당문화는 멍한 표정을 짓고 있었다.

그때 귓전으로 침입자의 음성이 들려왔다.

"마지막 경고다. 물러서!"

그러나 아무리 무지렁이라 하더라도 지금 이 상황에서 물러난다는 건 말이 되지 않는다. 하물며 독심제일이라는 당가 무인임에랴.

"이이익! 지금부터 독과 암기를 사용해도 좋다! 모두 공격!"

당문화는 수하들에게 명을 내림과 동시에 폭우이화침통을 꺼내 들고 곽무한을 향해 몸을 날렸다.

"이놈! 죽어랏!"

"감히 여기가 어디라고!"

산발적인 고함 소리와 함께 암기가 날고, 독무가 뿌려지고, 무수한 그림자들이 날아올랐다.

쐐애애액!

스스스스!

밤하늘을 뒤덮는 암기와 지면으로 잠식하는 독기, 그리고 살기를 띠며 날아오르는 그림자들까지!

그 모두가 노리는 목표물, 곽무한의 신형은 금방이라도 쓰러질 듯 보였다. 그러나,

"이미 경고했었다. 내 손을 원망치 마라!"

곽무한의 목소리가 다시 한 번 울려 퍼지나 싶더니,

번쩍!

섬광이 밤하늘을 갈랐다. 뒤이어 섬뜩한 광채가 지면을 휩쓸어갔다.

"끄아악!"

"으아악!"

또 한 번 울려 퍼지는 비명 소리.

자욱한 피보라가 장내에 흩뿌려지는 가운데, 당문화가 잘려진 어깨 부위를 감싸 쥐며 신음을 흘렸다.

"으으으. 이건 말도 안 돼! 말도 안 된다구!"

도저히 믿을 수 없는 일이었다.

자신을 포함해 무려 열다섯 명이었다.

그런데도 단 이 초도 못 버티고 모두 시체로 변해 버렸다.

꿈이어야 했다. 그래야만 했다.

그러나 자신을 노려보고 있는 저 눈빛을 보자니 꿈이 아니었다.

생생한 현실이었다.

당문화는 사지를 벌벌 떨며 곽무한을 쳐다봤다.

도무지 사람 같아 보이지 않는 사내.

"그러나 여기까지다! 잠시 후면 우리와는 비교도 할 수 없는 어마어마한 고수들이 나올 것이다! 그때까지 잠시만 기다려라, 놈!"

그 말을 끝으로 당문화가 신호탄을 쏘아 올렸다.

쉬이잇, 퍼퍼퍼펑!

밤하늘을 환히 밝히는 신호탄.

뒤이어 요란한 타종 소리가 울려 퍼졌다. 그 소리를 들으며 당문화는 서서히 의식을 잃어갔다.

곽무한은 잠시 호흡을 골랐다.

놈이 신호탄을 쏘아 올리는 것을 봤지만 일부러 제지하지 않았다.

곽무한은 오늘, 당가의 주춧돌 하나 남기지 않을 작정이었다.

그 시작은 지금부터일 것이다.

곽무한은 비상 타종 소리를 들으며 어둠에 싸인 성벽 뒤 내성 쪽을 바라봤다.

잠시 후면 저곳에서 엄청난 적들이 몰려나오리라.

'아니, 벌써 몰려나오고 있는 것인가?'

어느새 사방에서 횃불들이 다가오고 있었다.

몰려오는 속도로 보아하니 외성 소속 무인들 같았다.

"좋아! 우두머리들이 나오기 전에 한바탕 휘저어볼까?"

곽무한은 혈뢰도를 고쳐 쥐며 심호흡을 했다.

밤바람에 비릿한 혈향이 실려 왔다.

땡땡땡땡땡!

밤하늘을 울리는 비상 타종 소리에 당장직은 와락 인상을 찌푸렸다.

"아니! 이건 또 무슨 소리야?"

안 그래도 동굴 안의 상황 때문에 머리가 아픈 판에 또 무슨 일이 터졌나 싶어 고개를 돌렸다. 그때 저 멀리서 달려오는 수하의 모습이 들어왔다.

수하는 도착하자마자 숨 가쁜 목소리로 말했다.

"헉헉! 놈입니다. 곽무한 그놈이 외성에 나타났답니다."

"뭐라고? 놈이 외성에 나타나?"

당장직은 깜짝 놀랐다.

지금쯤 타강에서 피똥을 싸고 있어야 할 놈이 어떻게 이곳에 나타났단 말인가?

'그럼 놈을 잡기 위해 타강으로 보낸 염왕대는 뭔가? 당중기에 이어 이번에도 허탕이란 말인가?

당장직은 한동안 어이없다는 표정을 짓다가 서서히 안색을 회복했다.

"어쨌든 잘됐군! 안 그래도 기다리던 참이었는데 제 발로 걸어 들어오다니, 어리석은 놈! 감히 여기가 어디라고……."

그렇게 희희낙락하며 웃고 있는데, 수하 녀석이 초를 쳤다.

"저어, 그런데… 아뢰옵기 송구한 이야깁니다만, 속히 지원이 필요하답니다. 지금 그놈 때문에 외성 쪽이 난리도 아니랍니다."

"뭐라고?"

당장직은 순간적으로 자신의 귀를 의심했다.

외성이 어떤 곳이던가?

철담마후 사건 이후 침입자를 방지하기 위해 보보(步步)마다 용담호혈로 바꿔놓은 기관진식은 둘째치고라도, 경계무인들조차 고르고 고른 정예들로 배치하지 않았던가?

그런 외성이 곽무한 하나로 인해 흔들리고 있다니?

도저히 믿을 수 없는 이야기였다.

그러나 잔뜩 얼어 있는 수하의 표정으로 보나, 쉴 새 없이 울려대는 비상 타종 소리로 보나 믿을 수밖에 없는 일인 것 같았다.

"끄응… 아직 저쪽 일도 해결되지 않았는데……."

평소 같으면 곽무한 아니라 천하십대고수가 쳐들어왔대도 눈 하나 깜짝하지 않을 당장직이었겠지만, 지금은 아니었다.

얼마 전에 날아든 정파연합의 협조 요청과 곽무한의 본거지를 치기 위해 전력의 반 이상이 출동하고 없는 상황인데다가 가문의 최고 어른인 당무운의 반란 아닌 반란 때문에 원로들 대부분이 동굴 안에 발이 묶여 있는 상황이다.

당장직은 잔뜩 찌푸린 얼굴로 동굴 쪽을 쳐다봤다.

그러고 보니 가주와 독강시들이 들어간 지도 한참 되었는데 아직까지도 굉음이 흘러나오고 있다.

"지독한 늙은이……."

당장직은 잠깐 쇳소리를 내뱉고는 곰곰이 생각에 잠겼다.

'지금 이 상태대로라면 동굴 안의 상황이 언제 끝날지 알 수가 없다. 그러니 혈우단이나 청운대를 뺄 수는 없는 노릇이고… 그렇다면 벽력당과 풍운당의 남은 인원들로 놈을 막아야 한다는 말인데…… 제기랄! 별수없이 나까지 나서야겠구나.'

당장직은 한숨을 내쉬었다.

고작 곽무한 하나를 처리하기 위해 자기까지 나서야 하는 현실이 마뜩찮았던 것이다.

그러나 천려일실이라고, 만에 하나 놈의 정체가 까발려지기라도 하는 날이면 문제가 더욱 복잡해진다. 그러니 자신이 나서는 한이 있더라도 확실하게 매듭지어야 한다.

"벽력당주와 풍운당주께 외성 쪽으로 오시라고 전해라!"

당장직은 그 말을 남기고 외성 쪽을 향해 몸을 날렸다.

*　　　　*　　　　*

끼아아아!

꽈르르릉!

메스꺼운 기음과 고막을 뒤흔드는 폭음.

동굴 안에는 치열한 격전이 벌어지고 있었다.

시뻘건 눈을 번뜩이며 연신 독무를 뿜어대는 독강시들과 앞섶을 피로 물들인 채 그들을 막아서고 있는 당무운 간의 격전이었다.

독강시들 뒤로는 집법원 장로들과 당장욱이 언제라도 출수할 듯한 표정으로 서 있었고, 당무운 뒤로는 초조한 표정의 당군혜와 설아 등이 있었다.

한 치 앞도 알 수 없는 격전.

그러나 점점 지쳐 가는 당무운을 보며 설아는 발을 동동 굴렀다.

'아아! 이 일을 어쩌면 좋아!'

설아는 당황하고 있었다.

평소처럼 당군혜의 처소에 가만히 있었으면 아무 일도 없었을 것을, 괜히 보옥이 선물을 구경한답시고 따라나선 게 후회가 됐다.

설아는 지금 벌어지고 있는 일이 모두 자기 때문인 것 같아 견딜 수가 없었다.

'아아, 이러다 큰일나겠어. 어떡하지? 어떻게 해야 이 상황을 원만하게 해결할 수 있을까? 나와 보옥이가 저들을 따라가 주면 되는 걸까?'

그러나 저들은 이미 예전부터 자신과 보옥이를 노리던 자들이다.

보옥이를 위해서라면 자기 목숨쯤이야 수백 번도 더 내놓을 수 있는 설아였지만, 목숨보다 소중한 보옥이를 저들의 손에 넘겨줄 수는 없었다.

'그렇다면 나도 저들과 싸워야 하는 걸까?

그러나 그 방법도 마땅찮았다.

속사정이야 알 수 없지만, 어찌 됐든 저들은 곽무한의 혈족이었다. 게다가 자신이 나서게 되면 저 뒤에 있던 자들도 한꺼번에 달려들 것이었다. 그렇게 되면 당군혜와 보옥이가 위험했다. 그러니 설아는 이러지도 못하고 저러지도 못한 채 애만 태우고 있었다.

그때였다.

위태위태하게 흐르던 전황에 일대 변화가 일어났다.

끼아아아!

"커헉!"

쿠당탕!

독강시들을 공격해 나가던 당무운이 바닥에 쓰러져 있던 독강시에게 의외의 일격을 당해 피를 토하며 쓰러진 것이다.

"아악! 조부님!"

당군혜와 설아가 동시에 비명을 질렀지만, 당무운은 일시지간 사지를 가누지 못했다.

끼아아!

그런 당무운을 독강시들이 덮쳐 갔다.

그야말로 위기일발의 순간,

"안 돼—!"

비명 같은 고함을 지르며 설아가 손을 번쩍였다. 그러자 설아의 소매 끝에서 은빛 광채가 폭사되었다.

극성의 공력으로 은침을 날린 것이다.

그러나 설아가 날린 은침은 독강시들의 몸에 닿자마자 허무하게 녹

아버렸다.

"아아……."

설아는 순간적으로 당황했다.

자신의 공격이 통하지 않는 괴물들이라니?

이제 당무운의 생사가 경각에 달렸다.

독강시들이 손 한 번 번쩍이면 생사가 끝이 난다.

그 절체절명의 순간, 독강시들이 갑자기 손을 멈췄다. 그리고는 약속이나 한 듯 설아를 향해 고개를 돌렸다.

크르르…….

진물이 뚝뚝 흘러내리는 시뻘건 눈빛.

설아는 가슴이 쿵쿵 뛰었지만 이를 악물고 그들을 노려봤다.

그 순간 설아의 눈동자에서 찬연한 빛이 뿜어졌다.

본능이 발동시킨 현현원영공이었다.

그때부터 독강시들의 눈빛이 급격히 변해갔다.

모두들 그토록 흉악하던 눈빛에서 순한 양 같은 눈빛으로 바뀐 것이다.

당장욱은 그 모습을 보고 당황했다.

"아니, 저놈들이 갑자기 왜 저래?"

한 손만 더 뻗으면 모든 게 끝나는데 왜 갑자기 손을 멈춘단 말인가?

"이것들이 왜 이래? 공격해! 멈추지 말고 계속 공격하란 말이야!"

그러나 아무리 명을 내리고 악을 써봐도 독강시들은 움직이지 않았다. 그저 홀린 듯한 표정으로 설아만 바라보고 있었다.

"으으. 세상에 어찌 이럴 수가… 제마탈혼령(制魔奪魂令)이 먹히지 않다니……?"

제마탈혼령이란 독강시들을 움직일 수 있는 특수한 주문(呪文)이다.

부친의 무위가 워낙 엄청나기에 저들만 믿고 왔거늘, 이 무슨 황당한 경우란 말인가?

당장욱은 온몸에서 연기가 풀풀 치솟는 심정이었다.

그런데 그 광경을 보고 당무운이 뭔가를 눈치챘다.

'설마 저 아이가?'

당무운은 마음속에 짚이는 바가 있어 유심히 설아를 살폈다.

비록 놀란 표정을 짓고는 있지만 맑고 투명한 기운을 뿌리는 설아의 눈빛, 그 안에 숨어 있는 영기를 발견한 순간 당무운은 자기 생각이 맞나 확인해 보려고 급히 설아에게 소리쳤다.

"아가야! 그들에게 뒤로 물러나라고 해봐라!"

"예?"

설아는 의아한 표정을 지었다가 이내 독강시들에게 명을 내렸다.

"모두 뒤로 물러서요!"

예상대로였다.

설아가 명을 내리자마자 독강시들이 뒤로 물러서기 시작했다.

그 순간 두 사람의 신음성이 동시에 흘러나왔다.

"아!"

"으음……."

독강시들이 뒤로 물러서는 것을 보고 설아는 놀라서, 당장욱은 기가 막혀서 흘린 신음성이었다.

반전은 바로 그때부터였다.

순진할 땐 바보처럼 순진한 설아지만, 영민할 땐 세상 그 누구보다 영민한 설아였다.

"모두 한쪽 구석으로 가서 서 있어요!"

설아는 독강시들을 뒤로 물리며 앞으로 나섰다.

"나쁜 사람들! 죽은 사람까지 이용해 우리를 해치려 하다니!"

원래대로라면 독강시를 만든 당무운이 찔끔해야 할 말이었지만, 지금 상황에선 입이 열 개라도 할 말이 없는 당장욱이었다.

결국 변명의 여지도 없고, 독강시들도 움직이지 않으니 당장욱이 할 수 있는 일이라고는 합공을 명하는 것뿐.

"이익! 뭣들 하시오? 모두 뒷짐만 지고 계실 참이오? 모두 저들을 공격하시오!"

명이 떨어지자 장로들이 움직였다.

쐐애액!

피피핏!

장로들의 손속은 실로 무시무시했다.

처음에는 마지못한 표정을 짓던 그들이 하나둘 서릿발 같은 표정으로 공세를 펼칠 때마다 빛살 같은 암기와 먹구름 같은 독기가 동굴을 가득 메웠다.

설아는 그들의 공세에 분노했다.

"비겁한 사람들! 아기가 있는데도… 용서하지 않아! 타아앗!"

당무운이 있어 뒤를 걱정할 필요가 없어진 설아는 짜랑짜랑한 기합성을 토하며 몸을 날렸다.

파파팟!

눈 깜짝할 사이에 아홉 번 이동하는 구전환영보로 장로들의 시야를 흩뜨린 설아.

그때부터 시작된 설아의 무위는 실로 눈부실 지경이었다.

슈웃, 파파팡!

작고 가녀린 설아의 손이 팔랑거리면 어김없이 독과 암기가 흩어졌고, 길고 늘씬한 발이 움직이면 벼락같은 각법이 사방을 찍어갔다.

"헉! 이런?"

섬전 같은 설아의 공세에 장로들이 반격이라도 할라 치면,

쐐애액!

어느새 설아의 손끝에서 무시무시한 기운이 폭사되었다.

마치 이마를 뚫어버릴 듯한 강력한 지풍이었다.

그 기운에 장로들의 안색이 돌변했다.

"으아앗! 지풍(指風), 지풍이라니!"

말이 쉬워 지풍이지, 웬만한 공력으로는 펼칠 엄두도 못 내는 게 바로 지풍이다. 그런 절학이 이제 갓 스무 살이나 될까 말까 한 여아에게서 흘러나오자 모두 대경실색하고 말았다.

그러나 설아는 그들에게 숨 돌릴 틈조차 주지 않았다.

"차아앗!"

짜랑짜랑한 기합성을 토하며 동굴 벽을 박차 오른 설아가 지면을 향해 양손을 활짝 펼치자 설아의 양손에서 안개 같은 기운이 피어오르더니 지면으로 쏟아져 내렸다.

휘류류룽!

언뜻 보기엔 안개 같으나 왠지 모를 섬뜩한 기운을 담고 있는 장력.

"헉! 금정면장, 금정면장이다! 모두 마주치지 말고 피해!"

누군가가 비명처럼 소리치자 장로들이 놀란 기러기 떼처럼 이리저리 몸을 피했다. 그리고 그들이 몸을 피하자마자,

쩌저저저정!

고막을 뒤흔드는 폭음과 함께 지면이 새하얗게 얼어버렸다.

그 모습을 보고 누군가가 신음처럼 중얼거렸다.

"으으… 아미! 아미의 무공이다!"

모르는 사람은 모르지만 아는 사람은 안다. 아미의 무공이 얼마나 깊고 오묘한가를.

겉보기에는 가볍고 단순해 보이나 그 속에 무시무시한 변화와 강맹한 기운이 담겨 있는 개세의 절학이 바로 아미 무공이다.

그런 무공을 눈앞에서 맞닥뜨리게 되자 모두들 아연 긴장할 수밖에 없었다.

그러나 설아는 그들이 긴장한다고 해서 막을 수 있는 상대가 아니었다.

이미 입문 육 개월 만에 아미 무공의 오의(奧義)를 깨닫고, 뒤이어 태청현단공이라는 비전절예까지 전수받은 설아다.

그런 설아가 당군혜와 보옥이를 보호하기 위해 독심을 품고 공격해 오니 장로들마다 식은땀을 흘리며 뒤로 물러나기에 급급했다.

"이런 바보 같은!"

결국 보다 못한 당장욱이 나서봤지만 상황은 오히려 악화되어 갔다.

시간이 흐를수록 자신감이 더해가는지, 설아는 이제 주변에 흐릿한 환영(幻影)을 남기며 사방을 압도해 간다.

그녀의 손이 번쩍이면 안개 같은 기운이 넘실거리고, 그녀의 손가락이 펼쳐지면 빛살 같은 기운이 사방을 꿰뚫는다.

대기는 그녀의 움직임 따라 요동치고, 당장욱을 비롯한 장로들은 대기의 요동 따라 이리저리 휘청거린다.

암기는 물론이고 독조차 통하지 않는 설아.

거기다가 시간이 흐를수록 기이막측한 무공이 쏟아져 나오니, 당장욱 등은 차츰차츰 한쪽 구석으로 물러날 수밖에 없었다.

'휴우……'

설아는 그제야 한시름을 놓았다.

그러나 저들은 닳고 닳은 고수들.

언제 어떤 식으로 반격해 올지 몰라 설아는 잔뜩 공력을 끌어올린 채 그들을 노려봤다.

"이이익, 겨우 저깟 계집애에게……!"

당장욱은 설아를 노려보며 짐승 같은 신음을 흘렸다.

명색이 사천당가의 가주인 자신이다.

지금이라도 강호에 나가면 언제 어디서든 떠받듦을 받는 자신이다.

그런데 집 안이나 마찬가지인 이곳에서 이런 비참한 기분을 맛보다니. 그것도 저 솜털 보송한 어린 계집애 따위에게.

'이런 모욕을 당할 수는 없다!'

당장욱은 와락 눈매를 일그러뜨리며 뭔가를 꺼내 들었다.

당장욱이 꺼내 든 물건을 보고 당무운이 기겁성을 토했다.

"이놈! 설마 하니 우리를 상대로 벽력파천황(霹靂破天荒)까지 쓸 생각이냐?"

벽력파천황은 당가제일의 화탄이다.

만약 저게 터지면 이 동굴쯤은 흔적도 없이 사라지리라.

사색이 된 당무운을 보고 당장욱이 비릿한 표정을 지었다.

"이왕 내친걸음. 끝은 봐야 하지 않겠습니까?"

그 말이 신호라도 된 듯, 장로들도 하나둘 화탄을 꺼내 들었다. 뒤이어 그들은 서로 눈빛을 교환하며 한 발 두 발 뒤로 물러서기 시작했다.

화탄을 던진 후 폭발 범위를 벗어나기 위해서였다.

"저, 저런 금수만도 못한 놈들!"

그런 그들을 보며 당무운은 치를 떨었다.

그러나 설아는 미동조차 없이 그들을 노려봤다. 그러다가 그들의 발길이 막 출구쯤에 다다를 무렵, 설아가 차가운 목소리로 소리쳤다.

"흥! 허락도 없이 가시려구요?"

그 말과 함께 설아의 미간에서 강렬한 빛이 뿜어졌다. 뒤이어,

"타아앗! 갈라져라!"

설아가 서릿발 같은 음성으로 소리치자 동굴 전체가 요란하게 흔들리나 싶더니 갑자기 동굴 바닥이 쩍쩍 갈라져 나가기 시작했다.

쩌저저적!

"헉! 이, 이럴 수가!"

멀쩡하던 땅바닥이 갑자기 거북이 등껍질처럼 갈라져 나가다니?

그러나 그게 끝이 아니었다.

"차아앗! 무너져라!"

설아의 목소리가 재차 울려 퍼지자,

우르르릉!

콰콰콰쾅!

이번에는 천장이 와르르 무너져 내렸다.

"어이쿠!"

세상에, 이 무슨 날벼락 같은 일이란 말인가?

고함 소리 한 번에 땅이 갈라지고 천장이 무너지다니?

당장욱 등은 어찌나 놀랐던지 화탄을 던지지도, 그렇다고 동굴 밖으

로 몸을 날리지도 못한 채 우왕좌왕하고 말았다. 그리고 그들이 허둥거리는 순간, 쏟아져 내린 돌무더기로 인해 출구가 완전히 막혀 버렸다.

이제 이 자리를 벗어날 방법은 없다.

함께 폭사하든지, 아니면 그녀와 끝장을 보는 수밖에 없다.

"으으으… 이 요녀!"

당장욱은 설아를 노려보며 억눌린 분노성을 토했다. 그러나 착 가라앉은 설아의 눈빛을 보니 왠지 모르게 가슴이 떨려왔다.

"흥! 이건 모두 당신들이 자초한 일이에요."

때맞춰 날아드는 설아의 음성.

뭔가 불길한 예감이 들었다.

그 느낌을 알아차리기라도 한 듯 설아의 시선이 어디론가 향했다.

"서, 서, 설마?"

당장욱이 경악으로 눈을 부릅뜨는 순간, 설아에게서 염왕의 판결문 같은 목소리가 흘러나왔다.

"모두 저 사람들을 공격해요!"

끼아아아!

설아의 명이 떨어지자마자 괴성을 토하는 독강시들.

지금 당장욱 등에게 있어 저 소리만큼 두려운 게 또 있을까?

당장욱 등의 안색이 파리하게 질려갔다.

"으아아! 안 돼! 멈춰! 멈추란 말이야!"

그러나 아무리 고함을 질러봐도 독강시들은 멈추지 않았다.

오히려 핏빛 시선을 일렁이며 광기를 쏟아냈다.

끼아아아!

콰드드득!

움직일 때마다 끔찍한 독기가 흘러나오고, 스치기만 해도 동굴 벽이 무너져 내리는 괴물들.

더구나 독도, 암기도, 그 어떤 공격도 통하지 않는 괴물들.

그러니 싸워봐야 지치기만 할 뿐 승산이 없다.

이제는 함께 폭사하느냐, 마느냐의 결단만 남은 순간.

당장욱의 눈빛이 불안정하게 떨렸다.

'그래! 내가 겨우 저들 따위와 함께 죽을 순 없지. 그러니 조금 치사하더라도……'

시시각각으로 변해가던 당장욱의 눈길이 향한 곳, 그곳에는 보옥이를 안고 있는 당군혜가 있었다.

당장욱은 마음의 결정을 내리자마자 벼락같이 움직였다.

그는 먼저 달려드는 독강시에게 장력을 뿌린 뒤, 옆에 있던 장로 한 사람을 급습해 독강시들 쪽으로 집어 던졌다. 그리고 모두의 시선이 그 장로에게 쏠린 틈을 타, 번개같이 당군혜를 덮쳐 갔다.

"이놈! 걸음을 멈춰라!"

이미 당장욱의 의도를 짐작한 당무운은 노호성을 지르며 장력을 뿌려갔다.

그러나 내상을 입은 탓에 위력이 급감한 장력이다.

당장욱은 추신접보(抽身跕步)의 수법으로 장력을 흘리고는 번개같이 돌아서며 당무운의 등 뒤를 공격했다.

퍼퍼펑!

"크으윽!"

가죽 북 터지는 소리와 함께 피를 토하며 쓰러지는 당무운. 그와 동시에 당장욱의 손이 당군혜를 향했다.

"아아……."

당군혜는 보옥이를 껴안으며 눈을 감았다.

마수처럼 다가오던 당장욱의 손길이 막 당군혜의 옷깃을 움켜쥐려는 순간,

크와앙!

쩌렁쩌렁한 포효성과 함께 당군혜 뒤에 앉아 있던 청랑이 당장욱을 덮쳐 갔다.

"어이쿠, 이놈의 늑대 새끼가!"

그 서슬에 놀란 당장욱은 청랑의 턱을 강타해 버리고는 재차 당군혜의 옷깃을 거머쥐려는데,

츠츠츠츠!

기이한 음향과 함께 등 뒤로 섬뜩한 기운이 느껴졌다.

"헉! 벌써?!"

설아의 장력이었다.

피하기엔 이미 늦다.

그때 당장욱의 뇌리에 떠오른 생각.

'좋아! 이판사판이다!'

생각과 동시에 당장욱은 몸을 날렸다.

옆으로 몸을 피하는 대신 당군혜의 어깨를 타넘으며 공중제비를 돈 것이다.

결과는 대성공이었다.

당장욱이 몸을 날리자마자 당군혜 앞에 나타난 설아는 행여 당군혜가 다칠까 봐 장력을 거둬 버리고 말았다.

그 모습을 보며 당장욱은 쾌재를 질렀다.

만약 자신이 그 상황이었다면 앞뒤 재볼 것도 없이 장력부터 날렸으리라. 그랬다면 자신은 벌써 황천길을 떠돌고 있었으리라.

그러나 그녀는 마음이 약해 손을 멈추고 말았다.

'흐흐흐. 어리석은 년! 이제 칼자루는 내가 쥐었다!'

비록 얼결에 피하긴 했지만, 자신의 위치는 실로 절묘했다.

당군혜와 보옥이를 중간에 두고 설아와 마주 선 위치였다.

이제 눈앞의 당군혜를 빌미 삼아 그녀를 협박하면 상황 끝이다.

당장욱은 만면에 흉소를 지으며 말했다.

"계집! 좋은 말로 할 때 뒤로 물러나! 저놈의 괴물들도 뒤로 물리고 말이야. 안 그러면 이들의 목숨은… 흐흐흐!"

눈짓으로 당군혜를 가리키며 으름장을 놓는 당장욱.

그 모습을 보며 설아는 치를 떨었다.

"이… 사악한 사람……!"

마음 같아선 당장이라도 그를 처치하고 싶지만, 자칫 잘못하면 당군혜와 보옥이가 당한다.

'냉정해야 해. 흔들리면 안 돼!'

두렵고 떨리는 상황이었지만 설아는 눈물을 글썽이면서도 마음을 다잡으려 애썼다. 그러나 그런 심정도 몰라주고 보옥이는 그저 설아가 곁에 온 것만으로도 좋아 '까아!' 거리며 손을 흔들고 있다.

서로를 마주 보며 석상처럼 서 있는 두 사람.

둘 사이엔 팽팽한 긴장이 감돌았다.

그러나 이런 상황에서는 아무래도 당장욱이 두어 수 위였다.

"후후후. 이년! 셋 셀 동안에 결정해라! 아니면……."

금방이라도 출수할 듯한 표정으로 설아를 윽박지르는 당장욱.

그 협박이 먹혔을까?

"모두 뒤로 물러서요!"

마침내 설아가 독강시들을 물렸다.

우선은 그나 자신이나 흥분을 가라앉힐 필요가 있어서였다.

"휴우, 죽다 살았네그려."

독강시들이 물러나자 장로들이 안도의 한숨을 내쉬었다.

그 소리를 들으며 당장욱은 만족한 표정을 지었다.

"좋아. 말귀를 좀 알아듣는군. 이제 네년 차례다. 뒤로 물러나!"

그러나 이번 협박은 통하지 않았다.

설아는 마치 뉘 집 개가 짖느냐는 표정으로 당장욱을 노려봤다.

'저, 저년이?'

상황이 이렇게 흐르자 당장욱이 당황하기 시작했다.

한 치의 흔들림도 없이 자신을 노려보고 있는 설아를 보니 좀 전에 겪은 그 무시무시한 광경이 떠오른 것이다.

'으으. 이년이 정말 너 죽고 나 죽자는 거야, 뭐야?'

당장욱은 등에 식은땀을 흘리면서도 숫자를 헤아려 나갔다.

"하나! 둘……."

그러나 숫자를 헤아리는 동안 당장욱의 가슴은 새까맣게 타 들어갔다.

이제 셋만 헤아리면 모든 게 결판난다.

당장욱은 잔뜩 긴장한 표정으로 입술을 떼었다.

"세에……."

그런데 바로 그때, 이제껏 기절해 있던 청랑이 갑자기 동굴 입구 쪽을 쳐다보며 구슬픈 울음을 터뜨렸다. 그와 동시에 설아의 눈동자가 격렬하게 떨리기 시작했다.

'그가… 그가 왔어!'

설아는 천지가 빙빙 도는 기분이었다.

그토록 기다려 왔던 그의 느낌이 지금 이 순간 느껴진 것이다.

당장욱은 그 순간을 놓치지 않았다.

"와하하! 이년!"

쉬이이익, 퍼퍼펑!

독사가 먹이를 덮치듯, 벼락처럼 날아든 장력. 그 장력에 가슴 부위를 강타당한 설아가 애절한 비명을 흘리며 뒤로 붕 날아갔다.

"아악! 아가야!"

"와앙! 엄마!"

당군혜와 보옥이는 그 모습을 보며 울음을 터뜨렸다.

그러나 당군혜는 설아에게 다가갈 수가 없었다.

당장욱이 살기 띤 눈빛으로 앞을 가로막았기 때문이다.

한동안 설아를 살피던 당장욱은 안도의 한숨을 내쉬었다.

'휴우, 십년감수했군!'

이제 모든 상황이 끝났다.

설아는 죽은 듯이 쓰러져 있고, 독강시들은 뻣뻣이 굳어 있다.

그러나 당장욱은 만약의 사태에 대비했다.

"장로들께서는 저 계집의 상태를 확인한 후 재차 명줄을 끊어주십시오."

명이 떨어지자 장로들이 움직였다.

당장욱은 장로들에게서 시선을 돌려 당군혜를 쳐다봤다.

"이왕 보낼 바에야 한꺼번에 보내주는 게 낫겠지?"

중얼거림과 함께 당장욱의 손이 번쩍였다.

"아! 안 돼!"

당군혜는 눈앞으로 날아드는 녹색 기류를 보고 급히 등을 돌렸다. 보옥이를 보호하기 위해서였다.

바로 그때,

"이놈! 안 된다!"

비통한 음성과 함께 당장욱의 등 뒤로 한줄기 장력이 날아들었다. 뒤이어 가죽 북 터지는 소리와 함께 두 개의 비명 소리가 흘러나왔다.

하나는 당장욱에게서 흘러나온 비명 소리였고, 다른 하나는 저만치 날아가고 있는 당군혜에게서 흘러나온 비명 소리였다.

"크으윽! 이 늙은이가!"

한순간 휘청거리던 당장욱이 억눌린 신음성을 흘렸다.

이제껏 죽은 듯이 쓰러져 있어 방심하고 있었던 게 실수였다.

당장욱은 입가에 흐르는 피를 닦으며 당무운을 노려봤다.

당무운은 멍한 표정으로 건너편만 쳐다보고 있었다.

저만치 날아가 죽었는지 살았는지 미동조차 없는 당군혜와 설아, 그리고 당군혜에게 안겨 앙앙 울음을 터뜨리고 있는 보옥이.

당무운은 한동안 망연자실한 표정을 짓다가 주르륵 눈물을 흘렸다.

"크윽! 이깟 내상이 뭐라고……."

당무운은 자기 자신을 용서할 수가 없었다.

죽을 날이 코앞인 자신인데, 왜 내상 따위에 굴복해 저들을 구하지 못했을까…….

스스로를 향한 자책은 들끓는 분노가 되어 당장욱에게로 향했다.

"크으, 이놈! 이 짐승만도 못한 놈!"

비록 친자식은 아니었지만, 이제껏 키워온 세월이 얼마였던가?

그런데 그 결과가 이런 천인공노할 만행이란 말인가?

당무운은 저주 어린 목소리로 한 자 한 자 씹어뱉듯 말했다.

"역시 아니었어. 근본도 모르는 이리 새끼를 키워주는 게 아니었어."

그 말이 흘러나오는 순간, 당장욱이 손을 멈칫했다.

당무운의 말투에서 알 수 없는 뭔가를 느낀 것이다.

"그게… 무슨 소립니까?"

당무운은 이글거리는 눈빛으로 대답했다.

"그래. 이리된 마당에 더 이상 감추고 자시고 할 필요도 없겠지. 똑똑히 들어라, 이놈! 너는 내 아들이 아니다. 네 어미가 어디서 어떤 놈에게 받아왔는지 모르는 후레자식이 바로 네놈이다. 알아듣겠느냐?"

"뭐, 뭐라고요?"

당장욱은 순식간에 해쓱해졌다.

이건 아니었다.

아무리 자신이 가문을 위해 부친을 죽이려 한다지만 할 말이 있고 못할 말이 있지, 이건 아니었다.

"헛소리야! 말짱 헛소리야! 죽음을 앞두고 당신이 정신이 나간 거야! 정신이 나간 거란 말이야, 으아아아아!"

당장욱은 괴성을 지르며 마구 장력을 퍼부었다.

그러나 의외로 휘청거린 사람은 당장욱이었다.

아무리 내상을 입었다지만 흥분 상태의 장력에 당할 당무운이 아니다.

그러나 아쉬웠다.

이전에 입은 내상이 너무 커 별다른 충격을 주지 못했다.

"크크크. 이 미친 늙은이……."

당장욱은 곧 자세를 바로 했다. 그리고는 핏발 선 눈으로 손을 치켜들었다.

그런데 바로 그때,

끼아아!

갑자기 가슴 철렁한 괴성이 들려왔다.

"헉!"

설마 하는 표정으로 고개를 돌린 당장욱의 시선에 죽은 줄로만 알았던 설아가 다시 몸을 일으키는 장면이 들어왔다. 뒤이어 독강시들이 기음을 토하며 움직이는 것과 그 모습을 본 장로들이 사색이 되어 뒤로 물러나고 있는 장면이 들어왔다.

"이런 젠장!"

당장욱은 다급성을 토하며 몸을 날렸다.

이제 당무운은 관심 밖이었다. 저 계집을 상대하려면 저 앞에서 울고 있는 아기가 필요했다.

파파파팟!

당장욱은 평생 처음으로 젖 먹던 힘까지 쥐어짜내 극성의 신법을 펼쳤다. 그러나 그가 보옥이를 낚아채려는 순간,

"야아아압!"

오싹한 기음이 고막을 파고들었다.

급히 눈을 돌려 보니 새파란 눈길의 설아가 무서운 속도로 날아오고 있다.

"허헉!"

당장욱은 기겁성을 토하며 정신없이 바닥을 굴렀다.

쩌저저저정!

엄청난 폭음과 함께 당장욱이 서 있던 자리가 새하얗게 얼어버렸다. 실로 간발의 차이였다. 그러나 그게 끝이 아니었다. 섬뜩한 기파가 연달아 날아왔다.

쉬이잇, 퍼퍼펑!

"으아아아!"

당장욱은 공포로 인해 머리카락이 올올이 곤두서는 느낌이었다. 그래선지 그는 체면이고 뭐고 다 집어 던진 채 정신없이 바닥을 굴렀다.

그러던 어느 순간, 뭔가가 눈에 들어왔다.

당장욱은 이것저것 따질 겨를이 없었다.

이미 한 번 저지른 일, 두 번이라고 어려울까?

"이익!"

당장욱은 될 대로 되라는 심정으로 쓰러져 있는 당군혜에게 독장을 날렸다.

퍼퍼펑!

장력이 닿자 당군혜의 몸이 출렁거렸다.

"아악! 어머니?"

당장욱에겐 이 순간이 바로 기적이었다.

그토록 무섭게 공격해 오던 설아가 손을 멈추고 당군혜를 안아 든 것이다.

동굴에는 잠시 정적이 흘렀다.

당장욱은 하얗게 질린 표정으로 설아를 쳐다봤다.

설아는 참담한 표정으로 당군혜를 안아 들었다. 그리고는 처절한 눈빛으로 당장욱을 노려봤다.

당장욱은 그 눈빛을 보고 자기도 모르게 뒷걸음질을 쳤다.

설아는 한동안 당장욱을 노려보다가 소름 끼치는 목소리로 말했다.

"추악한 인간… 잠시만 기다려! 다시 돌아오는 순간, 더 이상 내 손엔 자비가 없을 것이다!"

난생처음으로 인간에 대한 증오를 느낀 설아.

살기 뚝뚝 흐르는 목소리를 남긴 채 뒤돌아섰다.

잠시 후,

콰콰콰쾅!

설아의 손짓 한 번에 동굴 입구가 산산이 부서져 나갔다.

설아가 몸을 날리자 보옥이를 업은 청랑이 그 뒤를 따랐다. 뒤이어 당장욱 등을 노려보던 당무운이 동굴을 나섰고, 마지막으로 독강시들이 설아의 뒤를 따랐다.

그렇게 설아 등이 사라지자 장내에는 한동안 정적이 감돌았다.

그렇게 얼마나 지났을까?

황천길 문턱까지 갔다가 살아난 당장욱이 먼저 정신을 차렸다.

"휴우우……."

당장욱은 아찔한 표정으로 자기 목을 한 번 쓰다듬어 보고는 천천히 주변을 둘러봤다.

한바탕 전쟁이라도 치른 듯 갈라지고 무너져 버린 동굴.

그 모습을 다시 보니 왠지 모르게 오한이 엄습하는 기분이었다.

당장욱은 한동안 몸을 떨며 서 있다가 장로들이 다가오는 모습을 보고서야 겨우 정신을 차렸다.

"저어… 가주, 이젠 어떻게……?"

당장욱은 우물쭈물하는 장로들의 질문에 버럭 고함을 질렀다.

"어쩌긴 뭘 어째요? 당장 저들을 잡아 죽여야지!"

"그, 그렇지만 독강시들도 있고, 무엇보다도 그녀의 무위가……."

"그래서 더 더욱 그들을 잡아 죽여야 한단 말이오! 설마 상처 입은 호랑이를 산으로 되돌려보내잔 말씀은 아니겠지요?"

"그, 그게 아니라……."

당장욱은 그제야 장로들이 망설이는 이유를 알아챘다. 아마도 당무운이 한 말이 뇌리에 남아 있는 모양이었다.

"갈! 도대체 무슨 생각들을 하고 계시는 게요? 미친 노인네의 헛소리에 놀아날 작정들이시오?"

당장욱은 살기 띤 눈빛으로 장로들을 노려봤다.

장로들은 그제야 움직이기 시작했다. 그러나 그들의 행동은 굼뜨기만 했다. 그래서 다시 한 번 고함을 지르려던 당장욱은 동굴 한쪽 구석에 있는 낯선 물건을 발견했다.

"음? 저게 뭐지?"

당장욱이 발견한 건 귀룡혈이었다.

무색무취하고 해약이 없어 당가제일의 보물로 취급되는 독.

그걸 발견한 당장욱은 입이 함지박만하게 벌어졌다.

"흐흐흐! 바로 이거야! 귀룡혈이라면 그 계집을 중독시킬 수 있어!"

비록 눈 깜짝할 사이에 뼈를 녹이고 살을 태우는 극독류는 아니었지만, 독이란 독은 모조리 무용지물로 만들어 버리는 설아에게는 이런 게 더 효과적일 듯했다. 드러내 놓고 뿌리지 않는 이상, 은밀히 살포한다면 승산이 있을 것 같았다.

"모두 갑시다!"

한참 뒤, 당장욱은 희희낙락한 표정으로 동굴을 나섰다.

그러나 동굴 밖으로 나선 당장욱은 어리둥절한 표정을 지었다.

근처에서 대기하고 있어야 할 수하들이 한 명도 보이지 않은 까닭이었다.

"아니, 이것들이 모두 어디 갔어?"

당장욱이 막 분통을 터뜨리는 순간, 저 멀리서 폭발음이 들려왔다.

"음? 저게 무슨 소리야?"

동굴 안에서 격전을 벌이다 보니 비상 타종 소리를 듣지 못한 당장욱 등이었다.

그들은 쉴 새 없이 피어오르는 광채와 간간이 들려오는 폭음 소리를 듣고 안색을 굳혔다.

"아무래도 무슨 일이 난 모양입니다!"

"그런 모양이군요. 혹시 그년 때문일지도 모르니 어서 저곳으로 가 봅시다!"

당장욱과 장로들은 곧 외성으로 향했다.

제81장
무너지는 성벽

무너지는 성벽

자천 타천으로 당가의 이인자라 자부하는 당장직.

그는 외성에 도착하자마자 눈을 부릅떴다.

"맙소사!"

온통 무너지고 부서져 폐허처럼 변해 버린 외성.

당장직은 순간적으로 철담마후가 다시 온 게 아닌가 하는 착각을 했다. 그러나 자세히 보니 아니었다.

"음… 놈의 무위가 저 정도였다니…….."

비록 면발치지만, 수하들을 거의 일방적으로 몰아붙이고 있는 곽무한을 보자니 절로 긴장이 되는 당장직이다. 그래서 곽무한을 움직임을 좇으며 정신을 집중하고 있는데, 갑자기 등 뒤에서 인기척이 났다.

당장직은 얼른 몸을 돌렸다.

"어서들 오시지요."

나타난 사람은 풍운당주와 벽력당주였다.

아무리 당장직이라도 눈앞의 두 사람만큼은 소홀히 대할 수가 없다. 풍운당주를 맡고 있는 사람은 현 가주의 맏아들인 당중무였고, 벽력당을 맡고 있는 사람은 자신의 숙부인 벽력수(霹靂手) 당무혁이었으니.

"음. 부른다기에 오긴 했네만, 이게 도대체 무슨 난린가?"

하얀 머리카락을 뒤로 묶은 당무혁이 눈살을 찌푸리며 물어왔다.

"저어… 그게……."

당장직이 저간의 사정을 설명하자, 당무혁이 낯빛을 굳혔다.

"으음. 그렇게까지 해야 했나?"

가주령 이야기였다.

당장직은 뭐라 할 말이 없어 그의 눈길을 피했다. 그러자 옆에 있던 당중무가 제 아비의 결정을 변호하고 나섰다.

"아마 아버님 입장에서도 어쩔 수 없으셨겠지요. 거듭된 권고에도 불구하고 계속 반도들을 감싸셨다니……."

"휴우, 그래도 어찌 골육상잔의 비극을……."

당무혁은 뭔가 말을 더 이을 듯하다가 입을 다물고 말았다. 그 바람에 세 사람 사이에 어색한 침묵이 감돌았다.

당장직은 분위기를 바꾸기 위해 성벽 아래를 가리켰다.

"말씀드린 대로 상황이 복잡하니 곧바로 손을 썼으면 합니다."

그 말에 당중무가 먼저 고개를 끄덕였다.

"알겠습니다. 제가 앞을 맡겠습니다."

당중무가 나서자 당무혁이 마지못한 표정으로 고개를 끄덕였다.

"휴… 그럼 내가 뒤를 맡지."

당장직은 비로소 미소를 지었다.

"그럼 제가 전체를 살피겠습니다."

역할이 정해지자 명이 전달됐다.

"풍운당은 앞으로 나서라!"

"벽력당은 외곽을 봉쇄하라!"

명이 떨어지자 녹포인들이 줄줄이 날아 내렸다.

그들은 장내에 도착하자마자 위치부터 잡았다. 그중 풍운당 소속 무인들은 이중으로 곽무한을 에워쌌고, 벽력당 소속 무인들은 외성 요소요소에 포진해 뭔가를 꺼내 들었다.

그동안 곽무한에게 질려 있던 외성 무인들은 가문의 정예들이 나서자 환호성을 지르며 뒤로 물러나 퇴로를 봉쇄했다.

"흠. 지금부터가 진짜 싸움인가?"

곽무한은 자신을 에워싸는 포위망을 보고도 담담한 표정이었다.

이미 이곳에 오면서부터 각오를 다진 때문이었다.

곽무한은 잠시 포위망을 훑어보다가 시선을 뒤로 향했다.

왠지 눈앞의 포위망보다 뒤쪽이 더 위험하다는 느낌이 들어서였다.

성벽이나 전각 요소요소에 은신해 뭔가를 꺼내 들고 있는 자들.

바람결에 위험한 냄새가 실려 왔다.

'음… 화탄 종류인가?'

화탄이라면 상대하기가 쉽지 않다. 독을 상대하는 한편으로 화탄까지 경계하다 보면 신경이 분산될 우려가 있다. 그렇게 되면 자기도 모르게 원치 않는 결과를 맞이할 수도 있다.

'그러나 그리 쉽게 당하진 않아!'

곽무한은 오연히 턱을 치켜들었다.

이미 목숨 따윈 던져 버린 자신이다.

미력하나마 형제들의 원혼을 달랠 수 있다면 그로 만족이다.

뒤따르려던 수하들조차 떼어놓고 온 상황이니, 지금부터는 마음껏 때려부술 일만 남았다. 그러다가 천운이 닿아 이들의 수장을 벨 수 있다면 그 이상 바랄 게 없다.

그렇게 곽무한이 결심을 다지고 있을 무렵, 놈들이 움직이기 시작했다.

척, 척, 척.

마치 기계처럼 움직이는 자들.

은밀히 하독할 것이라는 예상을 벗어나 한 동작으로 하독 도구를 꺼내 든다.

'그러나 어떻게든 암습을 가해오겠지?

한 가지 다행이라면, 이곳이 놈들의 본거지라는 점이다.

호흡기로 감염되는 독이라든지, 피부를 녹이는 독이라든지 이곳에는 별별 독이 다 있을 것이다. 그러나 놈들 모두가 그 모든 독들의 해약을 갖고 있지 않는 이상 남발할 순 없을 것이다. 이곳에도 저들의 식솔이 있을 것이니.

곽무한은 나름대로 생각을 정리하며 도극을 수평으로 뉘었다. 그리고는 모두를 둘러보며 말했다.

"좋게 말할 때 가주를 불러와! 그렇지 않으면 명년 오늘이 너희들의 제삿날이 될 거야!"

밤하늘에 울려 퍼지는 도도한 음성.

당가 무인들은 모두 어이없다는 표정을 지었다.

당장직 역시 마찬가지였다.

'하! 정말 대책없는 놈이군.'

바람 한 점 빠져나가지 못할 포위망을 보고도 저 광오한 태도라니? 마치 예전의 철담마후를 대하는 기분이었다.

"그러나 네놈이 철담마후가 아니듯, 포위망 역시 예전 것이 아니지."

당장직의 중얼거림처럼, 지금의 포위망은 철담마후 때보다 훨씬 지독한 것이다.

"더구나 화기(火器)를 다루는 벽력당까지 합류한 상황이니, 네놈에게 날개가 달리지 않은 이상 피할 곳이 없을 게다."

당장직은 비릿한 조소를 흘리며 곽무한을 노려봤다. 그러다가 마침 자기 쪽을 쳐다보던 곽무한과 눈이 마주치게 됐다.

"후훗. 놈……."

당장직은 일부러 내공을 돋웠다. 안광으로 기를 꺾기 위해서였다.

그러나 기가 죽은 사람은 오히려 당장직이었다.

송곳처럼 찔러오는 곽무한의 안광에 고개를 돌려 버린 것이다.

곽무한은 그런 당장직을 보며 희미한 미소를 지었다.

'후후후. 그대가 이곳 책임자인가 본데, 조금만 기다려. 금방 끝내고 달려갈 테니.'

그러나 곽무한의 미소는 엉뚱한 사람의 자존심을 긁었다.

좀 전의 광오한 외침에 이어 미소까지 지어 보이다니?

당중무는 자존심이 상해 수하들에게 버럭 고함을 질렀다.

"뭣들 하느냐? 주둥아리만 산 천둥벌거숭이 같은 놈이다! 저 꼴을 보고도 그냥 둘 참이냐?"

그 소리가 울려 퍼지자 포위망이 움직이기 시작했다.

촤라라라락!

자욱한 흙먼지를 일으키며 움직이는 이중의 진세.

절독회선진(絶毒回旋陣)이라 불리는 이 진세는 서로 반대 방향으로 회전하며 안과 밖, 두 개의 원을 그렸다.

곽무한은 그 이유를 금방 알아차렸다.

'독기의 확산을 염두에 두고 있군.'

이중의 진세가 서로 다른 방향으로 회전하면 당연히 회전력의 충돌로 인해 대기가 상승하게 된다. 그 순간을 빌어 하독하게 되면 제아무리 무거운 독이라도 대기의 흐름을 타고 위로 솟구치게 된다. 그때 회전을 멈추고 진세를 벌려 버리면 원하는 범위만큼의 하독이 가능하다.

또한 이런 진세는 상대를 현혹시키기도 한다.

상대의 이목이 독기가 치솟는 쪽으로 쏠린 틈을 타 아래쪽을 공격해 들어가면 의외의 암습 효과를 거둘 수도 있기 때문이다.

'뻔한 원리지만, 독과 암기를 이용하니 오히려 강점이 되겠군.'

곽무한은 신중한 표정으로 진세의 변화를 주시했다.

콰아아!

칠흑 같은 밤에 정신없이 돌아가는 진세.

진세는 점점 빨라지고 있었다.

어느 순간부터는 눈이 빙빙 돌 정도였다.

그렇게 정신없이 돌아가던 진세 속에서 갑자기 호통 소리가 터져 나왔다.

"산(散)! 탈혼귀명(奪魂鬼命), 침(浸)! 암중추혼(暗中追魂)!"

그 소리가 울려 퍼지자마자 진 속에서 검고 흰 연기가 피어오르더니 순식간에 허공으로 올라갔다. 그와 동시에 귀를 자극하는 미미한 소음이 흘러나오더니 뭔가가 지면을 스치며 날아왔다.

'암기!'

곽무한의 눈이 순간적으로 번쩍였다. 뒤이어 곽무한의 신형이 팽이처럼 회전을 시작했다.

파라라락!

거세게 돌아가는 옷자락 위에서 작은 원을 그리는 혈뢰도.

지면을 따라 날아오던 암기가 곽무한의 몸에 닿으려는 찰나,

"타하앗!"

힘찬 기합성과 함께 곽무한이 허공으로 몸을 날렸다.

도극을 위로 향한 채 회전하던 자세 그대로 밤하늘을 쏘아가는 곽무한.

그 모습을 보며 풍운당 무인들이 조소를 흘렸다.

"어리석은 놈! 시작도 하기 전에 끝이라니……."

그들의 비웃음에는 이유가 있었다.

지금 곽무한이 향하는 상공에는 당가 팔대극독의 하나라는 칠보단혼산(七步斷魂散)이 먹구름처럼 깔려 있었다.

전력으로 피해도 살 수 있을까 말까 한 상황에서 자진해서 뛰어들다니!

그러나 풍운당 무인들에게서 곧 경악성이 흘러나왔다.

"앗! 저럴 수가!"

도저히 믿기지 않는 일이었다.

곽무한이 솟아오르고, 그에게서 한줄기 도기가 뿜어지자 독무가 소리없이 흩어지기 시작한 것이다.

"맙소사! 저런 방법이?"

곽무한이 쓴 방법은 도풍의 회전력을 이용한 것이었다.

아무래도 바람의 영향을 받기 쉬운 독무니 그 허점을 노려 대해멸절세를 펼침으로 그 도풍을 이용해 독무를 산산이 흩어버린 것이다.

곽무한은 그에 그치지 않았다.

풍운당들이 아연실색하는 동안 계속 날아올라 어두컴컴한 밤하늘 속으로 숨어버린 것이다.

그때부터 놈들의 진세가 술렁이기 시작했다. 그리고 풍운당들이 곽무한을 발견했을 때는 이미 혈뢰도가 번쩍이고 난 다음이었다.

쾌애애액!

아득한 허공에서 내려오는 한줄기 빛.

그 빛이 지면에 가까워지는 순간, 점점 거대한 불덩어리로 커져 급기야 사방을 휩쓸어 버렸다.

꽈르르르릉!

"크아악!"

"으아악!"

강기가 덮치자 자욱한 피보라가 튀고 요란한 비명 소리가 흘러나왔다.

당중무는 그 광경을 보고 일순간 말을 잃어버렸다.

세상에, 밤하늘을 가득 메운 독무를 보고도 그 속으로 뛰어드는 놈이 있을 줄은 몰랐다. 더구나 그 여세를 몰아 역습까지 감행해 오는 놈이 있으리라고는 더 더욱 생각지 못했다.

"그러나 자충수다, 놈!"

당중무는 이를 으드득 갈며 수하들에게 명령을 내렸다.

"전진(前陣)은 중앙으로 모여 사망폭우(死亡暴雨)! 후진(後陣)은 뒤로

물러나 연환비혈(連環飛血)! 모두 서둘러!'

명이 떨어지자 진세가 급변하기 시작했다.

곽무한에게 당한 앞쪽 진세는 중앙으로 모여 암기를 준비했고, 뒤쪽에 있던 진세는 포위망을 더욱 넓게 벌리며 시커먼 독액을 쏘아대기 시작했다.

좌좌좌악! 좌좌좌악!

허공을 향해 폭우처럼 날아가는 독액들.

당중무는 그 모습을 보며 득의의 미소를 지었다.

"흐흐흐. 네놈이 아무리 날고 기는 재주를 지녔다하더라도 이번 공격만큼은 피할 수 없을 것이다. 지금 날아가고 있는 독은 뼈를 녹이고 살을 태운다는 녹린화골액(盡燐化骨液)이다. 말 그대로 공기 중에 흩어지는 독이 아니라 액체로 된 독이지. 그러니 그 모두를 튕겨낸다 해도 바닥에 흥건히 고이는 독액을 무슨 재주로 피할쏘냐? 크하하하하!"

당중무의 웃음소리가 밤하늘에 울려 퍼지는 순간, 독액들이 곽무한을 덮쳐 갔다.

좌아악!

비릿한 냄새를 풍기는 수십, 수백 줄기의 독액.

호흡을 차단한 상태인데도 벌써 코가 찌르르했다.

곽무한은 낯빛을 굳혔다.

"으음. 맹독인데다가 독액이라……."

저 정도 독이라면 시각에도 영향을 미칠 수 있었다.

그러나 이미 폭포 수련을 거친 자신이다. 눈을 감는다고 해서 달라질 건 없다.

곽무한은 곧 눈을 감고 마음을 가다듬었다.

마음을 모으자 무의식이 깨어났다. 그리고 그때부터 내면 깊숙이 숨어 있던 감각들이 깨어나기 시작했다.

'내면의 흐름을 따라!'

곽무한은 마음이 시키는 대로 도를 움직였다.

파랑세에서 시작해 첩첩세로, 첩첩세를 지나 도벽세로…….

우우우웅!

단전 저 깊은 곳에서 일어난 기운이 도극을 빠져나와 한 올 한 올 그물을 이루더니, 어느 순간 거대한 벽을 이루었다.

날아들던 독액이 그 벽에 부딪쳤다.

치이칙! 치치칙.

독액들은 벽을 뚫지 못했다. 모두 벽 앞에서 새하얀 연기를 흘리다가 맥없이 사그라지고 말았다.

당중무는 그 모습을 보고 경악했다.

"헉! 도벽이라니?! 열양강기를 지닌 도벽이라니!"

그는 어찌나 놀랐던지, 수하들에게 후속 명령을 내리지도 못한 채 멍한 표정만 짓고 있었다.

그러나 곽무한은 계속 움직이고 있었다.

독액을 무산시키자마자 벼락같은 신법으로 하강한 곽무한은 진의 중앙쯤에 이르러 거대한 원을 그렸다.

혈뢰도의 움직임 따라 잔뜩 일그러지는 대기.

몇 놈이 그 광경을 보고 비명을 질렀다.

"막아! 놈을 막아!"

그러나 그들이 미처 대응을 하기도 전에,

고오오오오!

가슴 철렁한 기음과 함께 송곳으로 풍선을 찌르듯 혈뢰도가 원의 중심을 꿰뚫었다.

그 순간,

쿠콰콰콰콰콰쾅!

번천지복의 굉음과 함께 끔찍한 참경이 벌어졌다.

풍선처럼 부푼 대기를 향해 한줄기 붉은 도기가 쏟아지자 왜곡된 공간이 일제히 터져 나가며 주변을 광풍처럼 쓸어버린 것이다. 그 결과, 장내에는 아비규환의 지옥도가 펼쳐졌다.

"으아아악!"

"끄아아악!"

도기에 휘말린 자들은 자욱한 피를 뿌리며 사방으로 날려갔고, 지면은 땅거죽이 뒤집어지기라도 한 듯 마구 허공으로 치솟았다.

주변에 있던 초목들은 뿌리째 뽑혀 후폭풍을 따라 정신없이 맴을 돌았다.

고오오…….

잠시 후, 후폭풍이 가라앉자 우박처럼 쏟아져 내리는 흙더미와 이곳저곳으로 내팽개쳐지는 초목들을 보며 당가 무인들은 넋을 잃었다.

당중무 역시 마찬가지였다.

"으으……."

그는 도저히 자기 눈을 믿을 수 없었다.

인간의 힘으로, 그것도 겨우 오 척에 달하는 쇳덩이를 이용해 어찌 저런 지옥도를 연출할 수 있단 말인가?

당중무는 사지를 덜덜 떨며 뒤쪽으로 신호를 보냈다. 벽력당에게 합공을 요청한 것이다.

신호는 즉각 전달됐다.

비록 가공할 무위를 선보였다 하나, 그 역시 피와 살로 이루어진 인간에 불과하다. 더구나 진세 중앙에 홀로 서 있으니 화탄을 쓰기엔 이 이상 좋은 조건이 없다.

"전원 투척!"

명이 떨어지자 화탄이 밤하늘을 날았다.

화탄이 날아가는 장면은 실로 장관이었다. 반짝이는 불꽃들로 인해 별빛이 무리 지어 움직이는 것 같았다.

아쉽게도 곽무한은 독기의 침입을 막기 위해 눈을 감고 있어 그 가슴 철렁한 장면을 감상할 수 없었다. 그럼에도 불구하고 곽무한의 표정이 눈에 띄게 굳어갔다. 들릴락 말락 귀를 자극하는 소리 때문이었다.

치치치치…….

이제껏 들려오던 소리와는 느낌 자체가 다른 소리.

'으음, 역시!'

분명 심지 타는 소리였다.

드디어 위기의 순간이 다가오고 있었다.

본능은 연신 몸을 피하라는 경고음을 울려댔다.

그러나 곽무한은 움직이지 않았다.

지금 움직이는 것은 섶을 지고 불 속으로 뛰어드는 행위였다.

움직이기 전에 먼저 화탄의 속도와 방향을 살펴야 했다. 그래야 뒤를 도모할 수 있었다.

치치치치…….

심지 타는 소리가 점점 가깝게 들려왔다.

곽무한은 마치 석상이라도 되어버린 듯 꿈쩍도 않다가 갑자기 어깨를 움찔거렸다.

드디어 몸을 피하려는 것일까?

아니었다. 곽무한은 여전히 제자리에 서 있었다.

그러나 그냥 서 있기만 한 것은 아니었다.

"타아앗!"

뱃속 저 깊은 곳에서 울려 나오는 기합성으로, 곽무한은 혈뢰도를 그어 올리고 있었다.

스스스스.

기합성에 비해 도세는 한없이 느렸다. 거기다가 일직선으로 그어 올리는 게 아니라 곡선을 그려 나가고 있었다. 실로 곽무한답지 않은 맥없는 도세였다.

그러나 그렇게 펼쳐진 도세는 대기와 호응하면서부터 놀라운 결과를 만들어냈다.

휘류류룽!

혈뢰도이 움직임 따라 부드럽게 휘돌던 대기.

그 봄바람 같은 기류가 화탄들을 감싸자 화탄들이 서서히 속도를 줄여 나가더니 어느 순간 허공에서 멈춰 버리고 만 것이다.

"엇? 저게 어찌 된 일이야?"

모두들 이제나저제나 화탄이 터지기만을 기다리고 있는데 이 무슨 황당한 일이란 말인가?

그러나 당황하는 수하들과 달리, 당장직은 경악으로 입을 쩍 버렸다.

'어기(御氣)! 어기의 경지다!'

당장직은 곽무한이 쓴 수법을 알아봤다.

어기의 경지란, 말 그대로 기를 이용해 외물을 움직이는 것.

이 경지가 극에 이르면 무인들의 꿈이라 불리는 이기어도나 이기어검처럼 마음으로 펼치는 무예가 가능하다고 전해진다. 그런 어마어마한 경지를 눈앞에서 보게 될 줄이야!

'으으! 그나마 심지가 꺼지지 않은 게 다행이군.'

그렇게 가슴을 쓸어 내려가던 당장직은 한 가지 뇌리를 스치는 생각이 있어 자리에서 펄쩍 뛰었다.

"아차!"

그러나 한발 늦고 말았다.

이미 곽무한의 도세가 변하고 있었다.

그동안 흐느적거리기만 하던 도세에서 격하고 빠른 도세로!

그에 따라 부드럽게 휘돌던 기류가 격한 파동을 일으켰고, 그 파동을 따라 화탄들이 다시 움직이기 시작했다.

"아, 안— 돼!!"

그러나 당장직의 고함 소리가 채 울려 퍼지기도 전에 화탄들이 사방으로 날아갔다.

꽈꽈꽈꽝!

새하얀 섬광을 동반한 엄청난 폭음.

"으아아악!"

"끄아아악!"

뒤이어 애절한 비명 소리가 사방에 메아리쳤다.

아차! 하는 순간 어육덩어리로 변해 버린 수하들.

그 모습을 보며 당장직은 말을 잃어버렸다.

"흐으으… 저, 저럴 수가……."

벽력당 무인들 역시 마찬가지였다.

그들은 사방에 흩어져 있는 동료들의 살점을 보며 말을 잇지 못했다.

자신들이 던진 화탄에 동료들이 목숨을 잃다니?

그들은 떨리는 눈으로 제 손만 쳐다보고 있었다.

휘이이잉!

잠시 후 강풍이 가라앉자 모두 정신을 차렸다.

그런데 정신을 차리고 나니 곽무한의 모습이 어디론가 사라지고 없다.

모두들 덜컥한 표정으로 우왕좌왕할 때,

"바보들! 위쪽이다!"

당장직이 냅다 고함을 질렀다.

그러나 당장직은 이번에도 한발 늦고 말았다.

그의 목소리가 울려 퍼지는 순간에는 이미 엄청난 도기가 성벽을 덮치고 있다.

쾌애애애액!

쫘르르릉!

"으아아! 피해!"

순식간에 성벽 한 귀퉁이가 무너져 내리고 자욱한 흙먼지가 치솟았다. 그 여파로 인해 십여 명의 벽력당이 또다시 목숨을 잃고 말았다.

"으으… 저, 저 빌어먹을 놈!"

당장직은 지면으로 내려서는 곽무한을 보며 분통을 터뜨렸다.

그러나 눈앞을 스치고 지나간 도기를 떠올리자 가슴 한구석이 서늘해지는 기분이었다.

"아쉽군, 거의 잡을 수 있었는데……."

곽무한은 당장직을 노려보며 혼잣말을 중얼거렸다.

폭발의 여파를 빌어 허공으로 몸을 날렸다가 때마침 성벽 위로 고개를 내미는 당장직을 보고 그를 노렸었는데, 애꿎은 잔챙이들만 잡고 말았다.

곽무한은 도를 고쳐 쥐며 다시 한 번 신형을 박차려 했다. 그런데 바로 그때 어디선가 살기에 찬 고함 소리가 들려왔다.

"크아아! 이놈! 이 찢어 죽일 놈아!"

고함 소리의 주인공은 풍운당주인 당중무였다.

그가 곽무한을 노려보며 연신 괴성을 질러대고 있었다.

"흠. 먼저 죽고 싶다는 뜻인가?"

어차피 살려둘 생각도 없던 자였다.

곽무한은 도극을 당중무에게로 향했다.

그러나 수하들의 죽음으로 인해 이미 눈이 뒤집힌 당중무다.

그는 곽무한의 살기를 전혀 눈치채지 못한 채 애꿎은 수하들만 닦달했다.

"으아아! 뭣들 하는 거야? 어서 공격해! 모두 공격하라구! 가지고 있는 독을 몽땅 털어서라도 놈을 죽여! 놈을 핏물로 녹여 버리란 말이야!"

흡사 광기까지 내비치는 당중무의 명령에 풍운당들은 서로를 마주 봤다.

이제껏 전 인원이 달려들어도 상대가 안 되던 자를 어찌 살아남은 몇몇이서 상대하라는 말인가.

더구나 모든 독을 다 사용하라니?

그렇다면 식솔들의 안위를 돌보지 않겠다는 말인가?

그러나 내려지는 명은 폭급하기만 했다.

"뭣들 하고 있어? 하독하라고! 어서 하독하란 말이야! 네놈들이 감히 명을 무시할 참이냐?"

이젠 입에 거품까지 물며 길길이 날뛰는 당중무.

그는 수하들에게 명을 내리는 데 그치지 않고 뒤에 있던 벽력당에게까지 명을 내렸다.

"벽력당은 다시 공격을 재개해! 놈이 피할 곳을 찾지 못하게 계속 화탄을 던지란 말이야!"

당중무의 명은 분명 월권이었다. 그럼에도 불구하고 당중무는 개의치 않겠다는 표정이었다.

벽력당들은 어찌할까 하는 표정으로 당무혁을 쳐다봤다.

당무혁은 잠시 한숨을 내쉬다가 힘없이 고개를 끄덕였다.

당중무가 가주의 아들이기도 하거니와 이미 자신의 수하들도 피해를 당한 상황이니, 그의 월권을 눈감아줄 수밖에 없었다.

그때부터 당가의 반격이 시작되었다.

그러나 그들의 대응은 때늦은 감이 없지 않았다.

곽무한은 과감할 땐 세상 그 누구보다 과감했다. 더구나 그의 신법은 이미 내로라하는 고수들조차 경악시킨 전례가 있다.

당중무의 발악으로 인해 마구잡이로 쏟아지는 화탄들.

그 모습을 차갑게 지켜보다가 화탄이 새하얀 섬광을 내뿜는 순간, 곽무한이 또다시 지면을 박찼다.

꽈꽈꽈꽝!

폭음이 지축을 흔들고 시커먼 구름이 허공으로 치솟을 때쯤 이미 곽무한은 폭발의 여파에 몸을 실어 허공을 날고 있었다.

그 바람에 애꿎은 피해가 발생했다.

피해의 주범은 바로 풍운당들이 뿌린 독과 암기였다.

벽력당과 거의 동시에 손을 썼으나 무게로 인해 화탄보다 늦게 도착한 독과 암기들. 그것들이 폭발의 여파에 휘말려 사방으로 번진 것이다.

"으아아! 피해!"

"으악! 내 눈! 내 눈!"

독과 암기가 덮치자 사방에서 비명 소리가 흘러나왔다.

"저런 멍청한……."

당장직은 그 광경을 보며 가슴을 쳤다.

아무리 흥분된 상태라지만 수장 된 자가 어찌 저리 경솔하게 명을 내릴 수 있단 말인가.

그러나 상황은 당장직에게 당중무를 노려보고 자시고 할 시간을 주지 않았다.

쾌애애애액!

귓전을 울리는 섬뜩한 칼바람 소리.

어느새 곽무한의 공격이 시작되고 있었다.

"끄아아악!"

"으아아악!"

이곳저곳에서 들려오는 애절한 비명 소리.

곽무한은 양 떼 속을 누비는 호랑이처럼 마구잡이로 진세를 헤집었다. 그 바람에 와해 직전이던 진세가 완전히 무너져 버렸고, 또 그로인해 벽력당들은 손을 망설일 수밖에 없었다. 왜냐하면 곽무한이 풍운당들 사이를 움직이고 있어 화탄을 쓸 수 없었기 때문이다.

결국 시간이 흐르면서 풍운당은 몰살 지경에 이르렀다.

당중무는 수하들을 모두 잃게 되자 갑자기 자제력을 잃어버렸다.

"으아아! 이놈! 이 찢어 죽일 놈아아아!"

당중무는 하얗게 뒤집힌 눈으로 곽무한에게 달려갔다.

그 모습을 보다 못한 당무혁이 당중무를 말렸다.

"조카님, 잠시만 기다리시게! 내가 먼저 손을 쓰겠네."

그는 당중무를 뒤로 물림과 동시에 허공으로 몸을 날렸다. 뒤이어 그는 곽무한을 향해 연달아 다섯 번의 장력을 날렸다.

파파파파팡!

섬뜩한 살기를 동반하며 바람을 갈라오는 장력.

곽무한은 이형환위의 신법으로 가볍게 장력을 피한 뒤, 연속으로 몸을 날려 당무혁에게 도를 뿌리려 했다. 그런데 바로 그 순간,

치치칙!

귀를 자극해 오는 미세한 소리가 들려왔다.

"이런!"

곽무한은 장력 뒤에 숨은 화탄을 발견하자마자 황급히 몸을 날렸다.

꽈꽈꽈꽝!

곽무한이 몸을 피하자마자 새하얀 섬광과 함께 고막을 찢는 엄청난 폭발이 일어났다.

곽무한은 폭발의 충격으로 잠시 균형을 잃었다.

그러나 상황은 아직 끝나지 않았다.

치치치치…….

바람을 가르며 화탄이 또다시 날아왔다.

한 치의 여유도 주지 않는 연속 공격.

곽무한은 미처 신형을 바로잡을 사이도 없이 본능적으로 진기를 끌어올렸다. 그와 동시에 도를 비껴 세워 화탄을 맞으려 했다. 여차하면 도풍으로 날려 버릴 생각이었던 것이다.

그러나 당무혁은 호락호락하지 않았다.

그가 묘하게 손목을 꺾자 날아오던 화탄이 공중에서 멈춰 버렸다.

"……?"

곽무한이 의아한 표정을 짓는 순간, 또다시 바람 가르는 소리가 들려왔다.

곽무한은 그제야 화탄이 공중에서 멈춘 이유를 알아차렸다. 화탄을 공중에서 폭발시키려 한 것이다. 그러나 그 사실을 깨달은 순간, 이미 화탄은 충돌 직전이었다.

막기엔 이미 늦었다.

'어떡하지?'

생각은 짧고 행동은 빨랐다.

폭발력을 완화시키는 것.

그게 절체절명의 명제였다.

곽무한은 급히 전신공력을 끌어모았다.

혹시 남아 있을지 모를 독기조차 무시한 채, 피부 호흡까지 병행해 혼신의 공력을 끌어모았다.

우우우웅!

모공이 주변 공기를 빨아들이자, 흡입된 기운이 단전으로 스며들어

뇌정신공과 함께 돌아갔다. 그 순간, 곽무한은 내공을 십이 주천(十二週天)시키며 진기를 폭발적으로 개방했다. 그러자 폭풍 같은 기세가 곽무한의 전신을 휘돌았다.

멀리서 그 모습을 지켜보던 당가 무인들이 경악성을 흘렸다.

"헉! 호, 호, 호신강기?!"

그러나 지금 곽무한이 펼친 것은 호신강기가 아니었다. 순차적으로 뿜어진 내공의 힘이었다. 그 기세가 워낙 엄청났기에 호신강기라고 착각한 것이었다.

곽무한은 진기를 개방하는 데 그치지 않았다. 그 상태에서 몸을 둥글게 말아 번개같이 회전을 하는 동시에 혈뢰도를 뻗어 강력한 도풍을 뿜어냈다. 그러자 누에고치가 실타래로 제 몸을 감싸듯, 강력한 도풍이 거대한 원 띠를 이루며 곽무한의 전신을 이중, 삼중으로 에워쌌다.

설명은 길었지만 한 호흡도 되기 전에 이루어진 일이었다. 그리고 바로 그때 화탄이 터졌다.

꽈꽈꽈꽈꽝!

천지를 뒤흔드는 폭음과 함께 들이닥치는 무시무시한 압력.

고오오오오오……

곽무한은 이를 악물었다.

찰나의 순간, 엄청난 충격이 전신을 뒤흔들었다.

두웅!

하늘에서 거대한 북소리가 울려 퍼졌다.

폭발 압력이 곽무한과 부딪친 소리였다. 그 충격이 어찌나 컸던지 밤하늘이 몸서리를 친 것이다.

그러나 충돌은 그것으로 끝나지 않았다. 곧바로 이차 충돌이 이어졌다.

투투투투퉁!

잇달아 울려 퍼지는 급박한 북소리.

폭발 압력이 도풍을 뚫고 회전력에 부딪치는 소리였다.

콰아아아!

그 결과, 무시무시한 강풍이 장내를 휩쓸었다.

몸조차 제대로 가누지 못할 정도의 강풍을 맞으며 당가 무인들은 넋을 잃어버렸다.

멍한 그들의 시선에 힘겹게 바닥을 짚고 일어서는 곽무한이 보였다.

"휴우우, 운이 좋았어."

곽무한은 긴 숨을 토해내며 진저리를 쳤다.

폭발의 충격은 실로 무시무시했다.

용케 폭사는 면했다지만 하마터면 주화입마에 빠질 뻔했다. 그 때문에 몸조차 가누지 못한 채 실 끊어진 연처럼 추락했는데, 다행히도 상대의 공격이 이어지지 않아 무사히 안착할 수 있었다.

하지만 안심하기엔 아직 일렀다.

한동안 넋을 잃고 있던 당무혁이 다시 공격해 오기 시작한 것이다.

"이놈! 이것도 한번 받아봐랏!"

슈아아악!

노호성과 함께 바람을 가르는 장력.

곽무한은 감히 마주칠 생각을 못하고 지면을 박차 올랐다. 저 장력 뒤에 또 뭐가 숨어 있을지 몰라서였다.

판단은 정확했다.

곽무한이 몸을 피하자마자 그가 서 있던 자리가 산산이 터져 나갔다.

이런 게 바로 고수라고 말해 주듯, 당무혁의 공격은 사전에 그 어떤 낌새도 느끼지 못하게 만드는 실로 대단한 것이었다.

쉬이익!

퍼퍼펑!

공격은 계속 이어졌다.

곽무한은 당무혁의 공격을 아슬아슬하게 피해 나가며 온몸에 식은 땀을 흘렸다.

도대체 요술 주머니도 아니고, 저 장포 자락에서 무슨 놈의 화탄이 저리도 끊임없이 나온단 말인가?

"혹, 혹! 어떻게든 한숨 돌릴 틈을 벌어야 할 텐데……."

상대의 장기는 화탄.

살상 범위가 넓어 계속 이렇게 몰리다가는 당하고 만다.

그때 곽무한의 시선으로 성곽 쪽에 우르르 몰려 있는 당가 무인들이 들어왔다. 순간 곽무한의 입꼬리가 살짝 말려 올라갔다. 뒤이어 곽무한의 신형이 성곽 쪽으로 날아갔다.

"음… 약은 놈이로고……."

당무혁은 잠시 이맛살을 찌푸렸다.

놈이 수하들 쪽으로 향하고 말았으니, 이제 화탄은 무용지물이 되고 말았다.

'그렇다면 지금부터는 살상 범위가 좁은 폭린탄 종류로 바꿔야 한다는 말인데, 과연 폭린탄 정도로 놈을 막을 수 있을까?'

당무혁은 씁쓸한 표정으로 주머니를 뒤져 나갔다. 그런데 바로 그때 당무혁의 시선에 당중무를 덮쳐 가는 곽무한의 모습이 들어왔다.

"이런! 안 돼—!"

당중무는 가주의 아들이다.

그가 당한다면 나중에 무슨 난리가 벌어질지 모른다.

당무혁은 더 이상 화탄을 찾고 자시고 할 시간이 없었다.

벌써 칼날이 당중무의 머리 위로 떨어져 내리고 있었기 때문이다.

"이놈! 손을 멈춰라!"

당무혁은 노호성을 터뜨리며 손에 집히는 대로 아무거나 꺼내 벼락처럼 집어 던졌다.

패애애액!

곽무한은 마치 솔개처럼 하강하고 있었다.

눈 아래로 놈들의 당황하는 모습이 들어왔다. 그 가운데서도 자신을 쳐다보며 뭐라고 고함을 지르는 당중무의 얼굴이 유난히도 크게 들어왔다.

'좋아!'

곽무한은 일차 목표로 그를 찍었다.

결심이 섬과 동시에 바람을 가르는 도.

쐐애액!

도극 끝에는 공포에 질린 당중무가 있었다.

그 부릅떠진 눈을 보며 거침없이 도를 그어 내리는 순간, 등 뒤에서 가슴 철렁한 살기가 날아왔다.

쐐애애액!

상상을 불허하는 속도로 날아드는 물체.

무려 다섯 개나 되었다.

'이런!'

곽무한은 순간적으로 당황했다.

설마하니 당무혁이 자기편도 나 몰라라 하며 화탄을 던질 줄은 몰랐던 것이다.

이대로 도를 그어 내리면 자기 역시 위기에 빠지고 만다.

"제기랄!"

곽무한은 도를 거두며 급히 옆으로 물러섰다.

그런데 이럴 수가?!

스치고 지나갈 줄 알았던 물체들이 일제히 방향을 바꿔 머리 위로 떨어져 내리는 게 아닌가?

"웃?"

곽무한은 헛바람을 토하며 급히 바닥을 굴렀다.

그러나 한발 늦고 말았다.

툭, 툭! 데구르르…….

지적에서 구르는 화탄들.

곽무한은 반사적으로 전신공력을 끌어올려 폭발에 대비했다.

그러나 이상했다. 폭발이 일어나지 않았다.

"아차! 속았다!"

당무운이 던진 것은 단지 다섯 개의 쇠구슬.

곽무한은 땅을 치며 자리에서 일어났다.

좀 전의 기억 때문에 지레짐작한 것이 실수였다.

"빌어먹을!"

그러나 욕을 내뱉을 사이도 없이 또다시 바람 가르는 소리가 들려왔다.

스스스스…….

왠지 모골이 송연한 기분.

'이번엔 진짜다!'

곽무한은 번개 같은 속도로 바닥을 굴렀다.

콰아아앙!

귀를 찢는 폭발음과 함께 사방으로 튀어 오르는 파편.

"으음……."

곽무한은 나직한 신음을 흘리며 자리에서 일어났다.

어깨와 허벅지에 박힌 쇳조각으로 인해 극심한 통증이 느껴졌으나 곽무한은 내심 이만하길 다행이라 생각했다. 화탄이 아니라 폭린탄 이었기에 망정이지 그렇지 않았더라면 치명적인 부상을 입을 뻔했다.

곽무한은 새까맣게 타 들어가고 있는 상처 부위를 베어내며 자세를 바로 했다.

어느새 눈앞에 내려서는 초로인.

'대단한 노인네로군! 그 상황에서 나를 속여 넘기다니?'

곽무한은 내심 감탄을 했다.

그러나 방금 전의 한 수로 인해 곽무한은 그의 약점을 알아차렸다.

주변에 있는 수하들 때문에 살상력이 강한 화기를 사용할 수 없다는 약점을.

그런 약점을 알았으니 더 이상 두려울 게 없다.

곽무한은 천천히 도를 세워 들었다.

당무혁은 무심한 표정으로 곽무한을 봤다. 그러나 표정과 달리 그의 심정은 복잡하기만 했다.

'이쯤에서 물러나면 좋으련만……'

당무혁 역시 원로의 한 사람이었기에 곽무한에 대해 잘 알고 있었다.

그러나 알면서도 내색할 수 없는 상황이다.

그는 이미 가법에 의해 징치(懲治)가 결정되었기에.

'아쉽지만 어쩔 수 없구나.'

당무혁은 내심 한숨을 쉬며 양손을 치켜들었다. 그리고는 소매 속에 숨긴 건곤파천탄(乾坤破天彈)을 거머쥐며 목청을 돋웠다.

"당가의 식솔들은 모두 십 장 뒤로 물러서라. 이 아이는 내가 처리하겠다!"

그런데 이게 어찌 된 일인가?

곽무한 역시 뒤로 물러서고 있지 않은가?

수하들의 피해를 막기 위해 소리친 것인데, 놈까지 덩달아 물러서다니?

당무혁은 어이가 없어 잠깐 실소를 흘렸다.

"약은 놈이로고……"

그러고 보니 이놈은 그간 자신이 겪었던 상대와 차원이 달랐다.

놈은 분수도 모르고 날뛰는 놈이 아니라, 짓쳐들 땐 짓쳐들 줄 알고, 물러날 땐 물러날 줄 아는 현명한 놈이었다.

"이런 놈을 내 손으로 처치해야 한다니……"

당무혁은 혼잣말을 중얼거리며 보법을 밟았다. 그러자 그의 신형이 한순간 흐릿해지나 싶더니 어느새 곽무한 앞에 나타났다.

그러나 그 순간, 곽무한의 신형 역시 번개같이 뒤로 물러났다.

"흠, 그토록 겁없이 날뛰더니 갑자기 내가 무서워진 것이냐?"

당무혁이 눈살을 찌푸리며 묻자 곽무한이 말없이 고개를 저었다.

"그럼 왜?"

"노인장이 무서운 게 아니라 노인장의 소매 속이 무섭소."

곽무한의 대답에 당무혁은 이채를 발했다.

그는 뭔가 말을 더 이을 듯하다가 다시 보법을 펼쳤다.

그러나 또다시 간격을 벌려 버리는 곽무한.

당무혁은 잠깐 눈살을 찌푸리다가 다시 움직였다.

그러나 여전히 뒤로 물러서는 곽무한.

한 사람은 계속 다가서고 다른 한 사람은 계속 물러나기만 하고.

그 상황이 답답해 보였는지, 당중무가 끼어들었다.

그는 손짓으로 수하들을 움직여 원진을 구축토록 하고는 곽무한을 향해 느물거리는 목소리로 말했다.

"흐흐흐. 어디 또 한 번 물러나 보시지?"

그 말에 곽무한이 싱긋 웃으며 말했다.

"이봐, 난 네 목을 따기 전에는 달아날 생각이 없어. 그러니 네 목이나 잘 간수해."

그 말에 당중무는 자존심이 상했다.

"저, 저 주둥이를 찢을 놈! 숙부님, 잠깐만 물러나 계시지요! 제가 놈을 상대하겠습니다."

화가 머리끝까지 치밀었는지, 당중무는 금방이라도 손을 쓸 기세였다. 그런 당중무를 당무혁이 타일렀다.

"조카, 호승심으로 나설 일이 아니네."

당무혁은 이미 곽무한의 실력을 알고 있었다.

당중무의 실력으로는 그의 옷자락조차 건드리지 못할 것이다.

그러나 당중무의 생각은 달랐다.

놈이 제아무리 고수라 하나 지금쯤 지칠 때가 되었다.

저 찢기고 그슬려 상처투성이인 몰골을 보라.

저런 상태라면 충분히 승산이 있겠다 싶었다.

당중무는 그런 생각으로 슬며시 한 발을 들이밀었다.

당무혁은 그 모습을 보고 버럭 호통을 질렀다.

"갈! 조카 눈에는 저자가 허수아비로 보이는가?"

그러나 그 말이 오히려 당중무를 자극했다.

당중무는 수하들 앞에서 위신을 잃었다고 생각했는지 콧김을 씩씩 뿜으며 당무혁을 노려봤다.

그런 당중무에게 곽무한이 불을 질렀다.

"이봐! 네가 나서는 건 좋은데, 우선 옷부터 좀 갈아입고 오지? 아까 보니까 완전히 얼어 있던데, 창피하게 오줌 지린 옷을 입고 계속 싸울 생각인가?"

그 말에 당중무는 더 이상 참을 수 없었다.

"어훙! 이놈!"

"조카! 안 돼!"

당무혁은 괴성을 지르며 달려오는 당중무를 보고 비명을 질렀다.

그러니 한발 늦고 말았다.

당중무가 뛰쳐나오는 순간, 이미 곽무한의 신형이 용수철처럼 튀어나가 미처 당중무가 공세를 펼치기도 전에 섬뜩한 도세를 뿌려 나갔다.

번—쩍! 슈가각!

"끄아아악!"

실로 눈 깜짝할 사이였다.

뭔가가 번쩍였다 싶은 순간, 허공으로 피보라가 튀었고, 뒤이어 당중무가 양 손목에 피를 쾰쾰 쏟으며 바닥을 뒹굴고 있었다.

그러나 혈뢰도는 아직 움직임을 멈추지 않고 있었다.

순식간에 당중무의 양 손목을 잘라 버린 혈뢰도는 허공을 한 바퀴 돌아 당중무의 목을 향해 가공할 기세로 떨어져 내리고 있었다.

"이놈! 안 된다!"

"멈춰! 손을 멈춰―!"

뒤늦게 당무혁이 달려왔다.

당장직 역시 고함을 지르며 성곽에서 뛰어내렸다.

그러나 이미 혈뢰도는 바람을 가른 뒤였다.

쐐애액, 콰콱!

촤아아악!

한순간 장내를 정적에 빠뜨린 소리.

모두의 눈에 시뻘건 피분수가 보였다. 그와 동시에 긴 포물선을 그리며 날아올랐던 당중무의 머리가 힘없이 바닥으로 떨어져 내리는 게 보였다.

"으아아아아!"

당장직은 자기도 모르게 괴성을 토해냈다.

다른 사람도 아닌 가주의 아들이 죽었다.

이제 수습책은 없다.

모든 수단과 방법을 동원해 놈을 죽여야만 한다.

"어홍, 이놈! 목을 내놔라!"

당장직은 괴성을 지르며 곽무한을 공격했다.

당무혁 역시 품속에서 뭔가를 꺼내 곽무한에게 집어 던졌다.

쐐애액!

패애액!

흉흉한 살기를 머금고 앞과 뒤, 양쪽으로 날아오는 공세.

그러나 곽무한은 이미 예상하고 있었다는 듯 미소를 지었다.

"좋아! 합공이란 말이지?"

그 말이 울려 퍼짐과 동시에 곽무한의 신형이 중간에서 사라져 버렸다. 철판교의 신법으로 몸을 눕혀 버린 것이다. 그 바람에 목표물을 잃은 화탄은 곽무한을 지나쳐 당장직에게로 향했다.

당장직은 가슴이 철렁 내려앉는 기분이었다.

지금 코앞으로 날아드는 물체는 숙부가 가장 아끼는 화탄이다.

그 위력은 웬만한 산 하나를 통째로 허물어 버릴 정도다.

"비, 빌어먹을!"

당장직은 사력을 다해 장력을 회수했다. 뒤이어 진기의 역류를 감수하며 이화접목의 수법을 펼쳐 날아드는 화탄을 잡아 벼락같이 위로 던져 버렸다. 그와 동시에 주변을 돌아보며 황급히 고함을 질렀다.

"모두 피해—!"

그 소리와 함께 당장직은 신형을 날리려 했다. 그런데 바로 그때,

번쩍!

눈부신 빛이 망막을 파고들었다. 뒤이어 천지가 허물어지듯 주위 경물이 흔들렸다.

"……?"

당장직은 멍한 표정으로 시선을 아래로 향했다.

뭔가 허전한 기분이 들어서였다. 뒤이어 당장직은 자지러진 비명을 지르며 바닥을 뒹굴어야 했다.

"끄아아아악! 우와악! 와아아악!"

처절한 비명을 지르며 뭔가를 미친 듯이 끌어안는 당장직.

그 품에는 아직도 피를 콸콸 흘리고 있는 다리 두 짝이 안겨져 있었다.

"맙소사… 어떻게 이런 일이……!"

당무혁은 눈앞의 장면을 도저히 믿을 수 없었다.

자신과 당장직이 어떤 사람인가?

가문 내에서도 손꼽히는 고수가 아니던가?

그런 자신들의 합공을 찰나간에 피해 버리고, 그 틈을 이용해 당장직의 하체를 베어버리다니!

당무혁은 등골이 오싹한 기분이었다.

'놈은 중무를 베는 순간 이미 모든 계산을 끝내놓고 있었어.'

당중무는 한동안 망연자실한 표정으로 서 있다가 퍼뜩 정신을 차렸다.

고오오오오!

아득한 허공에서 떨어져 내리는 화탄 소리를 들은 것이다.

"아차! 모두 피해—!"

당무혁은 목이 터져라 고함치며 당장직을 구하기 위해 몸을 날렸다. 그러나 그가 미처 당장직에게 다가가기도 전에,

번—쩍! 쿠콰콰콰콰쾅!

어마어마한 굉음과 함께 건곤파천탄이 폭발했다. 뒤이어 성벽 전체가 기우뚱거리나 싶더니 마치 거대한 모래성이 허물어지듯 와르르 무너져 내리며 눈앞의 모든 것을 덮쳐 버렸다.

콰지끈, 우르르릉! 쿠콰쾅!

지축을 뒤흔들며 쏟아져 내리는 거대한 돌무더기.

그 여파로 함께 쏟아져 내리는 자욱한 돌가루를 맞으며 당무혁은 망연자실한 표정을 지었다.

자신과 몇몇 수하들을 제외한 모든 이의 생명을 순식간에 빼앗아 가버린 어마어마한 폭발에 넋이 나가 버린 것이다.

그렇게 얼마나 서 있었을까?

당무운의 귓가에 쥐어짜는 듯한 음성이 들려왔다.

"끄으으… 혈우단, 혈우단을… 그리고 청운대를… 불러. 다, 다 불러… 가문에 남아 있는 전력은 모두 이곳으로… 끄으으……."

목소리의 주인공은 육각형의 화강암에 허리를 짓눌린 당장직이었다. 그리고 그는 그 말을 끝으로 혼절하고 말았다.

잠시 후,

땡땡땡땡땡!

당가에 또 한 번 비상 타종 소리가 울렸다.

상황은 이제 새로운 국면으로 접어들고 있었다.

제82장
그를 향하여

그를 향하여

당가를 뒤흔든 어마어마한 폭음.

당무극은 그 소리를 듣고 잠에서 깨어났다.

"이게 무슨 소리냐?"

그 말이 채 끝나기도 전에 흑포인이 나타나 한쪽 무릎을 꿇으며 대답했다.

"예, 단주님. 외성 쪽에 곽무한이 나타났답니다. 그로 인한 소란이랍니다."

흑포인의 말에 당무극은 어리둥절한 표정을 지었다.

"방금 곽무한이라고 했나? 예전에 우리가 처리했던?"

"예, 그렇습니다."

수하의 말에 당무극은 이해가 안 간다는 표정으로 물었다.

"아니, 그럼 겨우 그놈 때문에 본가가 이 소란이란 말이냐? 그리고 혈월(血月)은 어디 가고 혈편(血蝙) 네가……."

수하를 향해 막 인상을 찌푸려 나가던 당무극은 갑자기 눈꼬리를 파르르 떨기 시작했다. 외성 쪽에서 강렬한 기감을 느낀 때문이었다.

당무극은 한동안 정신을 집중하다가 의아한 표정으로 물었다.

"외성에 나타난 자가 정말 곽무한이냐? 혹시 강호십대고수를 착각한 게 아니냐? 이건 도저히 그놈 따위가 뿜어낼 기감이 아닌데?"

당무극은 수하에게 질문을 던지다가 또 한 번 고개를 갸웃거렸다.

멀리서 또 다른 기운이 느껴진 때문이었다.

당무극은 이맛살을 찌푸리며 한참 정신을 집중하다가 차츰차츰 사지를 떨기 시작했다. 그리고 마침내 그에게서 억눌린 쇳소리가 흘러나왔다.

"그년… 그년이다!"

방금 느낀 기감은 분명 설아의 기운이었다.

얼마 전에 놓친 기감이니 틀림없었다.

"이놈아! 도대체 어찌 된 일이냐! 그 계집이 왔다면 난리가 나도 골백번은 났을 터. 어서 사실대로 고하지 못할까!"

당무극의 호통 소리에 혈편은 궁색한 표정으로 전후 사정을 고했다. 그러자 당무극에게서 또 한 번 불벼락이 떨어졌다.

"뭣이라? 직이가 내 허락도 받지 않고 혈우단을 움직였다고? 그리고 또 뭐라? 형님이 그년과 같이 있어? 이런 머저리 같은 놈들! 그런 일이 있었는데도 쉬쉬거리고만 있었단 말이냐? 내가 이 모양 이 꼴이 되니 너희마저 날 능멸하려는 것이냐?"

"다, 단주님! 그런 게 아니옵고… 저희는 그저……."

"닥치거라, 이놈! 그러고도 네놈들이 내 수족이란 말이더냐!"

당무극은 혈편에게 냅다 고함을 지르고는 천천히 흥분을 가라앉혔다.

'직이야 상황 때문에 그랬다 치고, 그간 잠잠하시던 형님이 왜 갑자기 엉뚱한 행동을? 설마 과거의 일을 눈치채셨단 말인가?'

당무극은 잠시 과거의 일을 떠올려 보다가 이내 고개를 저었다.

이미 그녀는 죽은 지 오래다.

그녀가 되살아나서 진실을 고하지 않는 이상 들킬 리가 없다.

결론이 그에 이르자 당무극은 안도의 표정을 지었다.

'그러나 문제의 소지는 그 싹을 없애 버려야 하는 법!'

마침 기회도 좋았다.

수하 녀석의 말대로라면 형이 가주령을 거역한 상황이다.

"좋아! 이왕 이렇게 된 바에야 둘 다 처리하는 게 좋겠지. 준비해라!"

당무극은 혼잣말을 중얼거리며 명을 내렸다.

"예? 준비하라뇨? 그게 무슨 말씀인지요?"

혈편의 멍한 표정에 당무극은 재차 불호령을 내렸다.

"이런 멍청한 놈! 무슨 말이긴 무슨 말이야? 얼른 행차를 준비하란 말이다. 상황이 어떻게 돌아가는지 내 눈으로 직접 확인해야겠다. 만약 상황이 지지부진하게 돌아가면, 내가 역천폭혈공(逆天爆血功)을 펼치는 한이 있더라도 그년을 죽여 버리고 말 것이다! 뭘 꾸물거리고 있는 게야? 어서 행차를 준비하라는대두!"

"예? 아, 알겠습니다."

당무극은 후다닥 뛰쳐나가는 수하를 보며 혼잣말로 중얼거렸다.

"흥! 네놈들 눈에는 내가 다 죽어가는 폐물로 보이겠지만, 천만에 말씀이다. 내게는 아직 비장의 패가 남아 있단 말이다."

당무극이 그렇게 큰소리를 칠 때였다.

갑자기 외성 쪽에서 급박한 종소리가 들려왔다.

그 소리를 듣자 당무극은 순간적으로 불길한 예감이 들었다.

'음? 저 소리는 특급 소환령인데? 설마 직이에게 무슨 일이?'

때마침 수하들이 들어왔다.

그런데 수하들의 행동이 이상했다.

모두들 시선을 회피한 채 전전긍긍하고 있었다.

당무극은 자기도 모르게 가슴이 덜컥 내려앉는 기분이었다.

"무슨 일이냐? 무슨 일이기에 다들 내 눈을 피하는 것이냐?"

당무극이 떨리는 목소리로 추궁하자 혈편이 마지못한 표정으로 대답했다.

"저어… 아뢰옵기 민망한 비보(悲報)이오나… 각주께서……."

순간 당무극의 표정이 백지장처럼 하얗게 변해갔다.

수하들이 가문 내에서 각주라고 부르는 사람은 단 한 사람밖에 없다.

"직이, 직이에게 무슨 일이… 무슨 일이 벌어졌느냐?"

자신도 모르게 떨려 나오는 목소리.

그러나 설마 설마 하던 대답이 기어코 흘러나오고야 말았다.

"크흐흑! 각주께서 놈에게… 곽무한 그놈에게 다리를 잃으셨답니다. 그래서 지금 과다출혈로 생사경각의 위기를……."

당무극은 순간적으로 천지가 아득해지는 기분이었다.

그는 한동안 멍한 표정을 짓다가 돌연 괴성을 질렀다.

"으아아아! 그럴 리가 없다! 절대 그럴 리가 없다! 직이가 어떤 아이

인데… 내 아들, 삼안뢰 당장직이 어떤 아이인데? 있을 수 없다! 하늘
이 두 쪽이 나도 절대 있을 수 없는 일이란 말이다아아!"

괴성은 한동안 계속됐다. 그리고 잠시 후, 당무극을 태운 교자(轎子)
가 날을 듯이 외성으로 향했다.

교자 뒤에는 흉흉한 눈빛의 흑포인들이 뒤따랐는데, 그들은 모두 당
가의 최고 전투 집단이라는 혈우단이었다.

*　　　　*　　　　*

설아는 동굴을 나서자마자 주변을 살폈다.

그러나 염려와 달리 별다른 인기척이 느껴지지 않았다.

불과 두어 시진 전만 해도 동굴 주변을 이중, 삼중으로 에워싸고 있
던 자들이 다 어디로 갔는지 한 사람도 보이지 않았다.

설아는 내심 안도하며 당군혜를 바닥에 뉘었다. 그리고는 신중한 표
정으로 당군혜의 상세를 살펴 나갔다.

이미 환자의 얼굴을 보는 것만으로도 병증을 짐작하는 설아였지만,
다른 사람도 아닌 당군혜인지라 맥까지 짚어가며 신중을 기했다.

그 외중에 청랑이 다가왔지만 설아는 눈길조차 주지 않았다.

청랑은 잠시 설아를 쳐다보다가 외성 쪽을 향해 구슬픈 울음을 토해
냈다. 그리고는 끙끙거리며 설아의 옷깃을 잡아당겼다.

주인이 바로 지척에 있으니 빨리 가자는 뜻이었다.

그러나 설아는 움직이지 않았다. 여전히 진맥에만 몰두했다.

시간은 속절없이 흘렀다.

이윽고 설아가 한숨을 쉬며 중얼거렸다.

"아아, 이를 어쩌면 좋아……!"

당군혜의 상태는 예상보다 심각했다. 지금 상황에서 조금이라도 충격을 받으면 곧 바로 절명하고 말 정도였다.

설아는 고민에 빠졌다.

당군혜의 상세를 보니 지금 여기서 응급처치를 해야 할지, 아니면 곽무한을 만난 뒤 조용한 곳을 찾아 치료에 전념해야 할지 판단이 서지 않는 것이다.

그때 설아의 눈에 동굴을 나서는 당무운과 독강시의 모습이 들어왔다. 순간 설아의 눈에 희색이 어렸다.

저들이 호법을 서준다면 시간을 벌 수 있었다. 거기다가 당무운이 도와준다면, 독에 대해서도 한시름을 놓을 수 있었다.

설아는 당무운에게 다가가 그런 자신의 생각을 이야기했다.

"음……."

당무운은 대답 대신 침묵을 지켰다.

자신이 누구던가?

한때 강호에서 신의(神醫)라고 불렸으며, 지금도 독절이라 불리는 명의 중의 명의가 아니던가?

그런 안목으로 볼 때, 안타깝게도 당군혜는 가망이 없어 보였다.

이미 독기가 심장으로 침투해 생기를 갉아먹고 있는 상태였다.

그러나 차마 그런 말을 내뱉기가 뭣해 주저하고 있던 당무운은 초롱초롱한 눈빛으로 자신을 쳐다보고 있는 설아를 보고는 긴 탄식성을 흘리며 말했다.

"휴우. 아가야, 혜아는 이미 손을 쓰기에 늦은 상태다. 그러니 아쉽더라도 조용한 곳을 찾아……."

그러나 당무운은 말을 끝까지 잇지 못했다. 설아가 고개를 가로저으며 끼어든 때문이었다.

"아니에요. 늦지 않았어요. 지금 어머님께는 미약하지만 아직 온기가 남아 있어요. 그러니 응급처치를 취하면 회생하실 가능성이 높아요."

당무운은 안타깝다는 표정으로 손사래를 쳤다.

"안다, 알아. 혜아를 생각하는 네 마음은 십분 이해하고도 남는다. 그러나 아가야, 이미 심맥은 물론이거니와 혈맥까지 굳어버린 상태다. 다시 말해 혼백이 떠나기 직전이라는 말이다. 그러니 허망하고 아쉽더라도 이만 미련을 접고……."

그러나 당무운의 조언은 이번에도 가로막혀 버렸다.

"저도 알아요. 그러나 심주신명(心柱神明), 군주지관(君主之官)이라 했어요. 독 기운 때문에 심장이 상했고 그로 인해 심맥과 혈맥이 굳어가고 있으니, 먼저 독기를 한곳으로 몰고 양맥을 돋워 심장을 보호한 뒤에 음맥과 독기를 다스려 나가면 돼요."

그 말에 당무운은 깜짝 놀랐다.

설아가 의술을 익혔다는 말은 들어왔으나 그저 그런 수준이려니 하고 웃어넘겼는데, 의외로 의가 최고의 비전(秘典)이라는 황제내경(黃帝內經)상의 구절을 인용하며 나름대로의 처방을 내놓는 게 아닌가?

당무운은 곧 안색을 가다듬었다.

비록 설아의 의견이 일리가 있긴 했지만, 그건 전설상의 신의인 화타나 편작이 되살아났을 때 이야기였다.

"그래, 네 말대로 심장을 되살릴 수 있다면 무슨 걱정이겠느냐? 그러나 지금의 혜아 상태로는 불가능한 일이다. 이미 말했다시피 심맥이

상하고 온 혈맥에까지 독이 퍼진 상황이다. 단순히 심장을 보(補)하고 양맥을 돋우는 것만으로 해결되지 않는다는 말이다."

당무운은 말하는 내내 침중한 표정이었다.

이렇게 설전을 벌이는 동안 당장욱 일당이 쫓아오면 그야말로 천추의 한을 남기게 된다. 그들과 싸우느라 당군혜의 임종조차 못 치를 수도 있었으니.

당무운은 경계의 눈빛으로 주위를 한 번 둘러보고는 재차 설아를 설득했다.

"아가야, 의원 된 자는 혈육의 죽음 앞에서도 냉정해야 한단다. 그러니 내 말을 오해하지 말고 잘 들어라. 영추(靈樞) 경맥편(經脈篇)에 이르기를 '심(心)의 기가 절(絶)하면 맥이 통하지 않고, 맥이 통하지 않으면 혈이 흐르지 않으며, 혈이 흐르지 않으면 모발이 윤택하지 못하게 된다. 따라서 안색이 검고 광택이 없는 것은 혈이 이미 죽은 것이다' 라고 했다. 지금 혜아가 바로 그런 상태다. 아니, 그보다 더 심한 상태지. 그래서 하는 말이다. 이 할아비 역시 할 수만 있다면 무슨 수를 써서라도 혜아를 구하고 싶다. 그러나 방법이 없다. 지금 이 상태대로라면 아쉬운 대로 며칠 동안 숨은 유지할 수 있다. 그러나 자칫 잘못 손을 쓰면 이 자리에서 숨이 끊어지게 된다. 그러니 아가야, 내 말이 무슨 뜻인지 알아듣겠느냐?"

당무운 나름대로는 무척 진지한 설득이었다. 그러나 돌아온 대답은 당무운을 황당하게 만들어 버렸다.

"네, 옥언(玉言)을 명심하여 한 치의 실수도 없도록 하겠습니다. 전독에 약하니 그 부분은 이따가 고조부님께서 좀 봐주세요."

그 말을 끝으로 냉큼 가부좌를 틀어버리는 설아.

"어, 어? 아가야?"

당무운이 대경실색해 외쳤지만 이미 설아의 손은 바람처럼 움직이고 있었다.

"이런 경망한!"

당무운은 노한 목소리로 설아를 말리려고 했다. 그러나 중간에서 멈칫할 수밖에 없었다.

'지금 말렸다간 오히려 큰일난다.'

이미 당군혜의 전신은 침으로 빽빽이 뒤덮여 있었다. 그것도 침 끄트머리조차 안 보이게 푹푹 파고들어 있었다.

당무운은 할 수 없이 설아의 손끝을 주시했다. 그리고 그는 곧 경악어린 표정을 지을 수밖에 없었다.

강호에 손꼽히는 의가에는 이런 말이 전해져 내려온다.

"치료대법을 펼칠 때는 표치(標治)와 본치(本治)에 주의하면서 정치(正治)와 반치(反治)를 칠(七) 대 삼(三)의 비율로 써라. 드문 경우 함께 써도 좋으나 그 비율은 오 푼(五分)을 넘지 않도록 하라."

이 말이 무슨 말인가 하면, 침이나 약을 씀에 있어 병의 선후완급(先後緩急)을 고려함과 동시에 환자의 체질이나 심신 허약 정도, 병의 성질이나 합병 증세 등을 따져, 보통의 경우에는 순리대로 치료하고 아닌 경우에는 상극의 원리를 쓰되, 특별한 경우에는 둘을 함께 써도 좋으나 그 비율에 주의하라는 말이다.

그렇게 하는 이유는 사람마다 체질이 천차만별이요, 그에 따른 병세도 천 갈래 만 갈래이니 치료법 역시 복잡다단할 수밖에 없기 때문이다.

그런데 지금 설아가 침을 놓는 것을 보라.

정치고 반치고 상관없이 마구잡이로 침을 쓰고 있지 않은가?

당무운은 어찌나 기가 막혔던지 뺨을 푸들푸들 떨며 노한 표정을 지었다. 그러나 얼마 지나지 않아 당무운은 그런 표정을 싹 지울 수밖에 없었다.

"헛! 억기관(抑其官)?"

억기관이란 황제내경에 나오는 상승의 침술 원리다.

보통의 경우 내경에서는 태양, 태음, 소양, 소음, 양명, 궐음 등 육경(六經)의 흐름을 따라 왼쪽에 병이 있으면 오른쪽을 다스리고, 오른쪽에 병이 있으면 왼쪽을 다스리며, 위쪽에 병이 있으면 아래쪽을 다스리고, 아래쪽에 병이 있으면 위쪽을 다스리라는 원리와 허(虛)한 곳은 그 근원을 보(補)하고, 실(實)한 곳은 그 갈래를 사(瀉)하는 원리, 그리고 침의 좌우 회전 방향에 따른 혈의 움직임을 주의하면서 침을 쓰라고 가르친다.

그런데 억기관은 그와 달리 오행의 상생상극을 이용해 침을 놓는 방법이었다. 그런데 그 방법을 지금 설아가 쓰고 있는 것이다.

'맙소사! 저런 방법이 있었구나! 심장이 화(火)에 속하니 그 근원이 되는 목(木)을 보(補)해 주고, 또 화(火)를 극(克)하는 수(水)혈을 사(瀉)해주는구나. 그렇게 하면 목생화, 화극금의 양수겸장(兩手兼將)이라! 그렇구나, 그렇구나! 내가 왜 저걸 몰랐을꼬?

당무운의 놀람은 그에 그치지 않았다.

한동안 족소양담경과 수소양삼초경의 목혈인 임읍혈(臨泣穴)과 중저혈(中渚穴) 등에 침을 놓던 설아가 어느 때는 경락의 흐름을 따르며, 또 어느 때는 그 흐름을 거스르며 침을 놓는 게 아닌가?

'맙소사! 영수보사(迎隨補瀉)?'

영수보사란 경락의 흐름을 따라 침을 꽂으면 보(補)가 되고, 경락의 흐름을 거슬러 꽂으면 사(瀉)가 되는 원리다. 그리고 가장 평범한 것이 가장 비범하다는, 아는 사람은 많으나 실제 행할 수 있는 이는 무척 드문 그런 수법이었다.

그런데 그걸 설아에게서 보게 될 줄이야?!

'이제 보니 보통이 아니구나! 벌써 경지에 올랐어!'

그러나 감탄하기엔 아직 일렀다.

당무운의 표정은 시간이 흐를수록 경악으로 치달아갔다.

'으으으… 이제 보니 경지에만 오른 게 아니라 벌써 일가를 이루었구나!'

이 말은 설아의 손이 눈과 귀를 지나 경맥이 없는 곳에도 침을 놓는 것을 보고 내뱉은 말이었다.

경맥이 없는 곳에도 침을 놓는다는 것은 이미 경맥의 유무를 가리지 않는 마음의 눈을 떴다는 것. 그 말은 곧 명의의 경지를 넘어 신의의 경지에 다다랐다는 의미였다.

이제 설아를 쳐다보는 당무운의 눈은 극도로 조심스러워졌다.

그리고 설아의 전신에서 찬란한 광휘가 나오고, 그 속에서 나직한 읊조림까지 흘러나오자 당무운의 눈빛은 마침내 존경과 감탄이 뒤범벅된 그런 눈빛으로 변해 버렸다.

"생기는 호흡에서 나오고, 호흡의 근원은 심원이니, 심원이 흘러 오장육부가 움직이고 그로 인해 삼백육십 혈과 팔만 사천 모공이 숨을 쉰다. 좌우는 음양지도(陰陽之道)요, 천지는 만물의 상하(上下)이니, 수

화(水火)는 음양을 상징하고 금목(金木)은……."

설아의 중얼거림은 그냥 흘러나오는 말이 아니었다.

의가 최고 비전이라는 황제내경, 그중에서도 천하만물의 생성과 소멸, 변화를 다룬 오운(五運)과 육기(六氣)의 원리까지 깨닫고 나서야 나올 수 있는 말이었다.

'맙소사! 치료대법에 오운육기의 원리까지 감안했단 말인가? 허허, 내가 눈이 멀었었구나. 이 아이가 바로 화타요, 편작인 것을…….'

당무운은 더 이상 할 말이 없었다.

그저 설아의 손만 주시할 뿐이었다.

그렇게 얼마나 지났을까?

"휴, 이제 고조부님 차례예요."

마침내 설아가 손을 멈추고 당무운을 돌아본다.

"응? 그, 그러냐? 수고했다, 수고했어."

그러면서 당군혜를 살펴보니 전신에서 피가 흘러나온다.

깜짝 놀라 자세히 들여다보니 모두 죽은 피였다.

'됐구나! 가장 중한 고비를 넘겼어.'

이제 자기 차례다.

당무운은 신중한 표정으로 독기를 다스렸다.

그렇게 얼마나 지났을까?

"휴우, 이제 됐다. 정말 위험한 독이었어. 이제야 한시름 놨구나!"

당무운은 긴 한숨을 내쉬며 짐짓 힘들었다는 표정을 지었다.

설아가 다 되돌려놓은 숨결에, 독이라면 제 손금 보듯 훤한 당무운이니 누워 떡 먹기 식으로 해독한 것 말고는 달리 뭐가 힘들었을까마는, 그래도 그렇게라도 해야 덜 민망할 것 같은 노인네 특유의 허세였다.

그러나 설아는 순수하기 그지없는 성품이라 당무운의 말을 곧이곧 대로 듣고는 반색한 표정을 지었다.

"어머, 수고 많으셨어요. 정말 수고 많으셨어요."

눈물을 글썽이며 연신 고개를 숙이는 설아.

당무운은 계면쩍은 심정을 속으로 감추며 너털웃음만 흘렸다.

"허허허, 수고는 무슨. 그저 헤아의 숨결이 흩어지면 어쩌나 싶어 노심초사했을 뿐이지."

그렇게 연신 헛웃음을 짓던 당무운이 갑자기 눈썹을 칼처럼 곤두세웠다.

"게 누구냐?"

"예? 아, 예… 저, 전데요."

당무운의 호통에 쭈뼛거리며 기어 나온 사람은 다름 아닌 남궁명이었다.

그는 건너편 풀숲에 숨어 있다가 당무운의 눈빛에 놀라 튀어나온 것이다.

"아니, 자네가 왜 여기 있나?"

당무운의 날 선 질문에 남궁명이 더듬거리는 목소리로 대답했다.

"저어, 전 동굴 주변에서 어르신과 대소저를 기다리고 있었습니다. 그러다가 당가의 협사들께서 우르르 이동하기에 덩달아 따라나섰다가 문득 대소저의 안위가 궁금해서… 헉! 대, 대소저!"

남궁명은 대답하다 말고 온몸을 사시나무 떨 듯 떨었다.

남궁명이 그렇게 놀란 이유는 저 뒤에 누워 있는 당군혜의 모습을 본 때문이었다.

지금 당군혜의 모습은 혈인이 따로 없을 지경이었다.

아직 치료 과정에서 배어 나온 피를 닦지 못했기 때문인데, 그런 사정을 모르는 남궁명이 볼 땐 그야말로 충격일 수밖에 없었던 것이다.

남궁명은 하얗게 질린 표정으로 당군혜에게 다가가려 했다.

그 모습을 본 당무운은 '이런 팔푼이가 있나' 하는 표정으로 남궁명의 발을 걸어버렸다.

"아이쿠! 어르신, 갑자기 왜……?"

"이놈아, 보고도 모르느냐? 지금 혜아는 아주 위독한 상태다. 그런데 그렇게 멧돼지처럼 달려가서 뭘 어쩌려구?"

"저는… 저는… 대소저가 걱정이 돼서……."

"그만! 일없네! 여긴 나와 보옥이 어미로 충분하네."

당무운이 일언지하에 축객령을 내리차 남궁명은 애원하는 표정으로 매달렸다.

"그럼 제가, 제가 대소저를 업겠습니다. 어, 어디로 가실는지요?"

그 말에 당무운이 다시 눈썹을 곤두세웠다.

"아니, 이런 불한당 같은 놈이 있나? 이놈아! 네놈이 뭔데 감히 혜아를 업으려고 해? 이놈이 지금 죽을 자리를 못 찾아 악을 쓰고 있나?"

퍼퍼퍽!

"아이고, 어르신. 그런 게 아니라… 그런 게 아니라……."

"그런 게고 저런 게고 일없네! 자넨 자네 볼일이나 보게!"

"아이고, 어르신, 제 일이… 제 일이 바로 대소저를 지키는 일인데요?"

"아니, 그래도 이놈이!"

남궁명이 퉁퉁 부운 얼굴로 계속 매달리자 당무운이 고리눈을 뜨며 재차 주먹을 쥐어 보였다. 그러자 남궁명이 화들짝 놀라 저만치 달아

났다.

그 모습을 보며 설아가 입을 가리고 웃는데,

쿠콰콰콰콰쾅!

멀리서 지축을 뒤흔드는 폭발음이 들려왔다.

"아니, 이게 무슨 소리야?"

당무운은 눈을 휘둥그레 뜨며 고개를 돌렸다.

설아와 남궁명 등도 놀란 표정으로 고개를 돌렸다.

그들의 시야에 밤하늘을 환하게 물들이는 화광(火光)이 보였다.

"음, 저곳은 외성 쪽인데……."

당무운이 고개를 갸웃하는 동안 설아는 당군혜에게 다가갔다.

설아는 천천히 당군혜를 안아 들며 귀엣말을 건넸다.

"어머니, 그가 왔어요. 그에게 가요. 그가 어머니를 애타게 찾고 있을 거예요."

귀엣말이 끝나자 기적처럼 당군혜의 눈꺼풀이 꿈틀거렸다.

설아는 그 모습을 보고 눈물을 글썽이며 당군혜의 얼굴을 닦았다. 그리고는 조심스레 당군혜를 안고 일어섰다.

"아니, 아가야. 어디로 가려고?"

당무운이 묻자 설아가 뺨을 붉히며 대답했다.

"저곳이요. 저곳에 그… 가 있어요."

"그이?"

부끄러워 얼버무린 말을 당무운이 되살리자, 설아가 뺨을 붉혔다.

설아의 표정에서 대답을 들은 당무운은 잠시 생각에 잠겼다가 신중한 목소리로 말했다.

"음… 그래도 조용한 곳이 낫지 않겠느냐?"

저렇게 소란스러운 곳은 당군혜에게 전혀 도움이 되지 않는다. 또한 저 소리를 듣고 당장욱 일행이 뒤따라올지도 모르니 자칫 잘못하다간 모두가 사면초가의 입장에 빠지고 만다.

그러나 설아는 고개를 살래살래 흔들며 눈을 빛냈다.

"아뇨. 아까는 망설였지만 지금은 아니에요. 저뿐만 아니라 어머니도 원하고 계세요. 그리고……."

설아는 눈짓으로 독강시를 가리켰다.

당무운은 그제야 고개를 끄덕였다.

"하긴 저놈들이 있으면 천하에 두려울 게 없지. 그래, 가보자꾸나."

그런데 당무운의 말이 끝나기도 전이었다.

컹, 컹!

두 사람의 대화를 어떻게 알아들었는지, 벌써 청랑이 껑충거리며 저 앞에 달려가고 있었다. 또 그 때문에 깨어났는지, 바람결에 보옥이의 칭얼거림이 들려왔다.

"아유, 귀 아파. 띠꺼. 띠꺼!"

아마 보옥이는 귀여운 표정으로 청랑의 귀를 잡아당기고 있으리라.

"허허, 그놈들 참."

당무운은 벌써 저만치 앞서 가고 있는 청랑과 보옥이를 보면서 너털웃음을 터뜨렸다.

설아 역시 웃는 표정으로 그들을 바라보다가 천천히 몸을 날렸다.

당무운과 설아가 움직이자 독강시들이 그 뒤를 따랐고, 잠시 망설이는 표정을 짓던 남궁명 역시 마음을 정한 듯 신형을 박차기 시작했다.

화르르…….

모두의 눈에 불타는 외성이 점점 가까이 다가오고 있었다.

　　　　　　*　　　　*　　　　　*

쿠콰콰콰콰쾅!

사천포정사사를 떠나 밤새 당가타를 향해 달리던 이탁은 고막을 뒤흔드는 폭음 소리에 걸음을 멈췄다.

하늘을 올려다보니 저 산 너머에 화광이 충천하고 있었다.

"음? 저 불빛은?"

굳은 표정으로 불빛을 바라보던 이탁은 천천히 고개를 돌렸다.

"보아하니 벌써 총채주께서 싸우고 계시는 모양이다. 모두들 각오를 다시 한 번 다져 주기 바란다. 우리는 오늘 총채주와 함께 저곳에서 죽을 것이다. 알겠나?"

"알고 있습니다!"

말이 끝나기 무섭게 쩌렁쩌렁한 메아리를 만드는 백 개의 목소리.

이탁은 한목소리로 대답하는 수하들을 보며 씨익 미소를 지어 보였다.

"좋아! 그동안 근질근질했었는데 간만에 몸 좀 풀어보자구!"

이탁이 웃자 수하들도 따라 웃었다.

죽음을 목전에 두고도 서로를 보며 웃고 있는 수하들.

이탁은 왠지 콧날이 시큰해졌다.

그러나 그런 표정을 감추려고 이탁은 과장되게 웃어 보였다.

"푸하하! 이거 이러다가 한꺼번에 너무 많이 왔다고 염라대왕이 투덜거리는 거 아냐? 아무튼 좋아! 저승길 동무가 많으니 죽어도 외롭진 않겠군. 자! 모두들 각오를 다졌으면 저승이든 뭐든 끝까지 가보자구!"

그 말과 함께 이탁이 신형을 박찼다. 그러자 수하들도 지체없이 지면을 박찼다.

거침없이 달려가는 발길 아래 대지가 몸살을 앓았다.

파파팟!

바람이 뺨을 스치고 지나갔다.

보기엔 가까워 보였는데 막상 다가가려 하니 예상보다 멀었다.

"제기랄. 이놈의 산비탈이 왜 이리 험해!"

이탁은 애꿎은 산세를 원망하며 신법에 더욱 박차를 가했다. 그러다 보니 수하들과의 거리가 점점 벌어졌다.

그러나 이제 곧 곽무한과 합류한다고 생각하니 아무 생각도 나지 않는 이탁이었다. 그래선지 이탁은 수하들과의 거리도 생각하지 않고 정신없이 달려 나갔다.

그렇게 얼마나 달렸을까?

갑자기 거대한 암벽이 앞을 가로막아 왔다.

'젠장! 한시가 급한데…….'

잠시 투덜거리던 이탁은 암벽을 기어오르기 시작했다. 산세로 보아 그게 오히려 시간이 절약될 것 같아서였다.

그런데 그가 막 암벽 끝에 다다를 즈음,

바스락.

암벽 너머에서 인기척이 들려왔다.

이탁은 급히 바닥에 배를 붙이고 수하들을 기다렸다.

잠시 후 수하들의 모습이 보이자 이탁은 손짓으로 그들을 대기시키고는 조심조심 암벽 너머로 고개를 내밀었다.

암벽 너머에는 십여 장의 초지(草地)가 펼쳐져 있었다. 그리고 그것에는 병장기를 치켜든 시커먼 그림자들이 우글거리고 있었다.

'벌써 싸움이 끝나 당가에서 추적을 벌이는 것인가?'

이탁은 쿵쿵 뛰는 가슴을 억누르며 조심스레 뒤로 물러났다.

그런데 바로 그때,

"누구냐?"

느닷없는 호통 소리와 함께 암기가 새까맣게 날아왔다.

"이런!"

자기 실수가 아니었다.

저 뒤에 있던 수하 중 하나가 나뭇가지를 잘못 밟은 것이었다.

이탁은 순간적으로 어찌할까를 고민했다.

상대는 다름 아닌 독과 암기의 대명사들.

그들에게 지금 같은 어둠과 산세라면 무적이나 마찬가지다.

'어쩔 수 없군.'

이탁이 막 체념한 표정으로 후퇴 명령을 내리려는데,

"바위 뒤쪽에 놈들이 있다! 모두 조져!"

놈들의 고함 소리가 들려왔다. 순간 이탁은 고개를 갸웃거렸다.

'음?'

아무리 막말이 오가는 강호라지만 상대의 말투가 어째 자신들과 비슷하다는 느낌이 들었다. 그리고 후퇴 명령을 내리기엔 이미 늦어버렸다.

놈들은 암벽뿐만 아니라 좌우 능선과 산꼭대기, 그리고 산 아래에도 있었다.

"맙소사! 도대체 얼마나 동원했기에……?"

어물어물하는 순간, 이탁 일행은 이중, 삼중으로 포위되어 버렸다.

이탁은 긴장과 낭패감을 감추려고 일부러 대차게 나갔다.

"이것들 뭐야? 오대세가 중의 하나라더니, 숨어서 덫을 놔? 에라이, 쥐새끼만도 못한 놈들아!"

이탁으로서는 죽음을 각오하고 던진 말이었는데, 돌아온 반응은 어째 이상했다.

"뭐야? 이 쌍놈의 새끼들이 적반하장도 유분수지, 몰래 숨어서 살금살금 뒤를 조여오던 놈들이 누군데 큰소리야? 그리고 뭐? 우리더러 그 빌어먹을 오대세가라고?"

"음?"

뭔가 어긋나고 있었다.

아무리 생각해도 이건 당가들의 입에서 나올 말이 아니었다.

반전은 그때부터였다.

"아따, 그놈들 주둥아리 한번 걸판지군. 그럼 네놈들 정체는 뭐야?"

그러자 놈들이 가슴을 와짝 내밀며 합창하듯 외치는 말.

"우린 대수룡채의 호걸님들이시다! 엄한 목숨 잃기 싫으면 당장 무릎을 꿇어라!"

"뭐라고?"

이런 엉뚱한 일이 있나?

"수룡채라니! 감히 어떤 놈들이 수룡채를 사칭하는 것이냐?"

"엥? 이게 무슨 소리야? 사칭이라니? 그럼 그쪽도?"

이탁은 맥이 탁 풀려왔다.

"이런 망할! 나 이탁이야. 도대체 네놈들 소속이 어디야?"

그때부터 기가 팍 죽어버리는 놈들.

"이, 이탁님이시라구요? 아이고! 저희는, 저희들은 파양채인데요."

"뭐야? 파양채? 아니, 네놈들이 왜 여기에?"

이탁이 어이없다는 표정으로 고리눈을 치뜨는 순간, 놈들의 진형이 둘로 쫙 갈라지며 그 가운데서 코끼리 같은 덩치가 나타났다.

"아니, 형님?"

목소리의 주인공은 곽패였다.

"아니, 너, 너, 너!"

이탁은 기가 막혀 말이 나오지 않았다.

타강 근처에서 퇴로를 확보하고 있어야 할 놈이 왜 여기 나타났단 말인가? 그것도 온 동네방네 소문내듯 전 병력을 이끌고 말이다.

"도대체 여긴 뭣 하러 왔어?"

"푸하하! 그러는 형님은 어쩐 일이슈?"

이탁은 되받아치는 곽패의 말에 할 말이 없어졌다. 그래서 대답 대신 쾅! 소리나게 곽패의 머리통을 후려쳐 버렸다.

"이런 젠장할 놈! 하마터면 우리끼리 칼부림 날 뻔했잖아!"

"씨이……."

이마에 주먹만한 혹이 났지만 그래도 곽패는 기분이 좋았다.

적지에서 이탁과 동료들을 만나게 되자 왠지 모르게 가슴이 든든해진 것이다. 아마 총채주와 합류하게 된다면 이보다 몇백 배는 더 든든할 것이다.

'수하 녀석들도 나와 마찬가지 심정이겠지?'

그리고 보니 수하 녀석들도 하나같이 싱글벙글이다.

그렇게 곽패가 웃는 동안 이탁은 전열을 추슬렀다.

"자! 목표가 바로 코앞이다. 모두 출발!"

명이 떨어지자 사내들이 다시 어둠을 갈랐다.

파파팟!

바람이 다시 뺨을 스쳤다.

기분 탓인지 아까보다 훨씬 훈훈한 바람이었다.

*   *   *

곽무한은 천천히 몸을 일으켰다.

잔뜩 그을린 얼굴에 여기저기에 맺힌 혈흔.

그러나 그 외중에도 눈빛 하나만큼은 무서울 정도로 빛나고 있었다.

"자! 훼방꾼들이 오기 전에 결판을 내지요!"

당무혁은 자신을 향해 도를 겨누는 곽무한을 보고 내심 진저리를 쳤다.

'독한 놈. 도대체 어찌 된 인간이…….'

조금 전의 폭발은 방원 십여 장을 초토화시키고, 거기다가 성벽까지 무너뜨려 버린 어마어마한 폭발이었다. 그 속에서 살아남은 것만 해도 기적에 가까운데 다시 싸우자니?

당무혁은 고개를 설레설레 흔들며 뒤로 물러났다.

"아니, 됐다. 난 이제 화탄도 다 떨어졌고… 헉?"

갑자기 목에서 섬뜩한 기운이 느껴졌다.

시선을 내려 보니 어느새 시뻘건 칼날이 자기 목에 닿아 있다.

"이, 이보게. 난 이미 자네에게 두 손 두 발 다 들었네. 그리고……."

안 그래도 탈진 상태여서 물러날 명분만 찾고 있었는데 때마침 좋은 변명거리가 나타났다.

"저기 보게. 나 아니어도 자네와 싸울 사람이 줄을 섰다네."

당무혁은 경직된 표정으로 칼을 밀어내며 눈짓으로 성곽 쪽을 가리켰다.

이미 무너져 내려 시커먼 연기만 피어오르는 성곽.

그 연기를 헤치며 한 떼의 흑포인들이 나타나고 있었다.

멀리서부터 느껴지는 그들의 기파는 장난이 아니었다.

"좋소. 한숨 푹 주무시오."

잠시 성곽 쪽을 돌아본 곽무한은 칼등으로 당무혁을 기절시킨 뒤 천천히 몸을 돌렸다. 그리고는 도를 늘어뜨려 하단세를 취했다.

기침단전(氣沈丹田)이라, 기를 끌어내려 다시 한 번 마음을 가다듬으려는 의도였다.

그러나 놈들이 점점 가까워져 그들의 모습을 육안으로 확인할 정도가 되자 곽무한의 표정이 눈에 띄게 변해갔다.

딱딱하게 굳어버린 얼굴과 활활 타오르는 눈동자.

급기야 교자 위에 앉은 당무극을 발견한 순간, 곽무한은 사지를 부르르 떨며 거친 신음을 토했다.

"으으으. 네놈들은… 네놈들은?"

잔뜩 갈려 나오는 곽무한의 목소리에는 말할 수 없는 비분이 어려 있었다.

그런 표정은 성벽 아래에 깔려 있는 당장직을 발견한 당무극 역시 마찬가지였다.

"흐으으. 이놈! 이 갈아 마셔도 시원찮을 놈! 그때 무슨 수를 써서라도 네놈을 죽여 버렸어야 했는데… 감히 네놈 따위가, 네놈 따위가 감히 내 아들을… 크으으!"

당무극은 마치 찢어 죽일 듯한 눈빛으로 곽무한을 노려보다가 옆에 있던 수하에게 눈짓을 했다. 그러자 몇 명의 복면인이 당장직을 구하기 위해 성벽 아래로 달려갔다.

곽무한은 그 모습을 보며 앙천광소를 터뜨렸다.

"와하하하! 잘됐군, 정말 잘됐어. 푸하하하하하!"

한동안 미친 듯이 웃어대던 곽무한은 갑자기 웃음을 뚝 그치고는 충혈 된 눈빛으로 당무극과 혈우단을 노려봤다.

"그래! 네놈들이었단 말이지? 네놈들이 나와 내 형제들을 건드렸단 말이지, 으드드득!"

그날.

눈앞에서 아내와 형제들이 죽어가던 그 끔찍하고 처절했던 그날.

자신을 절망의 구렁텅이에 빠뜨리고, 아내와 형제들을 개돼지 취급하며 죽여가던 자들이 바로 저들이었다.

저들을 어찌 잊을 수 있으랴?

어찌 용서할 수 있으랴?

곽무한은 우두둑 소리가 나게 도를 거머쥐었다. 그리고는 장포를 뜯어 도파(刀把:도의 손잡이)를 쥔 오른손을 꽁꽁 동여맸다.

이는 죽더라도 끝까지 싸우겠다는 곽무한 식의 표현.

뒤이어 당무극을 향해 하얗게 웃어 보인 곽무한은 느닷없이 지면을 박찼다.

파라라락!

희뿌연 잔영을 남기며 벼락같은 속도로 날아가는 곽무한.

그 발길 끝에는 성벽 아래 축 늘어져 있는 당장직이 있었다.

"헉! 저, 저, 저놈이? 막아! 어서, 어서 저놈을 막아!"

뒤늦게 곽무한의 의도를 알아차린 당무극은 수하들을 보며 고래고래 고함을 질렀다.

그러나 그는 한발 늦고 말았다.

이미 곽무한은 성벽 아래에 다다라 도를 날려가고 있었다.

"헉?"

막 화강암을 들어내고 당장직을 업으려던 혈우단들은 갑자기 들이닥친 곽무한을 보고 저마다 눈을 부릅떴다.

그러나 그들이 어떤 행동을 취하기도 전에 혈뢰도가 먼저 바람을 갈랐다.

서거걱!

"끄아아악!"

눈 깜짝할 사이에 울려 퍼지는 비명성.

그러나 혈뢰도는 그에 그치지 않았다. 긴 호선을 그리며 또다시 바람을 갈라갔다.

쐐애애애액!

듣는 것만으로도 모골이 송연한 칼바람 소리.

그 소리는 또 하나의 비명성을 자아냈다.

"끄으윽……."

바로 이 소리.

마치 모기 울음소리처럼, 들릴락 말락한 비명 소리.

그 소리의 주인공은 바로 당장직이었다.

그는 이제껏 혼절해 있다가 혈우단들 때문에 겨우 정신을 차리게 되었는데, 아닌 밤중에 홍두깨 격으로 정신을 차리자마자 졸지에 목이 달아나 버리는 참변을 겪고 말았다.

혈우단들은 그 모습을 보며 모두 멍한 표정을 지었다.

그럴 수밖에 없었던 것이 곽무한이 앙천광소를 터뜨리고, 장포로 손을 동여매고, 성벽으로 몸을 날려 당장직의 목을 베어버린 건 거의 한 호흡도 되지 않는 눈 깜짝할 사이에 벌어진 일이었기 때문이다.

촤아악!

자욱한 피분수를 뿜으며 허공으로 튀어 오른 당장직의 머리는 긴 포물선을 그리며 날아가다가 제 부친이 앉아 있는 교자 위로 툭! 하고 떨어졌다. 그 순간 당무극은 미친 듯이 비명을 질렀다.

"끄아아! 직아! 직아! 으아아아아아!"

당무극은 지금 상황이 도저히 믿기지가 않았다.

세상 그 누구보다 똑똑하던 아들이었다.

천하를 다 준대도 바꾸지 않을 소중한 아들이었다.

그 금쪽같은 아들이, 저 보잘것없고 미천한, 벌레만도 못한 사생아 따위에게 목숨을 잃어버리고 말다니!

당무극은 이 모든 일이 꿈인 듯싶어 당장직의 머리를 끌어안고 또 끌어안으며 미친 듯이 괴성을 터뜨렸다.

그러나 곽무한은 그 와중에도 계속 움직이고 있었다.

성벽 근처에 있던 혈우단들과 당장직을 눈 깜짝할 사이에 베어버린 곽무한, 이번에는 도극을 당무극에게로 향했다.

"타아아압!"

기합성이 채 메아리를 울리기도 전에 곽무한은 저 멀리서부터 전광석화처럼 도를 뿌려왔다.

그러나 당무극은 일세를 풍미하던 고수였다.

그는 경황 중에도 정신을 차려 수하들에게 명을 내렸다.

"혈월, 혈편, 혈사, 놈을 죽여! 저 사생아 놈을 내 앞에서 갈가리 찢어 죽이란 말이야!"

당무극이 소리치자마자 교자 옆에 있던 세 사람이 날아올랐다.

"흐흐흐. 이놈! 걸음을 멈춰라!"

비릿한 웃음으로 곽무한을 막아서는 자들.

그들은 곽무한을 기억하고 있었다.

비록 마지막 순간, 놀랄 만한 무위를 발휘해 강물 아래로 추락하긴 했지만, 그들이 기억하는 곽무한은 자기들 손아래에서 죽어가던 삼류 수적 패의 우두머리에 불과했다.

"이놈! 꿇어라!"

그들은 자신만만하게 검을 뿌려 나갔다.

그러나 그들은 알지 못했다. 그동안 곽무한이 얼마나 변했는지,

그리고 곽무한의 가슴속에 얼마나 많은 분노가 숨어 있었는지.

곽무한은 세 사람을 향해 새파란 살기를 토해냈다. 뒤이어,

"끼야아아야압!"

치떨리는 기합성과 함께 곽무한의 손목이 격하게 회전했다.

콰아아아아아!

혈뢰도에서 무시무시한 광풍이 뿜어져 나왔다.

격돌 직전에 갑자기 망막을 덮쳐 오는 도풍.

혈월 등은 예기치 못한 기파에 놀라 몸을 움찔거렸다.

그 순간,

카카카카카캉!

날카로운 쇳소리와 함께 무시무시한 힘이 들이닥쳤다.

"헉!"

"어이쿠!"

놈들은 손목이 부러져 나가는 통증에 자기도 모르게 비명을 질렀다.

그런데 비명을 지르고 나니 뭔가 허전했다. 손에서 병장기가 빠져나간 것이다.

"허걱!"

검을 다루는 자가 손에서 검을 놓치다니!

그들이 미처 불신의 표정을 짓기도 전에,

"끼야아아압!"

예의 그 어마어마한 기합성과 함께 시뻘건 기운이 들이닥쳤다.

짜자자자자작!

"끄아아아악!"

지옥의 겁화가 이처럼 뜨거울까?

놈들은 곽무한의 도가 자신들을 스치자마자 말로 형용할 수 없는 고통이 엄습해 오는 것을 느꼈다.

그 통증을 견딜 수 없어 그들은 처절한 비명을 지르며 사지를 부들부들 떨었다.

조금 전까지만 해도 그토록 자신만만하던 세 사람.

그러나 곽무한과 격돌하자마자 실로 처참한 몰골로 변해 버렸다.

마치 작살에 뚫리기라도 한 것처럼 전신에 구멍이 숭숭 뚫려 있고, 그 사이로 시뻘건 핏물이 콸콸 새어 나오고 있었다. 그리고 어디를 어떻게 찔렸는지, 그들은 바닥으로 쓰러지지도 못한 채 제자리에서 비틀거리고 있었다.

그 모습을 보고 당무극뿐만 아니라 교자를 호위하고 있던 혈우단들까지 경악하고 말았다.

그들이 놀라고 있는 동안 곽무한은 세 사람 사이를 가로지르며 걸어왔다.

저벅, 저벅.

핏빛 발자국을 뒤로한 채 앞으로 나아오는 곽무한.

당무극이 수하들을 보며 고함을 질렀다.

"모두 저놈을, 저놈을 막아!"

지금 당무극이 할 수 있는 말이라고는 이 말뿐이었다. 또한 혈우단들이 할 수 있는 일이라고는 곽무한을 향해 일제히 달려드는 것뿐이었다.

곽무한은 까맣게 몰려오는 혈우단들을 보며 하얗게 미소 지었다. 그리고는 고개도 돌리지 않은 채 뒤쪽으로 도를 뿌렸다. 그 순간 비틀거리고 있던 세 사람의 목이 날아가며 자욱한 피분수가 뿜어졌다.

목 잃은 시신 세 구가 피를 뿜어내는 장면은 마치 세 개의 분수가 하늘을 향해 물을 뿜어내는 것 같았다.

곽무한은 쏟아지는 피분수를 맞으며 도를 치켜들었다.

마치 하늘이라도 쪼갤 듯한 기세.

그 기세에 질려, 그리고 눈앞의 참경에 질려 피와 죽음에 굶주려 산다는 혈우단들이 주춤주춤 뒤로 물러서기 시작했다.

그때 성곽 너머에서 무수한 파공성이 들려왔다.

뒤늦게 비상 타종 소리를 듣고 달려온 청운대였다.

청운대들은 눈앞의 광경을 보고 잠시 기겁하는 듯하더니, 누군가의 명에 따라 일사불란하게 장내로 날아왔다.

그때부터 혈우단이 다시 힘을 내기 시작했다.

"와아아! 죽여라!"

"모두 공격!"

요란한 함성과 함께 떼거리로 몰려오는 적들.

곽무한은 이글거리는 눈빛으로 그들을 노려봤다. 그리고 어느 순간, 곽무한의 눈빛이 시뻘겋게 충혈되더니 허공으로 세워져 있던 혈뢰도가 지면과 수평을 이루기 시작했다.

그리고 언제였을까?

곽무한에게서 무시무시한 괴성이 터져 나왔다.

"끼야아아압!"

혼백을 뒤흔드는 괴성이 밤하늘에 울려 퍼지는 순간, 혈뢰도가 바람을 갈랐다.

오른쪽 끝에서 왼쪽 끝으로.

그리고 그때부터였다.

하늘과 땅, 그 중간에 우뚝 선 곽무한을 기점으로 무시무시한 기의 파도가 지면을 휩쓸어가기 시작했다.

고오오오오오!

앞을 가로막는 건 무엇이든 베어버리는 가공할 도세.

그 끔찍한 강기가 덮치자 곽무한 앞쪽에 있던 자들이 순식간에 피떡이 되어 날아갔다.

그 광경을 본 누군가가 사력을 다해 소리쳤다.

"도강, 도강이다! 부딪치면 안 돼! 모두 피해!"

그러나 그 목소리는 금방 사그라져 버렸다.

해일처럼 닥쳐 온 강기에 파묻혀 버린 때문이었다.

그때부터 혈우단과 청운대가 급격히 위축되기 시작했다.

그들은 모두 공포에 질려 곽무한을 피해 다니기에 급급했다.

그 모습을 보고 희망이 없음을 알아차렸을까?

당무극이 옆에 있던 수하에게 비장한 표정으로 말했다.

"지금부터 내가 말하는 혈도를 눌러라. 최대한 빠른 속도로 눌러!"

수하들이 겁을 집어먹은 이상, 곽무한을 막기란 불가능했다.

당무극은 곽무한을 상대하기 위해 역천폭혈공을 쓸 생각이었다.

역천폭혈공은 아득한 과거, 암흑마교의 한 갈래에서 흘러나온 금단(禁斷)의 마공(魔功)이었다.

그 무공은 사람의 몸속에 있는 잠력을 순간적으로 격발시켜 단시간에 초인으로 만드는 무공이었다.

그러나 그 무공에는 치명적인 단점이 있었으니, 일정 시간이 지나면 육체가 그 힘을 견디지 못해 폭사하고 만다는 점이었다.

역천폭혈공의 지속 시간은 고작 반 시진.

당무극은 그 정도면 충분하다고 생각했다.

그 시간이면 곽무한을 열 번도 더 죽일 수 있다고 자신했다. 그리고 만에 하나, 상황이 여의치 않으면 놈을 끌어안고 폭사하면 그만이다. 역천폭혈공의 폭발 위력은 시전자 주변을 초토화시킬 정도로 무시무시하니까.

어차피 아들도 죽은 마당이라 더 이상 삶에 미련이 없는 당무극이다.

꿩 대신 닭이라고, 설아 대신 곽무한이라도 죽일 수 있다면 더 이상 여한이 없었다.

하지만 그런 생각을 헤아리지 못한 수하 녀석이 사색이 된 얼굴로 망설이기만 한다. 하긴 당무극이 말한 혈도마다 치명적이지 않은 혈이 없었으니 그럴 만도 했다.

"뭘 망설이고 있나? 늦으면 만사가 끝장이다. 빨리해!"

당무극이 다시 한 번 불호령을 터뜨리자 수하가 겨우 움직이기 시작했다.

당무극은 혈도를 찔릴 때마다 몸을 움찔움찔 떨었다. 그리고 잠시 후, 그는 성공적으로 역천폭혈공에 접어들었다.

츠츠츠츠츠!

단전 저 깊은 곳에서 일어나 전신으로 번져 가는 폭발적인 기운. 그와 동시에 근육이 팽팽하게 부풀어 오르고, 뼈마디가 우두둑거리며 크기를 확장해 나간다.

'오오오! 드디어, 드디어 힘이 솟구치고 있다!'

당무극은 알 수 없는 쾌감에 몸을 떨었다.

전신 가득 번져 오는 괴력에 스스로를 주체할 수 없을 정도였다.

그런데 바로 그때,

우오오오오!

멀리서 낯선 울음소리가 들려왔다.

당무극은 비몽사몽을 헤매던 와중에도 눈살을 찌푸렸다.

'아니, 재수없게 웬 늑대 울음소리야?'

그러나 자세히 들어보니 늑대 울음소리만 들려오는 게 아니었다.

크르르르.

도대체 이 소리를 뭐라고 표현해야 할까?

'호랑이 울음소린가? 아냐, 곰 울음소린가? 그것도 아닌데? 도대체 이게 무슨 소리야? 마치 귀신들의 호곡성처럼 으스스하군.'

당무극은 순간적으로 자신이 심마에 빠진 게 아닌가 싶었다.

'잊자, 잊자! 저게 무슨 소린지는 몰라도 지금은 역천폭혈공에만 집중하자.'

당무극은 그렇게 스스로를 추스르며 역천폭혈공에 빠져들었다.

제83장
상봉

상봉

곽무한은 긴 숨을 토해내며 도를 내렸다.

도극에 맺힌 피가 방울방울 떨어져 바닥에 고였다.

곽무한은 천천히 주변을 둘러봤다.

사방엔 시체가 즐비했다. 그리고 그 너머로 살아남은 놈들이 저만치 물러서 있는 게 보였다.

곽무한은 놈들에게 살기를 한 번 쏘아주고는 천천히 걸음을 옮겼다.

건너편에 있는 당무극을 향해서였다.

그때 휙 하는 파공음과 함께 몇 놈이 앞을 막아왔다.

"이놈! 걸음을 멈춰라!"

비장한 신색으로 앞을 막아서는 자들.

아마도 수하 된 도리를 다하려는 모양이었다.

곽무한은 그들을 보자 문득 비명에 간 수하들이 떠올랐다. 그래서 묵묵히 그들을 쳐다보다가 부드럽게 말했다.

"막으면 죽는다. 좋은 말할 때 물러서라."

그러나 놈들이 오히려 입을 앙다문다.

곽무한은 눈빛을 굳히며 다시 말했다.

"난 두말하지 않아. 물러서!"

이번에는 새파랗게 날 선 목소리였다.

그 목소리에서 살기를 느꼈는지 놈들이 망설이는 기색을 보였다.

곽무한은 그 모습을 보고 힘차게 진각을 내딛었다.

"으헝, 이놈들!"

"으아아아악!"

고함 소리를 듣자마자 혼비백산해 달아나는 놈들.

곽무한은 피식 실소를 흘렸다.

"우리 아이들이라면 절대 물러서지 않았을 텐데……."

그러고 보니 문득 수하들이 그리워졌다.

곽무한은 아련한 눈길로 하늘을 쳐다봤다.

먼동이 트려는지 불그스름하게 변해 가는 하늘. 그 위에 수하들이
어른거렸다.

"아니, 아직은 아니야."

눈앞엔 아직도 많은 적들이 있었다. 그리고 언제 또 우르르 몰려나
올지 몰랐다.

곽무한은 다시 걸음을 재촉했다.

내딛는 걸음 따라 당무극이 쑥쑥 다가왔다. 아니, 정확히 말하자면
쑥쑥 커져 왔다.

"음? 사술을 쓰는 건가?"

안력을 모으고 보니 당무극의 모습이 심상찮아 보였다.

눈은 툭 튀어나와 굴러 떨어지기 일보 직전이고, 모발은 올올이 곤 두서 하늘로 솟구치고 있다. 장포는 이미 터질 듯이 부풀어 있고, 우두 둑거리는 기음과 함께 그의 몸이 점점 커지고 있었다.

곽무한은 내심 긴장하며 걸음을 재촉했다.

그런데 막 세 걸음째를 내딛는 순간, 어디선가 늑대 울음소리가 들 려왔다.

"음? 환청인가?"

아무리 생각해도 청랑이 이곳에 나타날 리는 없다.

곽무한은 잡념을 떨치려고 도를 움켜쥐었다.

그 순간에도 당무극은 점점 커져 가고 있었다. 그리고 그 주위로 기 이한 바람이 몰아치고 있어 왠지 음산한 기분이 들었다. 그 때문인지 교자 주위에 있던 녀석들도 주춤주춤 뒤로 물러나고 있었다.

"음……."

곽무한은 만약의 사태에 대비해 공력을 극성으로 끌어올렸다. 그와 동시에 도를 빗겨 세운 채 양 무릎을 굽혔다. 단숨에 지면을 박차기 위 해서였다.

그런데 바로 그때,

"크카카카카!"

당무극이 괴소를 터뜨리며 눈을 번쩍 떴다.

잔뜩 충혈된 눈빛과 기괴한 얼굴 표정.

전신에 사이한 기파가 줄줄이 흘러나오고 있었다.

"음……."

곽무한은 긴장한 표정으로 도파를 움켜쥐었다. 그리고 막 당무극을

향해 짓쳐들려는 찰나,

킹, 킹, 킹!

늑대 울음소리가 다시 들려왔다.

이번에는 틀림없었다.

분명 청랑의 울음소리였다.

청랑이 있는 곳, 그곳에는 아들이 있다.

곽무한은 파르르 뺨을 떨다가 휙! 등을 돌렸다. 그리고는 일말의 망설임조차 없이 청랑의 목소리가 들려온 쪽으로, 당무극과는 반대쪽으로 몸을 날렸다.

"크아아! 이놈, 어딜 달아나는 것이냐?"

뒤에서 뭐라고 소리치는 당무극의 목소리가 들려왔지만 곽무한은 개의치 않았다.

"끄아악!"

"으아악!"

벌써 혈우단과 청운대들 뒤쪽으로 요란한 비명 소리가 들려왔고, 그 사이로 이리 뛰고 저리 뛰는 청랑의 모습이 보였다.

"모두 비켜!"

급기야 곽무한은 도를 휘두르며 놈들을 헤쳐 나갔다.

"아!"

설아는 가슴이 쿵 내려앉는 기분이었다.

이게 꿈일까, 현실일까?

저 앞에 그가 있었다.

발을 구르면 금방 닿을 거리에 그가 있었다.

떨리는 눈빛으로 자신을 바라보는 그의 얼굴.

조금 변한 얼굴이지만 틀림없이 그였다.

"살아 있었어! 정말 살아 있었어!"

꿈이 아니었다. 현실이었다.

예전처럼 상상 속의 일이 아니라 눈앞에서 펼쳐지고 있는 생생한 현실이었다. 그런 사실은 곽무한에게 안기는 청랑 때문에 중간에서 엉덩방아를 찧게 되어 앙앙 울음을 터뜨리는 보옥이가 증명하고 있었다.

설아는 갑자기 눈시울이 뜨거워지는 것을 느꼈다.

"허허허. 저놈이냐?"

귓전으로 당무운의 목소리가 들려왔지만, 설아는 아무 말도 할 수 없었다. 그저 눈물만 뚝뚝 흘릴 뿐이었다

그러던 어느 순간, 설아의 눈빛이 날카롭게 빛났다.

곽무한 뒤에 몰려 있는 흑포인들 때문이었다.

설아가 볼 때, 그들이 곽무한을 위협하고 있었다.

각종 병장기를 든 채 흉흉한 눈빛으로 곽무한을 노려보고 있는 그들의 표정으로 봐도 그랬고, 또 믿을 수 없을 만큼 거대한 사내가 곽무한을 향해 살기를 흘리며 다가서는 모습이 그런 판단을 뒷받침해 줬다. 더구나 그들에게 포위된 채 자신 쪽으로 다가오고 있는 곽무한의 상하고 지친 모습을 볼 때 그런 판단은 틀림없는 사실로 여겨졌다.

"감히 누구에게!"

설아는 만년빙굴에서나 흘러나올 듯한 목소리로 옆을 돌아봤다. 그러자 독강시들이 놀란 표정으로 설아를 봤다.

"저들을 막아요!"

설아가 북풍한설 같은 음성으로 말했다.

미처 당무운이 말릴 틈도 없었다.

'감히 누구와의 상봉인데!'

설아는 곽무한과의 상봉을 어느 누구에게도 방해받기 싫었다.

그러나 무심코 던진 돌에 개구리가 맞아 죽는다고, 당무극이 바로 그 짝이었다. 왜냐하면 독강시들의 눈에 가장 먼저 띈 사람이 바로 당무극이었기 때문이다.

크르르.

기음을 흘리며 다가오는 독강시들.

당무극은 가슴이 철렁 내려앉는 기분이었다.

'아니, 이놈들이 왜……?'

당무극은 독강시들에 대해 잘 알고 있었다. 예전에 당장욱이 술자리에서 자랑하듯 떠벌린 말을 기억하고 있었기 때문이다.

가문에서 철담마후급의 고수를 상대하기 위해 만든 치명적인 살인 병기들. 그들이 드디어 자기 손에 들어왔다며 기뻐 날뛰던 당장욱을 분명히 기억하고 있었다.

그런데 저들이 왜 자신을 막아선단 말인가?

'설마… 욱이가 이곳에?'

당무극은 잠시 주변을 둘러봤다.

혹시 당장욱이 이곳에 왔다가 주변 상황을 보고 급한 김에 아무렇게나 명을 내린 게 아닌가 싶어서였다.

그러나 아무리 찾아봐도 당장욱은 보이지 않았다.

'그럼… 설마?'

그리고 보니 장내가 이상하게 조용했다.

당무극은 긴장한 표정으로 다시 한 번 주변을 살펴봤다.

역시였다.

수하들에게 가려 보이지 않던 당무운의 모습이 들어왔다.

"으으… 형님이 어떻게?"

듣기로는 당장욱뿐만 아니라 집법원 장로들까지 총동원되어 그를 잡으러 갔다고 했다. 더구나 눈앞의 이 괴물들까지 데리고.

그런데 저 멀쩡한 모습이라니?

그렇다면 당장욱이나 장로들이 그에게 당했단 말인가?

'으드득! 그럼 이 독강시들도 형님이?'

그러나 그건 말이 안 되는 이야기였다.

이미 섭혼대법을 치르고 난 뒤라 독강시들은 당장욱의 명만 따르게 되어 있다.

'그럼 도대체 어찌 된 일이란 말인가?'

그때 퍼뜩 뇌리를 스치는 생각.

'설마… 그년이?'

그녀라면 충분히 가능성이 있었다. 예전에도 상상할 수 없는 능력으로 자기와 수하들을 농락했던 계집이었으니.

당무극은 급히 당무운 주위를 살펴봤다.

과연 그녀도 있었다.

누군가를 안아 든 그녀가 곽무한에게 다가서고 있는 모습이 보였다.

"크으으! 저년이, 저년이 이곳에……!"

당무극은 설아를 보자마자 이성이 마비되어 버렸다.

이제 독강시를 누가 움직였느냐 하는 의문 따위는 중요한 게 아니었다. 자신을 이 모양 이 꼴로 만든 설아와 아들의 목을 눈앞에서 날려 버린 곽무한, 그리고 자신을 평생 질투의 구렁텅이 속으로 밀어 넣은 당무운이 바로 눈앞에 있었다.

"크아아! 이 연놈들!"

당무극은 걷잡을 수 없는 분노를 느꼈다.

복수다!

아들의 복수이자 나의 복수다.

들끓다 못해 주체할 수 없는 이 원한과 분노를 몽땅 쏟아 부어 주리라! 아니, 그에 더해 사지를 갈기갈기 찢어 와득와득 씹어 먹어 주리라!

당무극은 그런 각오로 눈을 하얗게 빛냈다.

그러나 당무극은 먼저 눈앞에 있는 독강시들부터 상대해야 했다.

끼아아아!

당무극이 몸을 움직이려 하자, 호곡성과 함께 독강시들이 달려들었다.

"비켜라, 이 썩어빠진 시체들아!"

당무극은 괴성을 지르며 독강시들에게 맞서갔다.

그러나 막상 부딪쳐 보니 상상 이상의 괴물들이었다.

단순히 팔목만 부딪쳤는데도 엄청난 통증과 함께 내기가 진탕되었다. 게다가 이 아찔한 독기라니?

"크윽! 이, 이놈들이!"

전후좌우를 합쳐 모두 여섯 마리나 되는 독강시.

이들을 뚫고 저 년놈들을 조져야 한다고 생각하니 기가 막혀 눈물이 핑 돌았다.

"크아아! 이 괴물들아! 물러가! 물러가란 말이야!"

사실 독강시들의 공격은 무척 단순했다.

그저 팔을 종횡으로 휘두르거나 아니면 입을 쩍 벌려 독기를 뿜어대는 게 다였다. 그러나 그 위력은 생각만큼 간단하지 않았다.

그들이 한 번 몸을 움직이면 전광석화가 무색할 지경이었고, 그들이 휘두르는 팔은 절세신병이 따로 없을 정도로 무지막지했다. 또한 그들이 내뿜는 독은 당가에 존재하는 그 어떤 독보다 지독했다.

이는 당무운이 독강시들을 만들 때 각 관절의 힘을 폭발적으로 강화시켰고, 그에 더하여 당가에 존재하는 독이란 독은 몽땅 투여했기 때문이다.

보라. 그들이 슬쩍 지면을 박차면 어느새 코앞에 다다라 양손을 휘둘러온다. 그리고 그보다 먼저 들이닥치는 이 아찔한 독기들.

"크아아! 이놈들, 제발 좀 물러가!"

당무극은 원통하고 절통했다.

자기 생명을 담보로 기껏 역천폭혈공을 펼쳤는데, 고작 시체 따위나 상대해야 하다니!

시간이 가기 전에 얼른 곽무한을 처치해야 하는데, 정 안 되면 설아라도 좋은데…….

그러나 아무리 후려 패고 아무리 쥐어 차도 눈 하나 꿈쩍 않는 독강시들.

미치고 환장할 일이었다. 원통하고 절통해 숨이 넘어갈 지경이었다.

"크아아아!"

결국 당무극은 하늘을 올려다보며 비통한 절규를 터뜨렸다.

울화통이 터지다 못해 심마에 빠지고 만 것이다.

"크아아아! 이놈들!"

우지직! 쫘아악!

심마에 빠진 사람들이 다 그렇듯, 당무극은 한순간 믿을 수 없는 괴력을 발휘해 독강시들의 사지를 찢어버렸다.

그러나 결과는 그뿐이었다.

독강시들은 말 그대로 강시였다. 아무리 사지를 찢어놔도 몸 따로 다리 따로, 다시 공격해 들어온다.

당무극은 심마에 빠진 정신으로도 펑펑 울고 싶어졌다.

"크아아! 곽무한! 제발 나와 싸우자!"

급기야 당무극은 곽무한 쪽을 향해 애원 어린 고함을 질렀다.

그러나 곽무한은 뉘 집 개가 짖느냐는 듯 쳐다보지도 않았다.

사실 곽무한은 당무극의 절규를 듣지 못했다.

설령 들었다 하더라도 그에게 신경 쓸 정신 따위는 없었을 것이다.

곽무한은 멍한 표정으로 설아를 쳐다보고 있었다.

발밑에선 청랑이 연신 혀를 내밀며 할짝거렸지만, 곽무한은 우두커니 설아만 쳐다봤다.

'그녀가… 그녀가……'

심중에 회오리가 쳤다. 항상 꿈결처럼 아련하던 그녀를 이렇게 지척에서 보게 되니 정신이 아득해져 왔다.

한 발 두 발 다가서는 설아.

그녀가 다가오기 전, 그녀의 향기가 먼저 다가왔다.

'그때 그 향기……'

꿈이 아니었다.

"안녕… 하셨어요?"

향기만큼이나 아름다운 그녀 목소리.

정신을 차리고 보니 그녀의 눈에 눈물이 찰랑이고 있었다.

눈물 가득한 얼굴로 그녀가 웃고 있었다.

"그대는… 그동안 잘 지냈소?"

겨우 한다는 인사가 이 모양이다.

곽무한은 어색한 표정으로 헛기침을 터뜨렸다.

"험, 험, 저는 염려 덕분에 잘 지내고 있었습니다."

그제야 말문이 열리기 시작했다.

말문이 열리자 시야도 덩달아 열렸다.

그동안 흐릿하게만 기억되던 그녀의 얼굴이 눈앞에 선명했다.

숨 막히게 아름다운 얼굴.

그 모습을 대하자니 가슴이 두근거려 똑바로 쳐다볼 수가 없었다. 그래서 애써 시선을 돌리다가 문득 발견하게 된 사람. 그녀에게 안겨 있는 한 사람……

왠지 낯이 익었다.

저 피에 전 모습.

가슴이 쿵쿵 뛰기 시작했다.

알 수 없는 예감이 심장을 조여 왔다.

"그, 그분은?"

목소리가 자신도 모르게 떨려 나왔다.

설아는 슬며시 곽무한의 눈길을 피했다.

한참 입술을 깨물던 설아는 문득 고개를 들어 어딘가를 가리켰다.

"우선… 아기부터 보세요."

그 말에 곽무한은 벼락을 맞은 듯 몸을 떨었다.

"아, 아기?"

망연히 중얼거리던 곽무한은 설아를 따라 시선을 돌렸다.

저 뒤쪽.

자신을 보며 낑낑거리는 청랑 옆에 두어 살 먹은 아기가 뒤뚱거리며 서 있다. 아기는 뭐가 그리 불만인지 그 작은 입으로 청랑의 귀를 물어 뜯으며 칭얼거리고 있었다.

곽무한은 한눈에 아기를 알아봤다.

어릴 때 엄마가 주고 간 목걸이.

그 목걸이가 아기의 목에 걸려 있었기 때문이다.

곽무한은 한참 격동에 떨다가 잔뜩 목이 멘 음성으로 말했다.

"아가야……."

곽무한은 그 말을 내뱉으며 자기도 모르게 눈물을 흘렸다. 그러나 곽무한은 그런 사실도 못 느낀 채 홀린 듯 아기에게 다가갔다.

"보옥이에요. 이름을 알 수 없어서… 보옥이라고 지었어요."

귓전으로 수줍은 설아의 목소리가 들려왔다.

그러나 곽무한은 천지가 빙빙 도는 듯해 아무 소리도 들리지 않았다. 그저 보옥이의 얼굴만 망막에 가득했다.

설아는 그런 곽무한을 보며 눈시울을 적셨다. 그리고는 천천히 당군혜를 바닥에 뉘었다.

"어머니, 기운 내세요. 드디어 그가 왔어요."

설아가 귓엣말을 건네자 죽은 듯 누워 있던 당군혜의 눈꺼풀이 또 한 번 떨렸다.

비몽사몽 가운데에서도 아들 이야기를 듣자 반응을 보이다니…….

이런 게 바로 모정인가 싶어 설아는 콧날이 시큰해졌다.

"어머니, 그렇게도 그가 보고 싶으셨어요? 조금만 기다리세요. 제가 잠간이라도 의식을 찾게 해드릴게요."

설아는 혼잣말을 중얼거리며 당군혜의 얼굴을 다시 한 번 닦았다.

이때까지는 경황이 없어 대충 지나갔지만, 곽무한을 만나고 보니 이대로는 안 되겠다 싶었다. 설아는 곽무한의 걱정을 조금이라도 덜어주고 싶어 그를 보옥이에게 보내 시간을 번 것이다.

그렇게 설아가 당군혜를 돌보고 있을 때 당무운이 다가왔다.

"저어… 아가야."

"네?"

"험, 험, 저 녀석이 네가 말하던 그 녀석이냐?"

"아!"

설아는 아차 싶었다.

곽무한을 만났다는 사실에 흥분해 미처 당무운을 소개하지 못했다.

"고조부님, 죄송해요. 제가 그만……."

설아는 당황한 표정으로 얼른 곽무한을 부르려 했다. 그러나 당무운은 손을 휘휘 내저었다.

"아니, 됐다. 인사는 나중에 해도 되고……."

한참 망설이던 당무운은 긴 한숨을 쉬며 눈짓으로 장내를 가리켰다.

"미안한 부탁이지만 우선 저 녀석들을 좀……."

당무운이 말한 저 녀석들이란 독강시들이었다.

아무래도 동생이 독강시들에게 당하고 있어 마음이 편치 않은 모양이었다.

"네, 알겠어요."

안 그래도 당무극의 괴성이 귀에 거슬렸던 참이라 설아는 선선히 고개를 끄덕였다.

"이제 그만 싸우고 그의 혈도를 짚어요."

그런데 이게 웬일인가?

명을 내렸는데도 여전히 엎치락뒤치락하고 있는 게 아닌가?

"어머, 쟤들이 왜 저래?"

당황하는 설아에게 당무운이 실소를 흘리며 말했다.

"아가야, 저들은 시체들이라 지각(知覺)이 없단다. 그러니 세세한 명은 알아듣질 못해. 그냥 놈들을 뒤로 물리기만 하면……."

당무운의 설명에 설아는 알겠다는 표정을 지었다.

"그랬군요. 모두 뒤로 물러나요!"

독강시들은 그제야 뒤로 물러났다.

그러나 상황은 여전했다.

이미 심마에 빠질 대로 빠진 당무극이 독강시들의 뒤를 쫓은 것이다.

광기에 사로잡혀 독강시들뿐만 아니라 주위에 있는 당가 무인들까지 공격해 들어가는 당무극의 행태는 한눈에 봐도 정상이 아니었다.

"어떡하지요?"

"음……."

당무운이 곤혹스런 표정으로 침묵을 지키자 설아가 당군혜를 가리키며 말했다.

"저분이 내지르는 고함 소리 때문에 어머님께 충격이 가겠어요. 그러니……."

당무운은 설아가 말하고자 하는 바를 알아차렸다. 보아하니 다른 방도도 없는지라 당무운은 고개를 끄덕였다.

"그럼……."

설아가 가볍게 손가락을 튕기자 쐐액!! 하는 소리와 함께 하얀 기류가 날아갔다.

픽!

"켁?"

당무극은 마혈을 짚이는 순간 퍼뜩 정신을 차렸다.

자신은 지금 역천폭혈공을 펼치고 있는 상태다.

그런데 마혈을 짚이다니!

자칫 잘못하다간 이 자리에서 꼼짝없이 폭사당하고 만다.

"어느 놈이 감히?"

당무극이 화난 표정으로 고함을 지를 때였다.

피융!

또 하나의 지풍이 날아들었다.

퍼픽!

'케엑!'

이번엔 아혈까지 짚여 버렸다.

당무극은 심장이 목구멍으로 튀어나오는 기분이었다.

'누, 누구야? 빨리 풀어!'

당무극이 고래고래 고함질렀지만 그 말을 들을 수 있는 사람은 아무도 없었다.

'끄아아아아! 누구야? 제발 좀 풀어줘어어어어!'

아무리 고함질러 봐도 목구멍에서 맴을 도는 목소리.

결국 마음 따로 입 따로, 눈동자에 힘만 줄 수 있을 뿐, 당무극이 할 수 있는 건 아무것도 없었다.

그렇게 당무극이 절망에 빠져 있을 때 당무운이 다가왔다.

순간 당무극의 눈이 희망으로 반짝였다.

그러나 희망이 절망으로 바뀌는 데는 촌각도 걸리지 않았다.

한동안 걱정스런 표정으로 어깨를 툭툭 두드리던 당무운.

"아우, 불편하더라도 조금만 참으시게. 곧 풀어줄 게야."

달랑 그 말만 남기고는 휑하니 떠나 버린다.

'크아아! 그냥 가는 게 어디 있어? 반 시진, 이제 곧 반 시진이란 말이야, 으아아아!'

때리는 시어미보다 말리는 시누이가 밉다고, 마음만 설레게 해놓고 휑하니 돌아가 버린 당무운이 저주스럽기만 한 당무극이다.

그러나 당무운에게 한바탕 욕을 퍼부으려고 해도 그 말조차 나오질 않으니 이보다 더 환장할 상황이 어디 있을까?

결국 당무극은 닭똥 같은 눈물만 뚝뚝 흘렸다.

'끄으으, 제발! 제발……'

너무 허탈하고 황당해서 흘리는 눈물.

그러나 그마저 봐주는 사람이라곤 몸 따로 다리 따로인 독강시들밖에 없었다.

당무극의 눈물 속에 시간은 하염없이 흘러갔다.

"휴, 됐어."

설아는 긴 한숨을 내쉬며 자리에서 일어났다.

이제 명문혈에 기를 불어넣으면 당군혜를 잠깐이나마 깨울 수 있다.

"어머니, 잠시만 기다리세요."

설아는 당군혜에게 귀엣말을 건넨 뒤 곽무한을 불렀다.

"저기요."

여전히 기어들어 가는 수줍은 목소리.

그 소리에 곽무한이 설아를 돌아봤다.

보옥이를 안고 얼마나 울었는지 이미 눈자위가 흠뻑 젖어 있는 곽무한이다.

설아는 그 얼굴을 똑바로 볼 수 없어 눈짓으로 당군혜를 가리켰다.

"아직 위독하신 상태여서 조금의 시간밖에 없어요. 그러니 우선 인사부터 드리세요."

그 말에서 뭔가를 느낀 것일까?

곽무한의 표정이 눈에 띄게 굳어갔다.

떨리는 손으로 청랑에게 보옥이를 맡긴 곽무한은 천천히, 아주 천천히 당군혜 쪽으로 다가갔다.

설아가 슬쩍 자리를 피해주자 곽무한은 당군혜 앞에 무릎을 꿇었다. 그리고는 당군혜의 얼굴을 뚫어져라 쳐다보다가 주르륵 눈물을 흘렸다.

곽무한은 한동안 말이 없었다.

그저 어깨만 들썩이고 있었다.

그러다가 마침내 새어 나온 목소리.

"엄… 마……."

들릴락 말락, 잔뜩 목이 멘 목소리였다.

파리하고 창백한 엄마의 얼굴…….

살짝 건드리기라도 하면 어디론가 훨훨 날아가 버릴 것 같아 곽무한은 차마 엄마를 껴안지 못하고 끅끅거리기만 했다.

그러다가 한참 뒤, 곽무한은 떨리는 손으로 엄마의 뺨을 어루만졌다. 그리고는 조심스럽게 엄마의 손을 움켜쥐며 말했다.

"엄마… 이게 뭐야? 이게 무슨 일이야? 누가… 도대체 누가……?"

그 곱던 엄마의 얼굴.

그 얼굴에 자리한 낯선 주름살도 서러울 지경인데 이토록 끔찍한 상처라니…….

"어머, 우리 무한이가 배가 고프다고? 이를 어째? 울지 말고 조금만 참아. 엄마가 금방 맛있는 거 해줄게. 응?"

"호호호. 미안, 미안. 우리 아들 눈이 너무 예뻐서 그랬단다. 용서해 줘, 응?"

"우리 아들. 귀여운 아들. 용감하고 씩씩한 우리 무한이……."

엄마의 향기로운 음성은 아직도 기억 속에 선명하기만 한데, 이렇게 얼굴을 마주하고도 말 한마디 나누지 못하다니.

"금방 갔다 올 거야. 두 밤만 자고 올 거야. 우리 착한 아들. 용감한 아들. 기다릴 수 있지? 혼자 있을 수 있지? 응? 반드시 엄마를 기다려야 돼! 반드시!"

급기야 생각이 엄마가 떠나던 그날에 이르자 곽무한은 상처 입은 짐승처럼 소리를 질렀다.

"끄아아아! 기다렸어요. 이때까지 기다렸어요! 평생이라도 기다렸을 거예요! 그런데 이게 뭐야? 이게 무슨 꼴이냐구요, 흑흑흑."

서러웠다.

억울하고 분했다.

그날의 이별이 이토록 서러운 상봉을 예고한 것이란 말인가?

곽무한은 분노와 서러움이 한꺼번에 밀려와 미칠 것만 같았다.

그 때문인지 곽무한의 눈에서 이글거리는 살광이 뿜어졌다. 마치 지옥의 유황불처럼 소름 끼치는 눈빛이었다.

"와앙! 무서워."

그 눈빛에 보옥이가 울음을 터뜨렸다.

설아는 얼른 보옥이를 다독였다.

"괜찮아. 아빠야, 아빠가 화가 나신 거야."

설아는 보옥이를 달래며 애잔한 눈빛으로 곽무한을 훔쳐봤다.

설아는 느끼고 있었다.

지금 이 순간, 그에겐 그 어떤 말도 위로가 되지 못한다는 사실을.

그저 말없이 바라봐 주는 게 오히려 그를 위한 것이라는 사실을.

그런데 바로 그때였다.

곽무한이 울면서 고래고래 고함을 지르고 있을 때,

"으음……."

나직한 신음성과 함께 당군혜가 파르르 눈을 뜨기 시작했다.

"어, 엄마?"

곽무한은 깜짝 놀라 당군혜를 쳐다봤다.

당군혜는 잠시 눈을 깜빡이다가 코앞에 얼굴을 들이밀고 있는 곽무한을 보고 희미한 미소를 지었다.

"안녕, 내 아들. 그동안 잘 있었니?"

힘이 하나도 없는 목소리였지만 가슴을 울리는 따스한 목소리.

기억 속에 선명한 엄마의 목소리였다.

그 목소리를 듣고 곽무한은 웃는 듯 우는 듯 괴상한 표정을 짓다가

왁! 하는 울음소리와 함께 당군혜의 가슴에 얼굴을 파묻었다.

"엄마? 엄마!"

곽무한은 지금 이 순간이 그저 꿈만 같았다.

기쁘거나 슬플 때, 아프거나 즐거울 때 항상 안기곤 하던 엄마의 품. 그 따사롭고 포근한 품에 다시 안길 수 있게 되자 곽무한은 눈물을 주체하지 못했다.

당군혜는 그런 곽무한을 보며 눈시울을 붉혔다.

어느새 훌쩍 커버린 아들.

그 아들이 자기 품에 안겨 어린애처럼 엉엉 울고 있다.

당군혜는 떨리는 손으로 곽무한의 뺨을 감싸 쥐었다.

"우리 아들, 멋있어졌구나. 상상하던 그대로야. 이런 멋진 미장부가 내 아들이라니……."

당군혜는 연신 곽무한의 얼굴을 어루만지며 목메인 음성으로 말했다.

"우리 아들… 그동안 얼마나 외로웠을까? 얼마나 원망했을까? 미안해. 정말 미안해. 엄만… 가고 싶어도 갈 수가 없었단다. 보고 싶었는데, 보고 싶어 미칠 것만 같았는데 갈 수가 없었단다. 무한아, 이런 엄말 용서해 주겠니?"

곽무한은 아무런 대답도 할 수 없었다.

이제까지의 원망은 엄마를 보는 순간 다 날아가 버렸다.

그저 좋고, 그저 꿈만 같았다.

그런 감정들이 목을 붙잡고 놓아주질 않아 곽무한은 한동안 끅끅거려야 했다.

말을 잊은 채 서로를 껴안고 울기만 하는 두 사람.

거기에 끼어들 수 있는 사람은 아무도 없었다.

설아도, 당무운도, 심지어는 어린 보옥이조차 두 사람을 쳐다보기만 했다.

남궁명 역시 마찬가지였다.

맨 처음 남궁명은 곽무한이 당군혜의 아들이란 사실에 엄청난 충격을 받았다. 가문의 후계자이자 자신의 조카였던 남궁하준을 죽인 자가 자기가 사모하는 여인의 아들이었다니? 그것도 가문의 결정으로 인해 강제로 헤어져야 했던 아들이었다니……!

남궁명은 두 사람의 해후를 보며 복잡한 표정을 지었다.

그런 심사 때문인지 그의 검은 반 이상 뽑힌 채로 들어갔다 나왔다를 반복하고 있었다.

이윽고 곽무한이 정신을 차렸다.

이곳은 집이 아니었다. 적진 한복판이었다.

주변에는 아직도 많은 적들이 있었다.

곽무한은 천천히 당군혜를 안아 들었다.

"가요, 엄마. 저와 함께 가는 거예요. 저와 함께 집으로 가는 거예요."

그 말에 당군혜는 정신없이 고개를 끄덕였다.

"그래, 가야지. 우리 아들 따라가야지. 내가… 내가 우리 아들을 돌봐줘야지."

환한 표정으로 곽무한의 어깨를 안아가던 당군혜는 그 말을 끝으로 스르르 의식을 잃어버렸다. 순간 곽무한은 그 자리에서 굳어버렸다.

가슴이 쿵쿵 뛰었다.

뭔가 불길한 느낌이 들어 숨조차 제대로 쉴 수 없었다.

그런 심정을 대변하듯 곽무한의 눈동자가 정신없이 흔들렸다.

그때 설아가 왔다.

설아는 홀린 듯이 서 있는 곽무한에게서 당군혜를 넘겨받은 뒤 조용히 맥을 짚었다. 그리고는 안심하란 표정으로 곽무한에게 미소를 지어보였다.

"괜찮아요. 조금 전에 고비를 넘기신 데다가 북받치는 감정을 이기지 못해 잠시 혼절하신 거예요."

곽무한은 그제야 안심을 했다.

그러나 한동안 불안한 눈빛으로 당군혜를 쳐다보다가 천천히 설아에게 시선을 돌렸다.

"고맙… 소."

짧은 말이었지만 많은 의미가 담긴 말이었다.

아마도 이 시간, 이 장소가 아니었다면 좀 더 많은 감정이 묻어 나왔으리라.

그러나 설아는 그것만으로도 충분했다.

곽무한의 말 한마디로 이제까지의 가슴앓이를 몽땅 보상받은 기분이었다.

"한 가지 부탁이 있소."

곽무한이 다시 말했다.

강렬한 눈빛에 강렬한 말투.

설아는 뺨을 사르르 붉히며 고개를 숙였다.

"말씀… 하세요."

곽무한은 잠시 설아를 쳐다보다가 천천히 입을 열었다.

"잠시만… 어머니와 저 녀석……."

곽무한은 눈짓으로 보옥이를 가리키다가 순간적으로 곤혹스러운 표정을 지었다. 그 순간 설아가 웃으며 말했다.

"보옥이 말이에요?"

"아, 그렇구려. 보옥이……."

설아는 자기 말에 고개를 끄덕이는 곽무한을 보고 수줍게 웃었다.

그 미소를 보고 곽무한이 멍한 표정을 짓다가 찰나간에 무표정으로 돌아왔다.

"잠시 어머니와 보옥이를 부탁하오. 저 뒤에 물러나서 잠시만 기다리면 되오."

"네, 알았어요."

설아는 왠지 모르게 신이 난 표정이었다.

당군혜를 안고 청랑 옆으로 다가간 설아는 보옥이를 자기 무릎 위에 앉혀놓고 소곤소곤 귀엣말을 건넸다.

"보옥아, 너도 들었지? 아빠가 나더러 부탁한댔어. 기다려 달랬어."

물론 보옥이는 무슨 말인지 몰라 제 손가락만 쪽쪽 빨아대고 있었다. 그러나 설아는 그런 반응에 상관없이 신이 나 있었다.

그러나 당무운은 아니었다.

'제기랄! 이럴 줄 알았으면 내가 네 외증조부다, 라며 인사를 받을 걸 그랬나?'

그러나 그건 당군혜의 직접 소개가 아니면 소용없을 것 같았다. 왜냐하면 녀석은 자기를 보고도 이제껏 말 한마디 건네지 않았다. 그렇다면 대충 자신의 정체를 짐작했다는 말.

'그러나 녀석은 나를 평범한 당가의 노인, 그 이상도 그 이하로도 생각하지 않고 있겠지?

하긴 저들 모자의 과거를 보자면 그럴 만도 했다.

'그런데 녀석은 지금 뭘 하려는 걸까?'

당무운은 곰곰이 생각하다가 '악!' 소리를 내고 말았다.

"설마, 설마?"

불행히도 그 설마가 맞아떨어졌다.

설아와 당군혜를 등지고 장내 중앙으로 걸어간 곽무한은 좌우를 둘러보며 한 자 한 자 씹어뱉듯 말했다.

"당가에게 묻겠다. 우리 어머니가 왜 여기 계신 거지?"

낮고 조용한, 그러나 치떨리는 음성이었다.

당무운은 그 말을 듣자마자 눈을 질끈 감고 말았다.

'맙소사! 드디어 올 게 오고야 말았구나!'

이제 사건은 걷잡을 수 없이 커져 버렸다.

오늘로서 가문의 위신은 땅에 떨어지게 되리라.

그런 사실을 증명하듯, 당가 무인들이 웅성거리기 시작했다.

"뭐야? 대소저를 우리 엄마라고?"

"그, 그럼 저자가 대소저의 아들이었단 말이야?"

"도대체 뭐가 어떻게 돌아가는 거야?"

당가 무인들은 황당하다는 표정으로 서로를 보며 웅성거렸다.

설아는 거기에 마지막 쐐기를 박았다.

"이곳이 당신… 외가래요."

그 말은 모두의 가슴에 비수처럼 틀어박혔다.

장내는 한순간 정적에 휩싸였다.

모두들 설아의 말에 충격을 받아 말을 잃어버렸다.

곽무한 역시 마찬가지였다.

이제껏 자신을 죽이기 위해 온갖 짓을 서슴지 않던 자들이 외가 쪽 사람들이라니!

있을 수 없는 일이었다. 말도 안 되는 소리였다.

곽무한은 그런 심정을 담아 소리쳤다.

"거짓말이오! 있을 수 없는 일이오! 당신이 잘못 알고 있는 게 틀림없을 것이오!"

그랬다.

거짓말이어야 했다.

아무리 설아의 말이라고 해도 그건 거짓말이어야 했다.

그렇지 않고 그게 진실이라면 자신이나 엄마의 삶이 너무 억울하지 않은가?

그러나 뒤돌아본 설아의 표정은, 울먹이는 표정은 그 말이 진실이라고 말하고 있었다. 이곳이 틀림없는 자신의 외가라 말하고 있었다.

그때부터 곽무한의 표정이 일그러지기 시작했다. 뒤이어 전신에 광풍 같은 살기가 어리더니 그의 발밑이 진동을 일으키기 시작했다.

"으아아아아아아!"

급기야 곽무한이 하늘을 향해 괴성을 지르는 순간, 지면이 거북이 등껍질처럼 쩍쩍 갈라져 나가기 시작했다.

그 모습을 본 당무운이 대경실색한 표정으로 말했다.

"잠시만 참아라. 내가 이야기하마. 내가 그 일에 대해 설명을 해주마."

그러나 당무운이 채 두 걸음도 걷기 전이었다.

곽무한이 갑자기 시선을 당가 무인들 쪽으로 향했다.

그 순간,

"끄아아악!"

"으아악! 내 눈, 내 눈!"

앞쪽에 있던 당가 무인들이 두 눈을 감싸 쥐며 비명을 질러댔다.

곽무한이 내뿜는 안광에 동공이 파열된 것이다.

"맙소사! 심즉상인(心卽傷人)의 경지?"

당무운은 가슴이 철렁 내려앉는 기분이었다.

심즉상인의 경지란, 마음으로 상대를 해치는 경지.

강호십대고수라 불리는 자신으로서도 흉내 내기 힘든 경지였다.

"으으. 당장욱, 이 빌어먹을 놈이 가문을 말아먹으려고 작정을 했구나! 어디 건드릴 사람이 없어서 저런 괴물을 건드렸단 말인가?"

당무운은 나직한 탄식성을 흘리며 당장욱을 원망했다.

이제 무슨 수로 곽무한의 분노를 달랠까 고민이 된 것이다.

그러나 곽무한은 당무운의 고심을 아랑곳하지 않았다.

"확인할 것이다. 내가 내 눈으로, 내 귀로 똑똑히 확인할 것이다."

좌중을 향해 으스스한 목소리를 내뱉은 곽무한은 정면을 노려보며 성큼성큼 걸음을 옮기기 시작했다.

쿵, 쿵, 쿵!

마치 천신의 걸음인 양, 지면을 푹푹 파고드는 발자국.

그 기세에 질린 당가 무인들은 허겁지겁 뒤로 물러났다.

좌중을 압도하며 일직선으로 나아가는 곽무한.

그 발길 끝에는 혈도를 짚여 옴짝달싹 못하고 있는 당무극이 있었다.

당무극은 지금 이 상황에서 곽무한의 신세에 대해 증언할 수 있는 유일한 증인이었다. 왜냐하면 그가 바로 곽무한이 아는 유일한 가해자였기 때문이다.

그러나 안타깝게도 당무극은 곽무한의 질문에 대해 그 어떤 대답도 해줄 수 없었다.

이미 시간이 다 되어버린 것이다.

곽무한이 당무극의 발치께에 다다르기도 전에,

슈우우욱, 퍼퍼퍼펑!

기이한 음향과 함께 당무극의 전신이 산산이 터져 버리고 말았다.

당무극의 죽음은 실로 허무했다.

애초에 목표한 곽무한을 죽이기는커녕, 애꿎은 수하들만 잡고 말았다. 그리고 그의 죽음은 곽무한의 분노를 한층 가중시켜 버렸다.

가뜩이나 자기 신세에 대해 분노하고 있던 곽무한. 이제는 엄마의 신세에 대한 분노까지 겹쳐 버렸다.

거기다가 지금 이 순간 곽무한에게 저간의 사정을 말해 줄 수 있는 사람이라곤 당군혜와 당무극뿐인데, 당군혜는 혼절 상태고 당무극은 방금 폭사해 버렸으니 곽무한에게 지금 상황을 설명해 줄 수 있는 사람은 아무도 없었다.

당무운이 있지 않느냐고?

당무운은 아직 곽무한과 인사조차 나누지 못했다.

결국 치미는 분을 억누르지 못한 곽무한은 허공을 향해 괴성을 터뜨렸다.

"우우우우우우!"

천지를 뒤흔드는 곽무한의 괴성.

이제 곽무한의 분노를 막을 수 있는 사람은 아무도 없었다.

그런데 이런 분위기도 모르고, 바보같이 곽무한의 앞을 막아선 사람
이 있었다.

"크하하하! 이 연놈들, 모두 여기 모여 있었구나!"

뭐가 그리 즐거운지 광소를 터뜨리며 다가오는 사내,

그는 다름 아닌 당장욱이었다.

제84장
복수

복수

"가, 가주?"

당장욱이 나타나자 잠시 장내에 소란이 일었다.

그 이유는 다름 아닌 당장욱의 행색 때문이었다.

명색이 사천제일세의 수장이라는 당장욱이다.

그런데 저 초라한 몰골을 보라.

온통 찢기고 뜯겨 옛 모습이라고는 전혀 찾아볼 수 없는 의복에다가 어디선가 옴팡지게 터지고 온 것 같은 푸르죽죽한 얼굴.

거기다가 허둥지둥 그의 뒤를 따르는 장로들은 또 어떻고?

저마다 터지고 깨져, 어디 한 군데 피멍이나 들지 않았으면 그나마 나은 축에 속했다.

그러니 이 모습을 보고 어찌 가주의 행차라 할 수 있겠는가?

"험, 험."

당장욱은 수하들의 표정을 보고 잠시 계면쩍은 표정을 지었다. 그러나 촌각도 지나지 않아 그의 얼굴은 잔뜩 일그러지고 말았다.

마치 백만 대군이라도 쳐들어온 것처럼 온통 부서지고 허물어져 버린 성곽과 전각들, 그리고 이리저리 널린 시체들과 여기저기 남아 있는 폭발의 흔적들.

그런 광경을 대하자 당장욱은 도대체 이곳에서 무슨 일이 벌어졌나 싶어 사방을 둘러보다가 어느 순간, 자기도 모르게 그 자리에서 굳어버렸다.

우연히 시야에 들어온 무너진 성곽.

그 아래 보이는 피 묻은 옷자락.

당장욱은 처음엔 자기 눈을 의심했다.

저 옷은 아들의 서른 살 생일 때 자신이 선물로 사준 것이 아닌가?

그런데 그 옷이 양손이 잘려 나간 목 없는 시체에게 입혀져 있다.

"이, 이게 도대체… 이게 도대체……?"

당장욱은 한동안 말을 잇지 못했다. 그러다가 한순간 괴성을 지르며 몸을 날렸다.

"중무야! 내 아들 중무야―!"

틀림없었다.

아들의 시신이었다.

눈에 흙이 들어가도 알아볼 수 있었다.

"으아아아아! 어떤 놈이, 도대체 어떤 놈이 내 아들을?"

사지를 부들부들 떨며 비통한 절규를 토해내던 당장욱, 그의 눈에 수하들과는 뭔가 다른 이질적인 분위기를 풍기고 있는 칠 척 체구의 사내가 들어왔다.

"서, 설마······?"

그러고 보니 놈의 눈빛이 왠지 낯익었다.

짙은 눈썹에 강렬한 눈빛.

자신이 가장 싫어하는 누군가와 꼭 닮았다.

당장욱은 곧 그의 정체를 짐작할 수 있었다.

저 뒤에 누워 있는 당군혜를 보지 않더라도 금방 알아볼 수 있었다.

"곽··· 무··· 한. 설마 네놈이? 네놈이 설마 내 아들을?"

그때 얼핏 수하들의 모습이 들어왔다.

자기 시선을 피하며 희미하게 고개를 끄덕이는 모습이.

그 순간 당장욱은 폭발하고 말았다.

"으아아! 이놈! 이 근본도 모르는 사생아 따위가 감히? 크아아!"

당장욱은 괴성을 토하며 미친 듯이 몸을 날렸다. 그리고는 누가 말릴 새도 없이 곽무한을 향해 연거푸 장력을 퍼부었다.

퍼퍼퍼펑!

무시무시한 기세로 순식간에 주변을 녹여 나가는 녹색 기류.

그 으스스한 장세를 보고도 곽무한은 눈 하나 깜짝 않았다.

오히려 녹색 기류 너머의 당장욱을 노려보면서 혼잣말을 중얼거렸다.

"사생아··· 사생아라고?"

그 말이 끝나기 무섭게 곽무한의 눈이 번쩍 빛났다. 뒤이어,

"감히 나더러 사생아라고!"

벽력같은 고함 소리와 함께 곽무한에게서 새하얀 광채가 폭사되었다.

콰아아아아!

폭죽이 터지듯 찰나간에 빛살처럼 뿌려지는 강기.

일초에 삼백육십 개의 방위를 단숨에 베어버린다는 참마뢰였다.

그 강기를 보고 당장욱은 가슴이 철렁 내려앉았다.

"헉! 도, 도, 도강(刀罡)?"

세상에, 저렇게 무시무시한 도강이라니?

자신의 장세를 단숨에 갈라 버리며 빛살처럼 날아오는 강기를 보자 당장욱의 눈이 정신없이 떨렸다.

'으아아! 잘못하면 내가 당한다!'

내심 비명을 지르며 당장욱은 뒤늦게 속사포 같은 장력을 연달아 뿌려냈다. 그리고는 황급히 몸을 틀어 짓쳐드는 강기를 피해 나갔다.

그러나 한발 늦었을까?

퍼퍼퍼펑!

요란한 폭음과 함께 당장욱의 신형이 쿠당탕! 바닥으로 추락하고 말았다.

"헉! 가주!"

"가주! 괜찮으십니까?"

그 모습을 본 장로들이 대경실색한 표정으로 달려왔다.

당장욱은 장로들의 부축을 받고 겨우 자리에서 일어났다.

"크으윽! 저놈이, 저 오살을 하고 육시를 할 놈이!"

당장욱은 입가로 피를 줄줄 흘리며 곽무한을 노려봤다.

수하들이 지켜보는 앞에서 이런 망신을 당하다니!

"으드득! 오냐, 이놈! 어디선가 한 수 배워왔단 말이지? 좋아! 어디 다시 한 번 덤벼보아라, 이놈! 비명에 간 내 아들을 위해 네 머리를 산산이 부숴주마! 아니, 거기에 더해 네놈의 사지를 갈가리 찢어 네 어미와 함께 육장(肉醬:시체를 간장에 절이는 것)을 담가주마. 왜? 네 어미와 같이 죽여준다니 드디어 겁이 나느냐? 왜 그런 꼴같잖은 눈빛을 하고 있는 게야? 어서 덤벼보라니까, 이 사생아 새끼야!"

치미는 분노로 인해 앞뒤 가릴 것 없이 마구 광기를 토한 당장욱.

그로 인해 장내 분위기가 착 가라앉고 말았다.

일부 가솔들은 아예 벌레를 보는 듯한 표정으로 당장욱을 노려봤다.

그들은 모두 당군혜의 부친인 당장명을 따르는 자들이었다.

다른 이들의 눈빛도 별반 다르지 않았다.

그들은 당장욱이 내뱉은 말로 인해 곽무한이 정말 대소저의 아들이었고, 그들 모자를 가문에서 죽이려고 했다는 설아의 말이 진실이었다는 것을 알아차린 것이다.

장로들은 수하들의 그런 표정을 보고 급히 당장욱에게 눈짓을 했다.

장로들의 눈짓을 받은 당장욱은 그제야 아차! 하는 표정을 지었다.

그러나 후회는 아무리 빨라도 늦는 법.

벌써 가솔들의 일부가 슬슬 뒤로 빠지고 있었다.

'맙소사! 내가 너무 흥분했군. 아들의 죽음 때문에 이성을 잃어버렸어. 이 일을 어떻게 수습한다……?

그러나 그는 눈앞의 상황을 수습하기 위해 고민하기보다는 곽무한의 분노를 어찌 달래야 할지 그것부터 고민했어야 했다.

안 그래도 자기 신세에 대해 서러워하고 있던 곽무한이다.

그런데 조금 전 당장욱이 한 말은 그야말로 타는 불에 기름을 들이부은 격이었다.

그런 사실을 증명하듯 곽무한의 전신에서 소름 끼치는 살기가 뿜어져 나왔다.

이제는 아무리 빌어봐야 소용없다.

저들이 아무리 외가 사람들이라고 해도 용서할 가치가 없다.

곽무한은 그런 심정으로 마른 웃음을 지었다.

"후후후. 육장이라… 좋아, 아주 좋은 말이야. 난 그동안 우리 모자를 갈라놓은 게 하늘인 줄 알았는데, 알고 보니 네놈들이었군."

그 말과 함께 곽무한이 천천히 걸음을 내디뎠다. 그러자 주변 공기가 파도처럼 일렁거렸다.

그 기세에 질려 당장욱은 자기도 모르게 뒤로 물러났다.

곽무한은 그에 개의치 않고 한 발을 더 내디디며 지나가듯 말했다.

"그런데 말이야, 죽이기 전에 하나만 물어볼게."

"……?"

"네놈은 나와 어떤 사이지?"

그 순간 당장욱의 얼굴이 와락 일그러졌다.

"어흥! 이 개잡종 놈아! 난 너 같은 사생아 따위와 아무런 관계가 없다!"

그 소리에 곽무한은 피식 미소를 지었다.

"그래, 우린 아무 사이도 아니었군. 맞아, 사람과 개새끼 사이에 항렬 따위가 있을 수는 없지."

그 말에 당장욱은 숨이 넘어갈 정도로 노했다.

자신이 누군가?

가주라는 신분은 차치하고라도, 놈에게 자신은 작은외조부뻘이 되지 않는가? 그런데 개새끼라니?

그러나 그런 당장욱의 분노를 더욱 부채질하는 사람이 있었다.

"헐헐, 근본도 모르는 사생아는 그 아이가 아니라 바로 네놈이지."

목소리의 주인공은 당무운이었다.

그가 저 뒤에 있다가 싸늘한 목소리로 끼어들었다.

가뜩이나 열받는 판에 당무운까지 끼어들자 당장욱은 화가 머리끝까지 치밀어 당무운을 향해 마구 고함을 질렀다.

"으아아! 이 미친 늙은이야! 미쳤으면 혼자 곱게 미칠 것이지, 지금 이 상황을 보고도 그딴 소리가 나와?"

순간, 장내의 분위기가 또 한 번 얼어붙고 말았다.

'아차차!'

또 실수하고 말았다.

그러나 주워 담기에는 이미 늦어버렸다.

비록 자신과 장로들에겐 뒷방 늙은이 취급당하는 당무운이지만, 일반 가솔들에겐 아니었다. 그들에게 있어 당무운은 마음속의 우상이자 신화 같은 존재였다. 그런 당무운에게 미친 늙은이라고 고함을 지르다니?

이제는 일반 무인들뿐만 아니라 청운대 무인들까지 뒤로 물러나고 있었다.

그런 수하들을 보며 당장욱이 자기 입을 원망하고 있을 때, 의외의 목소리가 들려왔다.

"그쪽 집안 사정은 내 알 바 아니니 노인장은 그만 뒤로 빠지시오."

목소리의 주인공은 곽무한이었다.

그가 불쾌한 기색으로 당무운을 노려보고 있었다.

당무운은 그런 곽무한을 보고 순간적으로 멍한 표정을 지었다.

그러나 어쩌랴?

아직 인사를 나누지 않아 곽무한이 자신을 몰라보는 것을.

"허허허, 살다 보니 이런 꼴도 겪는구나. 이런 걸 보고 사람들은 자업자득이라고 하는 것인가?"

당무운은 허탈한 표정을 지으며 뒤로 물러났다.

어차피 자기가 나선 소기의 목적은 달성했으니 최악의 상황이 아니면 두고 보기로 한 것이다.

당무운이 물러나자 곽무한은 도를 세워 들었다.

"자! 더 이상 방해할 사람이 없으니 이제 그만 끝을 보자구."

그 말과 함께 곽무한이 다시 걸음을 내디뎠다.

그런데 곽무한의 기세는 좀 전에 비해 현저히 달라져 있었다.

아까까지만 해도 금방 휘몰아칠 것 같은 광풍폭우의 기세였는데, 지금은 태풍 전야처럼 고요한 모습이었다.

당장욱은 그제야 당무운이 끼어든 이유를 알아차렸다.

늙은 생강이 맵다고, 곽무한의 흥분을 가라앉혀 주기 위해 일부러 끼어든 것이었다.

본래 기세란 하수를 상대할 때는 득이 되지만, 고수를 상대할 때는 오히려 독이 되는 법.

그런데 놈은 흥분을 가라앉힌 반면 자신은 아직도 심화가 들끓고 있다. 이래서야 승산이 없다.

더구나 놈의 기세가 기이하기 짝이 없었다.

바람 한 점 흩뜨릴까 조심조심 걷는 걸음걸이에, 그보다 몇 곱절은 더 느리게 움직이는 도. 마치 공간상의 어딘가에 점을 찍으려는 듯 느릿느릿 움직이는 도세였다.

그런 모습을 보면 좀 전에 끝장을 보자며 큰소리친 사람이 과연 그가 맞는지조차 의심스러울 정도였다.

그러나 당장욱은 그런 모습에 오히려 위압감을 느꼈다.

그가 다가올수록 뭔가 거대한 기운이 자신을 조여 오는 것 같아 견딜 수 없었기 때문이다.

'제기랄……'

당장욱은 이마에 식은땀을 흘리며 생각에 잠겼다.

놈의 장기는 도법이고, 자신의 장기는 독이다.

놈은 벌써 기세를 가다듬어 마음이 이는 순간 공격이 가능한 상태인데 반해, 자신은 맞바람이 부는 곳에 서 있어 하독하기가 마땅치 않다.

따라서 이런 상황에서 놈과 맞붙을 하등의 이유가 없다.

생각이 그에 이르자 당장욱은 슬그머니 뒤로 물러났다.

그런데 그가 채 두어 걸음도 움직이기 전에,

"아, 깜빡 잊은 게 있군!"

하며 놈이 걸음을 멈춘다.

그 바람에 걸음을 멈추고 놈을 쳐다보니,

"혹시나 해서 하는 말인데, 죽기 전에 할 말이 있으면 지금 말해, 그 정도 아량은 베풀어줄 수 있으니까."

그 말에 당장욱은 꼭지가 확 돌아버렸다.

자신을 벌써 죽은 사람 취급하는 것도 그렇거니와 무엇보다 수하들이 지켜보고 있는 자리에서 이대로 물러나기엔 그의 자존심이 용납하지 않았다.

"어흥! 이놈! 죽여 버린다!"

당장욱이 괴성을 지르며 뛰쳐나갔다.

그 순간 곽무한의 입가에 한줄기 미소가 스쳤다. 뒤이어 이제껏 도를 뻗어내기만 하던 곽무한이 돌연 공간상의 한 점을 벼락같이 찍어버리는 동시에 손목을 급격히 비틀어 찰나간에 빼내는 흉내를 냈다. 그러자 공간상에 깨알 같은 틈이 벌어지나 싶더니, 그 사이로 머리카락같이 가는 강기가 나선형을 이루며 쭉 뻗어 나왔다.

시이이이잇!

날카로운 휘파람 소리를 내며 바람을 가르는 가늘디가는 강기.

그러나 나아갈수록 커지더니 어느새 회오리가 되어 당장욱을 덮쳐 갔다.

그 광경을 보고 당장욱은 깜짝 놀랐다.

세상에, 머리카락 같던 강기가 금세 회오리만큼 커지다니!

순간적으로 질린 표정을 짓던 당장욱은 이내 낯빛을 굳혀 전신공력으로 그 도세에 부딪쳐 갔다.

"이노오오옴! 죽어랏!"

쩌렁쩌렁한 기합성과 함께 먹장구름이 날았다.

장로들도 그에 합세했다.

"이놈! 우리도 있다!"

슈아아악!

사막의 용권풍 같은 도세와 그에 맞서는 시커먼 먹구름, 그리고 그 뒤를 받쳐 주는 여섯 줄기의 장력이 한꺼번에 부딪치자 뇌성벽력의 폭음이 터져 나왔다.

꽈꽈꽈꽈꽝!

숨 막힌 격돌 뒤에는 늘 그렇듯 처절한 비명 소리가 울려 나왔다.

잠시 후 흙먼지가 가라앉자 격돌 뒤의 상황이 일목요연하게 드러났다.

합공으로 맞섰던 당가의 수뇌부들은 저만치 튕겨나 피를 울컥울컥 토하며 바닥에 쓰러져 있고, 곽무한은 원래 있던 곳에서 한 치도 밀려나지 않은 채 석상처럼 서 있었다.

그러나 자세히 살펴보면, 곽무한의 입가로 한줄기 핏물이 흘러내리는 것과 발목 전체가 지면 아래로 푹 꺼져 있는 것을 볼 수 있었다. 그리고 상체 역시 약간씩 흔들리고 있었는데, 그로 미뤄볼 때 곽무한 역시 만만찮은 충격을 받은 것 같았다.

그러나 온몸이 상처투성이로 변한 당장욱이나 장로들에 비한다면 그야말로 새 발의 피라고 할 수 있었다.

그런데도 곽무한은 연이은 공세를 펼치지 않고 우두커니 서 있기만 했다.

그 모습을 보며 장로들은 일말의 기대를 품었다.

'혹시 놈이 가주의 독에 당한 게 아닐까?

그러나 그의 입가에 드리워진 미소를 보니, 그리고 여전히 살기를 흘리고 있는 그의 눈빛을 보니 그건 아닌 것 같았다.

'그럼 왜……?

그 해답은 들끓다 못해 오히려 싸늘해진 곽무한의 분노에 있었다.

곽무한은 지금 저들을 어찌 죽여야 속이 후련할까 하는 그런 생각을 하고 있었다.

드디어 생각을 정리했을까?

곽무한이 다시 움직이기 시작했다.

곽무한은 이전과 달리 혈뢰도를 지면으로 향한 채 걷기 시작했다.

그 바람에 혈뢰도가 바닥을 긁으며 거친 소음을 일으켰다.

그그극! 그그극!

걸음 따라 바닥에 긴 선이 그어졌다.

그 선이 다가올수록 장로들의 안색이 파리하게 굳어갔다.

그러나 당장욱은 생사를 초월한 사람처럼 아무런 움직임도 보이지 않은 채 고개만 푹 숙이고 있었다.

겁에 질려 저항을 포기한 것일까?

아니었다.

당장욱은 지금 필사적으로 머리를 굴리고 있는 중이었다.

이미 두 번의 격돌로 곽무한의 무위를 뼈저리게 실감하고 있는 당장욱. 놈은 자신으로서는 도저히 어찌해 볼 수 없는 거대한 벽이었다.

그런 사실을 절감하고 있는데, 아무런 대책도 없이 계란으로 바위 치기를 한다?

있을 수 없는 일이었다.

벌써 두 번이나 겪었으니 족하고도 남았다.

그러나 아무리 머리를 쥐어짜 봐도 방법이 없었다.

놈은 독도 통하지 않고 암기도 통하지 않는 괴물 같은 놈이었다.

'으으… 정말 방법이 없단 말인가? 아들의 원수도 갚지 못하고 이렇게 수치를 당해야 한단 말인가?'

그렇게 스스로를 자책할 때였다.

'가만! 아들의 원수?'

아들을 생각하자 번쩍 떠오르는 게 있었다.

이제껏 잊고 있었던 사실이지만, 자신은 이미 이런 상황을 대비해 따로 챙겨온 게 있었다.

'그래! 귀룡혈이 있었지!'

물론 애초의 용도는 설아와 독강시를 상대하기 위한 것이었지만, 지금 상황에서 찬밥 더운밥 가릴 계제가 아니다. 그리고 바람만 잘 이용한다면 곽무한뿐만 아니라 저들 모두를 처치할 수 있다.

생각이 그에 이르자 당장욱은 마음이 바빠졌다.

귀룡혈을 하독하기 위해서는 먼저 놈의 이목을 돌려야 하는데, 놈은 벌써 일 장여 거리까지 다가와 있었다.

당장욱은 급히 장로들에게 전음을 보냈다.

"잠시면 되오. 놈의 발목을 잠시만 잡아주면……."

당장욱은 빠른 어조로 장로들에게 자기 생각을 이야기했다.

장로들은 당장욱의 설명에 동의를 표했다. 자기들이 생각해 봐도 그 방법 외에는 별다른 수가 없었기 때문이다.

합의가 끝나자 장로들은 후들거리는 걸음으로 곽무한을 막아섰다.

"이, 이놈! 걸음을 멈춰라!"

그러나 앞을 막아서는 그들의 표정은 왠지 자신이 없어 보였다.

곽무한은 그런 장로들을 보며 눈살을 찌푸렸다.

'승산이 없다는 걸 알면서도 앞을 막아선다? 뭔가 있군.'

이미 음모와 귀계라면 질리도록 겪은 곽무한이다.

불안정하게 떨리는 저들의 눈빛을 보니 뭔가 노리는 게 있어 보였다.

'그렇다고 해서 달라지는 건 없지.'

장로들을 무심히 스쳐본 곽무한은 저 뒤에 웅그리고 있는 당장욱을 노려보며 차갑게 말했다.

"이봐, 엄살 그만 떨고 일어나. 아직 시작도 하지 않았는데 벌써 그렇게 기가 죽어 있으면 너무 허무하잖아. 내 인생을 그만큼 농락했으면 예의상으로라도 내 한이 어느 정도인지 겪어봐 줘야 할 거 아냐?"

그 말에 장로들의 안색이 하얗게 변해갔다.

당장욱 역시 마찬가지였다.

아직 시작도 하지 않았다는 말에 놈이 인간 같아 보이지 않았다.

그러나 당장욱은 두근거리는 가슴을 애써 억누르며 기회가 오기만 기다렸다.

그런 그의 시야에 드디어 곽무한이 움직이는 게 보였다.

"좋아! 무슨 꿍꿍이를 획책하는지는 모르겠다만, 정 오지 않겠다면 내가 먼저 가지. 타아앗!"

곽무한이 서늘한 기합성과 함께 지면을 박차 올랐다.

당장욱은 그 모습을 보고 벼락같이 고함을 질렀다.

"지금이오!"

당장욱이 소리치자마자 장로들이 지면을 박찼다. 그 순간 당장욱은 후다닥 뒤로 물러나 가주령을 꺼내 들고 좌우를 돌아보며 소리쳤다.

"가솔들은 들어라! 역대 조사들께서 위임하신 권능으로 가주령을 발동하노니, 가솔들은 힘을 다해 저자를 처단하라!"

당장욱은 그 말을 외치자마자 신형을 박찼다. 곽무한과 싸우기 위해서가 아니라 하독하기에 적당한 장소로 이동하기 위해서였다.

풍향으로 보아 가장 좋은 위치는 설아 뒤쪽에 있는 성벽 위.

그러나 그쪽으로 가자니 설아가 지닌 기이막측한 신공이 부담스럽다. 따라서 당장욱은 설아와 조금 떨어진 곳에 서 있는 당무운을 노렸다.

저곳이라면 군이 성벽 위로 올라가지 않아도 좋을 것 같았다. 더구나 그는 무슨 생각을 하는지 멍한 표정으로 곽무한을 쳐다보고 있다.

당장욱은 내심 쾌재를 지르며 벼락같이 당무운을 덮쳤다.

"미안하지만 그만 죽어주시오!"

쐐애애액!

"헉! 이, 이놈이?"

느닷없이 날아오는 암경(暗勁)에 당무운은 깜짝 놀란 표정을 지었다.

퍼뜩 정신을 차리니 어느새 당장직이 코앞에 들이닥친다.

'아아… 이런 실수가?'

명색이 강호십대고수인 자신이 이런 어이없는 기습을 허용하다니…….

그는 당장직이 가주령을 내리는 걸 보고 나설까 말까를 고민하느라 넋을 놓고 있었던 것을 후회했다. 그냥 이것저것 따질 것 없이 곧바로 나섰으면 이런 일이 없었을 것을.

그러나 후회는 아무리 빨라도 늦다.

이미 암경이 목줄기에 다다라 있다.

당무운은 참담한 표정으로 눈을 감고 말았다.

당장욱은 그런 당무운을 보며 쾌재를 불렀다.

그런데 막 당장욱이 당무운의 목줄을 쥐어뜯으려는 순간,

쐐애애액!

어디선가 날카로운 지풍이 당장욱의 등을 노리며 날아왔다.

'이런 떠그랄!'

막거나 피하기엔 이미 늦어버렸다.

당장욱은 당무운을 공격하던 자세 그대로 급히 몸을 틀었다.

쐐도해 오는 지풍을 어깨로라도 막을 생각이었다.

그러나 지풍의 위력은 상상을 초월했다.

퍼퍼퍼퍽!

"끄으윽!"

당장욱은 마치 벼락을 맞은 듯한 충격을 느끼며 정신없이 바닥을 굴렀다.

겨우 정신을 차린 당장욱, 누가 방해했나 싶어 고개를 돌려보니 저 너머로 채 회수되지 못한 자신의 장력에 당해 신형을 비틀거리고 있는 당무운을 부축하며 날카로운 눈빛으로 노려보고 있는 설아의 모습을 발견했다.

"크으으, 저 빌어먹을 년이?"

당장욱은 부서져 나간 어깨를 틀어쥐며 원독에 찬 눈빛으로 설아를 노려보다가 갑자기 무슨 생각을 떠올렸는지 키득거리기 시작했다.

지풍을 맞고 정신없이 구르다 보니 어느새 하독하기에 적당한 위치에 이르러 있는 자신을 발견한 것이다.

등 뒤로는 새벽바람이 살랑살랑 불고 있고, 우측으로는 설아와 당무운이, 좌측으로는 곽무한이 한눈에 보이는, 그야말로 최적의 위치였다.

"흐흐흐. 이런 걸 보고 전화위복이라고 하는 것인가?"

당장욱은 득의의 미소를 지으며 등 뒤에 숨겨두었던 가죽 주머니를 꺼내 들었다. 그리고는 한결 여유로운 표정으로 곽무한 쪽을 돌아봤다.

수하들에게 둘러싸여 악전고투를 치르고 있을 곽무한을 상상하며 즐거운 표정으로 장내를 돌아보던 당장욱은, 눈앞에 펼쳐진 어이없는 광경에 와락 인상을 구기고 말았다.

"저게 어찌 된 일이야? 가주령을 내렸는데도 왜 다들 저러고 있어?"

당장욱은 눈앞의 상황이 도저히 이해되지 않았다.

다른 것도 아닌 가주령이다.

가문의 지상명령이나 마찬가지인 가주령을 내렸는데도 그에 따르는 수하들의 수는 손에 꼽을 정도다. 태반 이상이 뒤로 물러나 돌아가는 상황만 지켜보고 있다. 그 바람에 장로들을 손쉽게 떨쳐 낸 곽무한이 질풍처럼 달려오고 있었다. 자신이 조금이라도 늦게 움직였다면, 꼼짝없이 덜미를 잡힐 뻔한 상황이었다.

그런 생각을 떠올리자 당장욱은 울컥 분노가 치밀어 올랐다.

"으드득! 감히 네놈들이 가주령에 불복해? 내 이번 일만 끝나면 네놈들을 몽땅……."

수하들을 노려보며 이를 가는 당장욱.

그러나 당장욱이 미처 헤아리지 못한 사실이 하나 있었다.

지금 이 자리에 있는 수하들은 이미 곽무한에게 질릴 대로 질린 자들이었다. 앞을 막아봐야 죽음밖에 돌아올 게 없으니, 앞장서서 황천길을 재촉하는 대신 서로 눈치를 보며 미적거리고 있는 것이었다.

그러나 그런 사정을 알 리가 없는 당장욱은 애꿎은 수하들을 원망하며 시선을 곽무한 쪽으로 돌렸다.

어쨌거나 상황은 자기편이다.

자신은 벌써 귀룡혈을 하독하기에 적당한 위치에 와 있다.

그런 줄도 모르고 정신없이 달려오고 있는 곽무한을 보니 왠지 웃음이 났다.

"흐흐흐. 그렇게 똥줄 빠지게 달려와 봐야 이미 늦었다!"

당장욱은 곽무한을 향해 잠시 조소를 보내고는 시선을 설아 쪽으로 향했다.

당장욱은 설아 뒤에서 뽈뽈거리고 있는 보옥이를 보며 흉악한 미소를 지었다.

"흐흐흐. 그래, 너도 한번 겪어보거라. 네 눈앞에서 아들이 죽어가는 장면을 보게 된다면, 아마 네 눈에서도 피눈물이 솟아날 것이다. 그럼 내 심정이 어땠는가를 조금이라도 느끼게 될 것이다."

원독 어린 눈빛으로 보옥이를 노려보던 당장욱은 빠르게 가죽 주머니를 끌러갔다. 그러다가 무슨 생각을 떠올렸는지 고개를 설레설레 저으며 뒤돌아섰다.

"아니, 아니야. 그전에 먼저 놈의 애간장을 바짝 태워 버려야지."

그렇게 중얼거리며 당장욱은 곽무한을 맞았다.

"여어, 어서 오시게. 여기까지 오느라 수고 많았네."

양손을 활짝 벌리며 과장된 표정으로 곽무한을 맞아가던 당장욱.

그러나 불문곡직 도부터 날려오는 곽무한을 보고 혼비백산했다.

쐐애액!

"허거걱!"

칼날이 아슬아슬하게 머리카락을 스치고 지나갔다. 그리고 그게 끝이 아니었다. 섬뜩한 칼바람이 재차 지면을 쓸어오고 있었다.

"자, 잠깐! 잠깐만 손을 멈춰라, 이놈!"

당장욱의 기겁성에 곽무한이 잠시 손을 멈췄다. 그러나 차갑게 가라앉은 그의 눈빛을 보니 여차하면 다시 도를 날려올 기세다.

당장욱은 그가 아직 자기에게 닥친 위기가 얼마나 무서운 것인지를 잘 모르고 있다고 생각해 그에 대해 친절히 설명해 주기로 했다.

"네가 아직 상황을 잘 몰라서 그러는 모양인데, 이게 뭔 줄 아느냐? 이 물건은 본 가문에서 제일로 여기는 보물로, 귀룡혈이라 한다. 이 물건이 어디에 쓰이는 물건이냐 하면……."

여기까지 말한 당장욱은 극적 효과를 위해 잠시 말을 멈추고 가죽 주머니를 흔들어 보였다. 그러면서 힐끔 곽무한의 눈치를 살피니, 마치 뉘 집 개가 짖냐는 표정으로 자신을 노려보고 있다. 그리고 그 표정은 점점 싸늘해져 입꼬리가 잔뜩 말려 올라가고 있었다.

또다시 공격해 들어오려는 자세.

당장욱은 좀 더 빨리 설명해야 할 필요를 느끼고는 속사포처럼 말을 이어나갔다.

"이놈! 건방떨지 말고 잘 들어라! 이 물건이 어디에 쓰이는 물건이냐 하면……."

그러나 그가 채 설명을 시작하기도 전이었다.

"그게 뭔지는 몰라도 난 협박 따위엔 굴하지 않아!"

그 말과 함께 곽무한의 신형이 빛살처럼 들이닥쳤다.

"으아아! 이런 미친놈!"

하마터면 머리가 썽둥 잘릴 뻔했다.

당장욱은 혼비백산한 표정으로 소리쳤다.

"야, 이 미친놈아! 이건 해약이 없는 극독 중의 극독이란 말이다!"

그 순간 곽무한이 잠깐 칼을 멈췄다. 그러나 그의 눈에 어린 것은 명백한 조소.

"호오? 해약이 없는 독? 그런 것도 갖고 있었어?"

당장욱은 비웃듯 던지는 곽무한의 말에 가슴이 철렁했다. 그러나 그런 감정을 애써 떨치며 짐짓 흉소를 지어 보였다.

"흐흐흐, 태연한 척하지 마라. 넌 어떨지 몰라도 이 독 한 방울이면 여기 있는 모두가 순식간에 한 줌 핏물로 변하고 만다. 그렇게 되면 저들의 목숨은… 흐흐흐."

당장욱은 그 말과 함께 눈짓으로 설아와 보옥이 등을 가리켰다.

곽무한의 눈빛이 순간적으로 흔들렸다. 당장욱은 그 찰나를 놓치지 않았다.

"자! 말귀를 알아들었다면 그 자리에서 조용히 칼을 내려놓고 스스로 혈도를 찍어라!"

그렇게 당장욱이 거만을 떨 때였다. 곽무한의 눈빛이 언제 그랬냐는 듯 차갑게 가라앉았다.

"홋! 이미 말했을 텐데? 난 협박 따위엔 굴하지 않는다고."

그 말과 함께 곽무한의 눈빛이 활활 타오르기 시작했다. 그와 동시에 혈뢰도에서 시뻘건 화염이 치솟았다.

도강이었다.

그것도 무려 일 장에 달하는 도강이었다.

그런 무시무시한 도강을 내뿜으며 곽무한이 말했다.

"자신있으면 뿌려봐. 단, 내 칼보다 빨라야 할 거야. 안 그럼 네 팔이 싹둑 잘려 나갈 테니. 그리고 나보다 빨리 움직인다 해도 결과는 마찬가지야. 독이 발작하기 전에 네 팔을 벰과 동시에 네 목을 날려 버릴 테니까. 믿지 않아도 좋아. 해볼 테면 한번 해보자구!"

그 말과 함께 곽무한은 진각을 쿵 내리찍었다.

"이, 이, 이놈이!"

당장욱은 곽무한의 기도에 당황했다.

이 상황에서 오히려 자신을 협박해 오는 놈이라니?

어이가 없고 자존심이 상했다. 그러나 그 와중에도 가슴 한구석이 서늘해져 왔다.

자신이 귀룡혈을 과신하는 바람에 바짝 가까워진 거리.

놈의 신법을 감안하면 과연 자신의 생사를 장담할 수 없는 거리였다. 더구나 서두르는 바람에 수하들을 생각하지 못했다. 정신을 차리고 보니 수하들도 모두 하독 범위에 들어와 있다. 그러니 지금 이 상황에서 하독한다는 것은 수하들까지 몽땅 죽여야 한다는 말.

'제기랄……'

결국 당장욱은 이러지도 못하고 저러지도 못한 채 떨어져 내리는 흙먼지만 맞고 있었다.

당군혜 뒤쪽에 서 있던 남궁명은 서로 대치하고 있는 두 사람을 보며 고민에 잠겨 있었다.

결과는 안 봐도 뻔했다.

저 두 사람은 지금 어느 누구도 물러설 수 없는 입장이었다.

곽무한에겐 가족의 목숨이 달린 일이었고, 당장욱에겐 가문의 생사존망이 걸린 일이었다. 따라서 어느 한쪽이 물러나지 않는 이상 하독은 기정사실이다. 그리고 그 뒤를 이어 아비규환의 참상이 장내를 뒤덮을 것이고.

사실 남궁명은 자신을 포함해, 여기 있는 이들이 모두 다 죽어간다 해도 눈 하나 깜짝하지 않을 자신이 있었다. 언젠가 검과 내가 다르지 않음을 깨달은 순간부터 생사를 초월했기 때문이다.

그러나 단 한 사람.

그 사람의 죽음에 대해서만큼은 남궁명도 담담할 수 없었다.

남궁명은 천천히 뒤를 돌아봤다.

'불쌍한 여인……'

그랬다.

불쌍한 여인이었다.

당군혜… 사랑을 위해 모든 것을 버린 저 가냘픈 여인에게 하늘은 지옥을 선사했다.

그녀가 그토록 사랑했던 남편을 앗아가고도 모자라 그 사랑의 증표였던 아들마저 떼어내 버렸다. 그래서 평생을 눈물 속에 살아야 했던 그녀에게 이제 겨우 한 자락 빛이 비쳤는데, 그마저 아득한 암흑 속으로 사라지려 하고 있었다.

그런데도 그녀는 자기 주위에서 무슨 일이 벌어지고 있는지도 모른 채 사경을 헤매고 있다.

'안 돼!'

이런 결말은 절대 용납할 수 없었다.

그녀는 단 한 번이라도 남들과 같은 웃음을, 남들과 같은 행복을 맛볼 권리가 있다.

남궁명은 자기도 모르게 주먹을 움켜쥐었다.

어찌나 세게 움켜쥐었던지 손톱이 살 속을 파고들어 피가 흘러나왔지만 남궁명은 아무런 감각도 느끼지 못한 채 당군혜만 쳐다보고 있었다. 그리고 한참 뒤, 남궁명이 천천히 등을 돌렸다.

'남궁가여, 나를 용서하라.'

당군혜를 뒤로하고 장내로 걸어가는 남궁명의 눈가엔 희미한 물기가 스쳤다.

당무운은 조금 전까지만 해도 운기조식에 열중하고 있었다. 그러다가 설아의 도움으로 겨우 원기를 회복하고 난 뒤 장내를 둘러보다가 귀룡혈을 꺼내 드는 당장욱을 보고는 깜짝 놀랐다.

다행히 아직 하독하지 않은 상태여서 금방 냉정을 회복할 수 있었으나, 서로를 향해 살기를 뿌리고 있는 두 사람을 보자 눈앞이 캄캄해 오는 기분이었다.

지금 이 자리에서 당무운만큼 귀룡혈에 대해 잘 알고 있는 사람은 없었다.

가끔 강호에는 당가의 독 한 방울이면 강 하나를 순식간에 독수로 바꿔 버린다느니, 아니면 당가의 고수들은 피가 독으로 되어 있다느니 하는 말이 떠돌곤 한다.

그런데 그 이야기를 모두 가능케 해주는 독이 바로 귀룡혈이었다.

실제로 귀룡혈 한 방울이면 웬만한 강 하나쯤은 독수로 만들어 버릴 수 있었고, 또 당가의 전설이라는 독중지체를 이루기 위해 반드시 복용해야 하는 독이 바로 귀룡혈이었으니, 강호에서 떠도는 말이 전혀 허무맹랑한 이야기만은 아니었다.

그러나 그보다 더 무서운 점은 귀룡혈이 무색무취무미하다는 사실이었다.

상상해 보라.

색깔도, 냄새도, 맛도 느껴지지 않는데 갑자기 주변이 죽음의 땅으로 변해가는 광경을.

하독해도 낌새조차 알아차릴 수 없는 독.

그러나 하독 순간 주변을 초토화시켜 버리는 독.

그게 바로 귀룡혈이었다.

그런데 그런 독을 함부로 하독하려는 당장욱이나, 또 그런 독을 뿌려보라며 윽박지르는 곽무한이나 당무운이 볼 땐 모두 위험천만한 놈들이었다.

그러나 그런 사실을 알고 있음에도 별다른 해결책이 없어 당무운은 애간장이 바짝바짝 타 들어가는 기분이었다.

　당가 전체를 파멸의 구렁텅이로 몰고 가고 있는 저 두 사람.

　그들을 설득하기 위해서는 먼저 저 둘을 떼어내야 하는데, 저들 사이에서 일어나고 있는 저 가공할 기의 소용돌이를 누가 해소할 수 있단 말인가? 또 그렇게 두 사람을 떼어낸다고 해도 그들을 동시에 진정시키지 못한다면, 결과는 전혀 달라질 게 없다.

　그런 이유로 이러지도 못하고 저러지도 못해 애만 태우고 있는 당무운의 눈에 장내 한복판으로 걸어가고 있는 남궁명이 들어왔다.

　'어이쿠! 저놈이?'

　지금 상황은 강호십대고수라 불리는 자기조차도 쉽게 끼어들 수 없는 상황이다. 그런데 자신의 삼초지적도 안 되는 저런 하수 따위가?

　당무운은 급히 남궁명에게 전음을 보냈다.

　"잠깐! 잠깐만 멈춰라, 이놈!"

　자신의 전음을 듣고 천천히 고개를 돌리는 남궁명.

　그런데 표정이 심상찮았다.

　그 표정을 보고 당무운은 가슴이 철렁했다.

　'놈…….'

　남궁명의 눈빛은 죽음을 결심한 사람에게서나 볼 수 있는 눈빛이었다. 그 눈빛이 왜 생겨났는지 짐작한 당무운은 왠지 가슴이 저릿해지는 기분이었다.

　그러나 지금 뛰어들면 공멸뿐이다. 그런데도 그의 눈빛을 보니 도저히 말릴 엄두가 나지 않았다. 그래서 남궁명을 불러 세워놓고도 어물어물거리는데, 그때 한 가지 생각이 번쩍 뇌리를 스쳤다.

'그래, 둘! 둘이면 가능하다!'

자신은 곽무한을 달래고, 남궁명은 당장욱을 달래고.

인사를 나눴든 말든, 의심을 받은 말든 아무 연줄 없는 것보다는 낫지 않은가?

'그렇다면 문제는 저 가공할 경력인데……'

그때 또다시 뇌리를 스치는 생각.

'옳거니!'

설아라면 가능할 것 같았다.

동굴에서 보여준 그 경천동지할 신위라면, 저들의 기파를 충분히 다른 곳으로 유도할 수 있을 것 같았다.

그때부터 당무운의 입이 바쁘게 움직이기 시작했다.

남궁명은 당무운의 전음에 묵묵히 고개를 끄덕였다. 그러나 그의 눈빛은 이전과 별로 달라진 게 없었다. 왜냐하면 저들을 떼어낸다고 해도 결과는 마찬가지였기 때문이다.

남궁명이 아는 한, 저들은 절대 설득에 넘어갈 사람들이 아니었다. 하지만 남궁명은 그런 생각을 가슴속에 묻은 채 장내로 향했다.

반면, 설아는 당무운의 전음에 고개를 갸웃거리며 물었다.

"알겠어요. 한번 해볼게요. 그런데 하나 물어볼 게 있어요. 저 독이 정말로 해독이 불가능한 독인가요?"

설아의 질문에 당무운은 나직이 한숨을 내쉬었다.

"물론 아무도 모르는 나만의 해독 방법이 있다. 그러나 이독제독의 원리를 이용하는 것이라 시간이 걸린다. 저 독을 해독하려면 일흔두 가지의 독을 준비해야 하는데, 지금 상황에서는 도저히 시간을 맞출 수가 없다. 그래서 임시방편이나마 두 사람을 설득해 보려고 하는 것이다."

그 말에 설아는 재차 고개를 갸웃거렸다.

'꼭 그 방법뿐일까?'

설아가 보기엔 분명 다른 방법이 있을 것도 같았다. 그러나 그 생각을 말하기도 전에 이미 당무운은 장내로 걸어가고 있었다.

설아는 청랑에게 안겨 있는 보옥이를 보며 잠시 생각에 잠겼다가 곧 장내를 향해 돌아섰다.

잠시 후, 설아의 전신에 은은한 광채가 뿜어지기 시작했다.

제85장
부탁

부탁

당장욱은 점점 숨이 가빠오는 것을 느꼈다.

곽무한이 애원하는 꼴을 보고 싶어서, 그 꼴을 보며 통쾌하게 복수하고 싶어서 시작한 일이 이젠 스스로의 목에 칼을 들이댄 결과가 되고 말았다.

'안 돼! 이렇게 무너질 순 없어!'

눈앞에 아들의 시신이 있다.

목 잃은 아들의 시신이 자신에게 복수를 원하고 있다.

그런데 죽음이 두려워 하독을 망설이는 자신이라니?

당장욱은 울컥! 스스로에 대한 분노가 치밀어 오르는 걸 느꼈다.

'아냐! 이건 아냐! 죽음이 두려워 덜덜 떠는 것은 내가 아니라 놈이어야 해!'

당장욱의 눈빛이 갑자기 거칠어지기 시작했다.

곽무한은 차분했다.

이미 오랜 싸움의 경험으로 상대를 압박할 줄 아는 곽무한.

그 경험으로 지금 상황을 이끌어냈다.

이제 남은 것은 상대의 조급한 움직임.

그 순간을 위해 곽무한은 신경을 칼같이 곤두세우고 있었다.

그런데 드디어 기회가 왔다.

거칠게 흔들리는 상대의 눈빛.

그 눈빛을 보자마자 곽무한의 눈빛이 무섭게 가라앉았다.

고오오오!

두 사람의 기세가 갑자기 고조되었다.

이제껏 밀리고 있던 당장욱이 잠력을 끌어올린 때문이었다.

'으으… 벌써!'

당무운은 그 모습을 보고 가슴이 철렁 내려앉는 기분이었다.

이제 상황은 눈 깜짝할 사이에 끝날 것이다.

비록 겉으로 보기엔 아무 움직임도 없어 보이는 두 사람이지만 당무운은 알고 있었다, 이미 그들 사이에는 모든 계산이 끝나 있다는 것을.

이제 남은 것은 최후의 격돌뿐이었다.

하독이 먼저냐, 발도가 먼저냐에 따라 자신뿐만 아니라 이 자리에 있는 모두의 운명이 결정될 것이었다.

이 상황에서 유일한 희망이라곤 설아뿐인데, 상황을 보니 이미 한발 늦은 것 같았다.

'아……'

당무운은 암담한 표정으로 자기도 모르게 눈을 감고 말았다.

그런데 바로 그때,

우우우우웅!

어디선가 수만 마리의 벌 떼가 날아오르는 소리가 들려왔다. 그 소리를 듣자마자 당무운은 눈을 번쩍 떴다.

"오오!"

눈앞에 일대 장관이 펼쳐지고 있었다.

마치 석양이 온 산천을 물들이듯, 저 뒤에서부터 시작된 광채가 주변을 환하게 물들이며 다가오더니 어느 순간 장내 전체를 은은한 노을빛으로 감싸 버렸다. 그리고 그때부터 시작된 믿을 수 없는 광경.

노을빛 광채가 곽무한과 당장욱에게 이르자 갑자기 두 사람 사이의 지면이 불쑥 솟구쳐 오르더니, 눈 깜짝할 사이에 둘 사이의 거리를 벌리고는 언제 그랬냐는 듯 원상태로 가라앉아 버렸다. 그와 동시에 허공에서 안개 같은 기운이 내려와 두 사람 사이에 하얀 장막을 드리우더니, 둘 사이에 감돌고 있던 기파를 휘감아 아득한 허공으로 끌고 올라가 버렸다. 뒤이어 '꽈르릉!' 하는 소리와 함께 일진광풍이 휘몰아쳤고, 그마저 설아의 손짓 한 번에 중간에서 흔적조차 없이 사라져 버렸다.

그 광경을 보고 모두들 아연실색, 넋을 잃어버렸다.

당장욱 역시 마찬가지였다.

'으아아! 그년, 그년이다!'

이미 설아로 인해 한바탕 혼쭐이 났던 당장욱이다. 그런데 또다시 이런 경이로운 상황을 목격하게 되자 당장욱은 치밀어 올랐던 오기가 순식간에 사라지고 오금이 덜덜 떨려왔다. 그 바람에 당장욱은 귀룡혈을 손에 쥐고도 그저 설아만 쳐다보고 있었다.

곽무한 역시 마찬가지였다.

노을빛 광채가 이르기 전만 하더라도 곽무한은 하체에 폭발적인 공력을 쏟아 부으며 지면을 박차려 하고 있었다.

양미간에 지렁이 같은 힘줄을 돋우는 당장욱을 보고 그가 손을 쓰기 전에 먼저 그를 베어버리려는 의도였다.

그런데 어떠한 진동도, 어떤 느낌도 없이 갑자기 지면이 솟구쳐 올라 둘 사이의 간격을 벌려 버리다니! 또 그와 동시에 당장욱을 억압하고 있던 자신의 기파를 허공으로 사라져 버리게 만들다니!

도저히 믿기지 않는 일이라 곽무한은 멍한 표정으로 설아만 쳐다보고 있었다.

그렇게 두 사람이 멍한 표정을 짓고 있는 동안, 당무운이 퍼뜩 정신을 차렸다.

'아차! 내가 지금 이러고 있을 때가 아니지!'

설아로 인해 간신히 되살아난 불꽃이다. 이 불꽃을 꺼뜨리는 순간 당가는 상상치도 못할 재앙을 겪게 된다.

당무운은 급히 남궁명에게 신호를 보낸 뒤, 곽무한에게 전음을 보냈다.

"이놈아, 잠시만 흥분을 가라앉히고 이 늙은이 말을 좀 들어보려무나."

당무운이 생각하는 해법은 이랬다.

조금 전의 상황을 되돌아봐도 지금 상황에서 기선을 제압하고 있는 쪽은 곽무한이니, 곽무한이 조금만 고개를 숙여주면 당장욱이 생명의 위협을 무릅쓰면서까지 하독하지는 않을 것 같았다.

그러니 자신이 혈연을 앞세워 곽무한을 설득하고, 그러는 동안 남궁명이 당장욱을 설득하며 시간을 번다. 그러면 두 사람은 한동안 고민할 것이고, 그때 자신이 나서서 둘 사이의 협상을 이끌어낸다.

물론 곽무한에게 아들을 잃은 당장욱이 순순히 협상에 응할 리는 없다. 그러나 곽무한 하나 때문에 당가 전체를 파멸로 이끌 수는 없는 노릇이고, 그에 더하여 자신이 출생의 비밀을 함구해 주겠다는 조건을 덧붙이면 그로서도 혹할 수밖에 없을 것이다.

'그러나 문제는 그때부턴데……'

아마 곽무한이 원하는 조건은 별다른 게 없을 것이다. 이미 당가 전력의 삼분지 일 이상을 혼자서 궤멸시킨 상황이니, 당군혜와 함께 이곳을 떠나는 것으로도 만족할 것이다.

반면 당장욱이 내걸 조건은 뭐가 될지 알 수가 없다. 그저 곽무한의 내공을 폐하고 당군혜와 함께 가문에서 축출하는 것 정도면 좋으련만, 그 이상의 조건을 요구한다면 상황은 다시 복잡해진다.

'그러면 그때는 어떻게 대처해야 하나?'

당무운은 잠시 인상을 찌푸렸다.

그러나 그때는 그때 문제고, 지금은 우선 곽무한의 눈치부터 살펴야 한다.

당무운은 상념을 접고 조마조마한 눈길로 곽무한을 봤다.

다행히 곽무한이 자신을 쳐다본다.

당무운은 내심 가슴을 쓸어 내리며 빠르게 전음을 이어갔다.

"이 할아비는 지금의 네 심정을 충분히 이해한다. 아마 네 어미와 네 처지를 생각하니 원통하고 억울해 분노를 참을 수 없겠지. 그러나 흥분을 가라앉히고 내 말을 들어보려무나. 지금 저놈이 갖고 있는 독은 무색무취무미한 데다가 공기 중에 기화되는 독이어서 네가 아무리 발버둥을 치더라도 막아낼 수가 없다. 물론 너는 저놈이 하독하기 전에 먼저 베어버리면 된다고 생각하겠지만, 애석하게도 우리 당가들은 죽음에 이르러서도 한 줌의 진기를 운용할 수 있는 심법을 익히고 있다. 그러니 만약 일이 잘못되어 귀룡혈이 하독되기라도 하면, 그 순간 네 어미는 물론이고 저기 있는 보옥이와 설아까지 한꺼번에 잃게 된다. 그러니……"

당무운은 부드러운 말로 곽무한을 설득해 나갔다.

곽무한은 당무운의 설득에 잠시 표정을 굳혔다.

제아무리 지독한 독일지라도 곽무한 스스로는 중독당하지 않을 자신이 있었다. 자신이 익힌 양강 계열의 심법도 심법이지만, 무엇보다 자신에게는 전신 모공을 닫을 수 있는 능력이 있었으니 호흡으로 감염되는 독은 물론이거니와 피부로 중독되는 독까지 방비가 가능했다.

그러나 엄마와 설아, 그리고 보옥이는 아니었다.

이때까지는 자신이 당장욱을 베고 난 뒤 저 노인에게 해독을 부탁하면 될 줄 알았다. 저 노인이 지금까지 엄마와 보옥이 등을 돌봐주고 있는 걸로 봐 자신과 깊은 관계가 있는 것 같았고, 또 나이로 미뤄 당가 내에서도 상당한 신분일 것이라고 생각한 때문이었다.

그런데 그가 이렇게까지 말하는 걸 보니 상황이 예상외로 심각한 것 같았다.

"정히… 해약이 없습니까?"

곽무한의 질문에 당무운은 설아에게 해준 대답과 똑같은 대답을 해줬다.

"물론 해독 방법은 있다. 그러나 이독제독의 원리를 이용하는 것이라… 따라서 일흔 두 가지의 독이……."

곽무한은 묵묵히 당무운의 대답을 들었다. 그러나 심중의 갈등 때문인지 곽무한의 표정은 시시각각 변해가고 있었다.

'휴우… 한시름 돌렸군. 이제 저놈만 설득하면…….'

당무운은 곽무한을 보며 내심 안도의 한숨을 쉬고는 기대 어린 눈빛으로 당장욱 쪽을 쳐다봤다.

당무운이 곽무한을 설득하고 있을 무렵, 당장욱은 싸늘한 눈빛으로 남궁명을 노려보고 있었다.

"놈을 넘겨달라니? 그게 무슨 뜻인가?"

착 가라앉은 당장욱의 목소리에는 살기가 어려 있었다.

그만큼 당장욱은 분노하고 있었다.

느닷없이 앞을 막아선 것만 해도 용서받지 못할 일인데 곽무한을 넘겨달라니? 만약 자신이 곽무한을 경계하지 않고 있었더라면 단번에 쳐죽이고 말았으리라.

그러나 남궁명은 차분한 눈빛으로 말을 이어나갔다.

"말 그대룹니다. 이때까지는 상황이 혼란스러워 망설이고 있었지만, 저놈은 우리 가문에 있어 철천지원수나 마찬가집니다. 본 가의 후계자였던 청풍협이 저놈에게 당했지요. 그 복수를 제 손으로 해주고 싶습니다. 그러니 부디 기회를 주셨으면 합니다."

당장욱은 남궁명의 말을 듣고 잠시 고민에 빠졌다.

'이놈은 이제껏 혜아를 호위하고 있던 놈이다. 다른 남궁가들이 모두 떠날 때도 혜아 곁을 지키겠다며 한사코 남아 있던 놈이다. 그런데 이제 와서 혜아의 아들놈과 싸우고 싶다고?'

상황이 정말 엉뚱하게 흐르고 있었다.

당장욱은 남궁명을 노려보며 잠시 생각에 잠겼다.

이제껏 곽무한의 기세에 시달리다가 겨우 동귀어진의 결심을 했다. 그런데 그 결심을 채 실행하기도 전에 상상을 초월하는 설아의 신위를 목격하고는 공포에 떨고 있는데, 난데없이 나타나 대신 싸워주겠다는 놈이라니?

당장욱은 슬며시 시선을 돌려 곽무한 쪽을 쳐다봤다.

그쪽도 엉뚱하기는 마찬가지였다.

조금 전까지만 해도 그렇게 미친 듯이 날뛰던 놈이 지금은 비 맞은 참새처럼 멀거니 서 있다.

물론 도무지 내심을 알 수 없는 놈이라 언제 어떻게 공격해 들어올지 알 수 없었지만, 어쨌든 지금 당장은 공격해 올 생각이 없어 보인다.

'귀룡혈이 그만큼 무서웠나?

당장욱은 슬쩍 귀룡혈을 만져 보고는 날카로운 눈빛으로 물었다.

"좋아! 나 대신 놈과 싸워주겠다니 고맙군. 그런데 말이야… 과연 자네가 저자를 감당할 수 있을까? 또 그렇게 한다고 해서 내가 얻는 이득이 뭐지? 이것저것 가릴 것 없이 하독해 버리면 그만인데?"

그 순간 남궁명의 눈이 묘하게 타올랐다.

"저를 너무 무시하시는군요. 이래 봬도 남궁가의 화룡천검이 바로 접니다."

그 말과 함께 남궁명의 오른손이 순간적으로 번쩍였다. 그러자 살을 엘 듯한 한기와 함께 남궁명의 오른손에 고색창연한 보검이 들려져 있었다. 실로 전광석화 같은 발검이었으나 애석하게도 검극이 당장욱의 양 집게손가락 사이에 잡혀 있었다.

"이게 무슨 뜻이냐?"

당장욱이 살기 띤 목소리로 묻자 남궁명이 피식 미소를 흘렸다.

"제 검입니다. 오성의 공력만 사용했으니 그만 화를 푸시길……."

그 말과 함께 진기를 거둔 남궁명이 연이어 말했다.

"방금 보셨다시피 남궁가의 검은 무섭습니다. 그러니 가주께서 얻을 이득은 적지 않지요. 만약 제가 놈을 죽이게 된다면 가주께서는 손 안 대고 코 풀어 좋으실 테고, 그렇지 않고 제가 당한다 하더라도 본 가의 창궁무애검법(蒼穹無涯劍法)이라면 놈을 최대한 부숴놓지 않겠습니까? 그리고 무엇보다 가장 중요한 건……."

"중요한 건?"

그제야 당장욱이 검극을 놨다.

남궁명은 당장욱에게 잡힌 검극 부위를 보며 잠깐 아쉬운 표정을 지었다가 천천히 검을 집어넣으며 말했다.

"가장 중요한 건 하독할 기회가 생긴다는 것이죠. 물론 이전과 달리 완벽한 하독 기회가요."

그 말과 함께 남궁명이 눈짓으로 어느 한곳을 가리켰다.

"으음……."

당장욱은 나직한 침음성을 흘렸다.

남궁명이 가리킨 것은 하독 범위에 들어가 있는 수하들.

당장욱이 하독을 망설이는 근본적인 이유였다.

당장욱은 마치 치부를 들킨 듯한 표정으로 남궁명을 쳐다봤다.

'어쩌지? 이놈을 한번 믿어봐?'

당장욱의 갈등에 남궁명이 쐐기를 박았다.

"아마 가주께서는 제가 싸우는 도중에 하독하실 수도 있을 것입니다. 그러나 한 가지 부탁을 드리자면, 제가 최악의 경우에 이르렀을 때 하독해 주시길… 전 이미 동귀어진의 각오를 굳혔으니 놈과 끝장을 보고 싶습니다."

그 말에 당장욱은 의심이 눈 녹듯 사라지는 걸 느꼈다.

'그래, 수하들을 이동시키고 난 뒤에 놈들이 싸우는 틈을 타서 하독하면 되겠군…….'

당장욱은 마음에 결정을 내렸다.

"좋소! 다른 사람도 아닌 화룡천검의 부탁이니 기회를 주겠소. 놈을 상대로 마음껏 한을 풀어보시오."

마음이 달라져 그런지 말투까지 달라지는 당장욱. 남궁명의 어깨를 툭툭 두드려 주고는 뒤로 물러나 수하들에게 이동을 명했다.

당가 무인들이 이동하느라 어수선해진 장내.

소란을 뒤로하며 남궁명이 나섰다.

"내 이름은 남궁명이라고 한다. 남궁세가 사람이고, 창궁단을 맡고 있다. 이 자리에서 본 가 후계자에 대한 복수를 하려고 하니 마뜩찮더라도 도를 들어주기 바란다."

그 말과 함께 가볍게 포권을 취해 보이는 남궁명.

그 모습을 보며 뺨을 부르르 떠는 사람이 있었다.

"남궁명! 네놈이 감히……!"

당무운은 마치 믿는 도끼에 발등 찍힌 표정으로 남궁명을 노려봤다.

당무운이 남궁명에게 부탁한 것은 단지 시간을 끌어달라는 것뿐이었다.

그런데 느닷없이 곽무한과의 비무를 요청하다니?

이렇게 되면 모든 계획이 어긋나 버린다.

비무를 통해 뭔가 반전을 꾀해보려는 그의 의도를 모르는 바는 아니나 모험에 비해 위험 부담이 너무 크다.

이미 당장욱은 가솔들을 뒤로 물린 뒤라 하독을 망설일 까닭이 없다. 두 사람의 비무를 지켜볼 이유는 더 더욱 없고.

'바보 같으니……'

당무운은 침통한 표정으로 남궁명을 노려봤다.

반면 곽무한은 묘한 표정으로 남궁명을 쳐다봤다.

이때까지 엄마를 훔쳐보고 있던 자가 갑자기 상대편에 서서 비무를 요청해 온다?

"흠, 남궁세가라……."

곽무한은 혼잣말을 중얼거리며 천천히 도를 늘어뜨렸다.

그가 무슨 의도를 지니고 있는지 몰라, 일단 받아치겠다는 자세를 취한 것이다.

그 모습을 보고 남궁명이 희미한 미소를 지었다.

'과연 싸울 줄 아는 놈이군!'

남궁명은 곽무한의 자세를 보자마자 조카인 남궁하진이 당할 만했다는 생각이 들었다.

저렇게 도를 늘어뜨린 자세에서도 자연스럽게 풍겨 나오는 기도도 기도지만, 저 뒤에 있는 당장욱이 언제 하독할지 모르는 상황인데도 침착하게 자기 의도를 살피려 하다니?

그러나 단순하게 싸우면 당장욱이 눈치를 챈다.

남궁명은 짐짓 자존심이 상한다는 표정으로 언성을 높였다.

"놈! 아무리 수적 출신이라지만 너무 광오한 것 아니냐? 열여섯 나이에 강호에 뛰어들어 이제껏 삼 초 이상을 허비해 본 적이 없는 나다!

그러니 건방떨지 말고 자세를 바로 해라! 아무리 이런 상황이라지만 허수아비를 상대로 검을 섞을 생각은 없다!"

남궁명의 호통에 곽무한은 잠시 이채를 발했다.

'흠, 명가 출신이라고 겉멋을 부리는 건가?

그러나 그건 아닌 것 같았다.

묵묵히 자신이 움직이길 기다리고 있는 걸로 봐선 자세를 바꾸지 않는 한 공격해 들어올 의사가 없어 보인다.

곽무한은 눈살을 찌푸리며 중단세로 자세를 바꿨다.

그가 무슨 이유로 나섰는지는 붙어보면 알 터.

당장욱이 수작을 부리기 전에 끝을 봐야 한다.

곽무한이 자세를 바꾸자 남궁명의 표정이 밝아졌다.

남궁명은 흐릿한 미소로 검을 뽑아 들고는 검집을 바닥으로 내던지며 말했다.

"원래는 강호의 예법에 따라 세 번의 기회를 줌이 마땅하나 가문의 흉적인지라 이를 생략한다. 곧바로 살초를 뿌릴 테니 알아서 대처하도록. 그러나 이것 하나는 약속하지. 이제껏 내 검은 십 초를 넘긴 적이 없다. 네가 만약 내 손에서 십 초를 버틴다면, 나 스스로 목숨을 끊지."

그 말에 지켜보고 있던 당장욱이 눈살을 찌푸렸다.

처음부터 곧바로 살초를 전개하면 되지 군이 저렇게 경고해 줄 필요가 있을까? 게다가 곽무한이 그의 십 초를 받아내지 못한다면, 이제껏 곽무한의 공세에 변변한 반격조차 못한 자신은 뭐란 말인가?

어쨌거나 남궁명이 자세를 잡았다.

허리를 살짝 웅크리며 검극을 늘어뜨린 남궁명은 먼저 공격해 보라는 듯 손을 끄덕였다.

당장욱은 다시 한 번 눈살을 찌푸렸다.

'뭐야, 저놈? 너무 여유 부리는 거 아냐?'

당장욱이 불만스런 표정으로 고개를 갸웃거리는 순간, 곽무한이 몸을 날렸다.

쒜애애액!

번뜩였다 싶은 순간, 이미 코앞으로 짓쳐드는 도세.

시뻘건 도기가 미간을 쪼개려는 찰나, 남궁명의 허리가 쫙 펴지며 새하얀 섬광이 번쩍였다.

카앙!

불똥과 함께 터져 나오는 격한 충돌음.

모두의 눈에 피를 토하며 몸을 비틀거리는 남궁명의 모습과 그런 그의 머리 위로 연달아 도를 뿌려 나가는 곽무한의 모습이 들어왔다.

"젠장맞을 놈. 일초도 못 버티는 주제에 큰소리는!"

당장욱은 실망스런 표정으로 귀룡혈을 움켜쥐었다.

그러나 곽무한은 고개를 갸웃거렸다.

'뭐지? 무슨 의도지?'

방금 자신이 뿌린 도세는 허초였다.

상대의 허실을 탐색하기 위해 겉보기에만 강력해 보이는 도세였다.

그런데 그런 도세에 피를 토하는 상대라니?

곽무한은 남궁명의 머리를 쪼개가다가 순간적으로 힘을 뺐다.

그 순간 남궁명과 눈이 마주치게 됐다.

착각처럼 남궁명의 웃는 모습이 들어왔다. 그와 동시에,

"놈! 어림없다!"

쩌렁쩌렁한 호통 소리와 함께 남궁명에게서 푸른 광채가 뻗어 나

왔다.

허리를 두 조각으로 양단할 듯한 엄청난 검기였다. 그러나 곽무한이 위에서 공격하고 있는 상황이라 도의 궤도만 바꾸면 충분히 막을 수 있는 위치였다. 곽무한의 눈이 묘하게 반짝였다.

카앙!

귀청을 울리는 또 한 번의 충돌음.

"으음……."

이번 신음성은 의외로 곽무한에게서 흘러나왔다.

곽무한의 신음 소리를 듣자 당장욱은 잠시 손을 멈췄다.

당장욱의 귓전에 남궁명의 호통 소리가 들려왔다.

"놈! 과연 하진이가 당할 만했구나! 그러나 각오해라! 지금부터가 이 승에서의 마지막 순간이 될 테니……."

그 말과 함께 남궁명이 신중한 표정으로 자세를 잡기 시작했다.

왼발을 들어 오른쪽 무릎 위에 세우고 그 발끝을 지면으로 구부림과 동시에 검을 코끝에 갖다 댔다가 검날을 위로 세운 채 정면으로 죽 뻗어내며 왼손 검결지로 자연스럽게 허공을 가리킨다.

마치 학이 한쪽 다리를 들고 하늘로 날아오를 듯한 자세였다.

"죽기 전에 이름이나 알고 가거라. 본 가 최고의 절예인 창궁무애검법이다. 이 검법에 당하는 것을 영광으로 알도록!"

그 말이 끝나자마자 검극에서 시퍼런 검기가 치솟더니 지잉! 하는 검명이 울려 퍼졌다.

그 순간 당장욱의 얼굴에 기대감이 어렸다.

'음! 지금부터가 창궁무애검법이라고? 그럼 이때까지 펼친 검법은 다른 검법이었단 말이군.'

당장욱은 드디어 말로만 듣던 남궁세가의 비전절에, 창궁무애검법을 볼 수 있다는 기대감에 들떠 눈을 부릅떴다.

"차아앗! 간닷, 창궁비연(蒼穹飛燕)!"

창궁무애검법의 시작은 쩌렁쩌렁한 사자후에서부터였다.

뒤이어 지면을 박차는 남궁명의 신형에서 비단폭 같은 검기가 뻗어 나왔다.

치이이익!

날카로운 음향과 함께 종횡으로 펼쳐지는 검기. 어느 순간 수십 개의 검영을 만들며 곽무한을 찔러 들어간다. 그러나 곽무한이 천주부동의 자세로 도벽세(刀壁勢)를 펼치자 그 많던 검기들이 하나둘 와해되더니 마지막 검기마저 산산이 흩어져 버렸다. 바로 그 순간, 남궁명이 허공에서 공중제비를 돌더니 요령(鐃鈴)을 흔들 듯 검을 흔들었다.

"차앗! 창궁유유(蒼窮悠悠)!"

그 말이 떨어지기 무섭게 파르르 떨리던 검극에서 안개 같은 검기가 쏟아져 내렸다. 그 검기를 미처 해소하지 못했는지 곽무한의 옷자락이 베어져 정신없이 사방으로 날렸다. 그와 동시에 곽무한의 신형이 안개 속에서 길을 찾는 사람처럼 허우적거리기 시작했다.

"오오!"

당장욱은 그 모습을 보고 탄성을 질렀다.

곽무한을 거의 일방적으로 몰아붙이고 있는 창궁무애검법의 현란한 초식에 마음을 빼앗긴 것이다. 그 바람에 당장욱은 조금만 더, 조금만 더 하며 하독을 미루고 있었다.

그러나 끝나지 않는 잔치는 없는 법.

남궁명의 그 화려하던 초식도 드디어 그 끝을 드러내기 시작했다.

카카캉!

한순간 부딪친 두 사람.

숨 막힌 격돌음과 함께 곽무한의 신형이 크게 휘청거렸다. 그와 동시에 남궁명의 검세가 아래에서 위로 비스듬히 빗겨 올리는 창궁우전(蒼穹羽電)의 초식으로 곽무한을 베어가고 있었다.

"우웃!"

곽무한은 도저히 맞부딪칠 엄두가 나지 않는지 허공으로 몸을 띄웠다. 그러자 그림자처럼 곽무한의 뒤를 따르는 남궁명. 뒤이어 그에게서 쩌렁쩌렁한 고함 소리가 터져 나왔다.

"놈! 끝이다! 혈—우—창—궁(血雨蒼穹)!"

호통성과 함께 남궁명의 검극에서 찬연한 광채가 번쩍이더니 곽무한의 머리를 향해 날아갔다.

"오오! 드디어!"

당장욱은 자기도 모르게 환호성을 터뜨렸다.

말로만 듣던 창궁무애검법, 그것도 곽무한을 절체절명의 위기로 몰아넣는 혈우창공의 초식을 보고 흥분한 것이다. 저 초식에 당한다면 곽무한이 아니라 하늘이라도 왈칵 피비를 쏟을 것 같은 엄청난 광경이었다.

그러나 당장욱은 몰랐다.

폭발적인 기세로 곽무한을 베어가던 초식이 어느 순간 갑자기 궤적을 바꿔 검면으로 곽무한이 들고 있는 도신을 후려칠 줄은.

그리고 두 사람의 병장기가 부딪치기 직전, 그들 사이에 강렬한 눈빛이 교환되었다는 사실을 당장욱은 전혀 눈치채지 못했다.

쾌애애액!

무시무시한 기세로 날아오는 상대의 검.

곽무한의 미간이 순간적으로 찌푸려졌다.

'무슨 뜻이지?

이전과 마찬가지로 살기가 전혀 담기지 않은 검세였지만, 그에 실린 힘은 곽무한으로서도 감히 태만치 못할 정도다.

곽무한은 남궁명과 싸우면서 그의 의도를 알아차렸다.

싸우는 내내 자신에게 신경 쓰기보다는 당장욱만 살피는 남궁명의 눈길.

그때부터 연극이 시작되었다. 두 사람은 최적의 기회를 만들어내기 위해 자연스럽게 손을 섞으며 참고 또 참았다.

그런데 지금 이 검세는 무슨 의미란 말인가?

눈과 눈이 마주쳤다.

남자는 가슴으로 말하고 무인은 눈으로 말하는 법.

그의 눈이 말하고 있었다.

먼저 손을 쓰고 싶다고.

그로 인해 죽어도 좋다고.

'왜? 왜?

지금은 절호의 기회가 아니다.

오히려 격돌 직전이라 당장욱이 눈을 부릅뜨고 결과를 기다릴 것이다. 그런데 왜?

그러나 생각과 상관없이 혈뢰도가 날았다.

콰콰쾅!

두 사람이 부딪치자 엄청난 폭음이 장내를 뒤흔들었다.

"우욱!"

충돌의 여파로 인해 곽무한의 신형이 뒤로 튕겨났다.

반대로 남궁명은 충돌의 여파를 이용해 바람처럼 날아올랐다.

눈앞에 놀란 표정의 당장욱이 보였다.

당장욱의 모습이 망막에서 빠르게 커지고 있었다.

남궁명은 사력을 다해 검을 뿌렸다.

"타아아아앗! 창—궁—멸—멸!"

기합성은 가슴속에서 울려 퍼졌다. 최후의 기력 한 방울까지 검에 실었기에 기합성을 터뜨릴 수 없었다.

평생 처음으로 펼쳐 보는 초식. 그러나 아직 미완성인 창궁무애검법의 진정한 최후 초식이 빛살처럼 당장욱을 향해 날아갔다. 그리고 다음 순간, 남궁명은 하늘이 노랗게 변하는 것을 느끼며 지면으로 추락하고 말았다.

두 사람의 병장기가 부딪치고 엄청난 폭음이 울리는 순간, 당장욱은 귀를 의심했다.

그토록 무시무시하던 검세가 덮쳤는데 왜 저런 폭음이 터진단 말인가?

당장욱이 고개를 갸웃하며 안력을 모으는 순간, 격돌의 여파를 빌어 자신을 덮쳐 오는 남궁명을 발견했다.

당장욱은 눈을 부릅떴다.

"저, 저, 빌어먹을 놈!"

당장욱은 예상치 못한 기습에 놀라 자기도 모르게 전신공력을 끌어올려 장력을 날렸다. 미처 귀룡혈을 하독할 생각도 떠올리지 못한, 거의 반사적으로 이루어진 일이었다.

짜자자자작!

그 결과, 장력이 검기와 부딪쳐 마치 채찍이 가죽 북을 후려치는 듯한 소리가 났다.

"크윽!"

"으윽!"

두 개의 신음이 동시에 흘러나왔다.

남궁명은 독장에 가슴을 얻어맞아 지면으로 추락했고, 당장욱은 검격의 충격으로 인해 정신없이 뒤로 물러났다.

다행히 검에 베이지는 않았으나 심맥이 뒤엉켜 버렸다.

"으아아! 이놈! 날 속였구나!"

당장욱은 노갈을 터뜨리며 남궁명을 향해 다시 한 번 장력을 뿌리려 했다. 그러다가 갑자기 곽무한이 생각나 순간적으로 멈칫하며 남궁명 뒤쪽을 쳐다봤다.

그런데 없었다.

저 뒤에 쓰러져 있어야 할 곽무한의 모습이 보이지 않았다.

당장욱은 가슴이 철렁해 귀룡혈을 움켜쥐며 좌우를 둘러봤다.

그 순간,

홱홱홱홱홱!

섬뜩한 음향이 들려왔다.

지면을 바짝 스치며 가공할 속도로 날아오는 희끗한 물체였다.

그게 뭐였는지는 그 물체가 자신을 스치고 난 뒤에 깨달을 수 있었다.

서거걱!

가슴 철렁한 소리와 함께 손목 쪽에서 느껴지는 찬바람.

'뭐지? 뭐가 지나간 거지?'

당장욱은 멍한 표정으로 자기 손목을 쳐다봤다. 뒤이어 그는 찢어질 듯한 비명을 질렀다.

"끄아아아아아악!"

믿을 수 없는 일이었다.

눈 깜짝할 사이에 귀령혈을 들고 있던 자신의 오른손이 썽둥 잘려져 있었다. 그런데도 아무런 통증이 느껴지지 않았다. 그게 더 섬뜩한 공포였다.

"도! 도였어! 놈이 저 뒤에서 도를 날린 거야!"

당장욱은 공포에 질린 눈으로 허둥지둥 좌우를 돌아봤다. 그런데 바로 그때,

파라라락!

등 뒤에서 옷자락 떨리는 소리가 났다. 뒤이어 섬뜩한 기파가 들이닥쳤다. 장력이었다.

"허거걱!"

몸을 돌리기엔 이미 늦었다.

당장욱은 기겁성을 토하며 엎어지듯 바닥을 굴렀다.

퍼퍼퍼펑!

간발의 차이로 얼굴 바로 옆에서 폭음이 터졌다.

"어이쿠!"

장력의 여파로 뺨을 때려오는 흙 알갱이들을 맞으며 당장욱은 어안이 벙벙했다. 뭐가 어떻게 돌아가는지도 모른 채, 상대의 얼굴조차 보지 못한 채 일방적으로 당하기만 하니 제정신이 아니었다.

그런 그의 눈에 뭔가가 들어왔다.

손이었다.

방금 전에 잘려 나간 자신의 오른손이었다.

그 손이 귀룡혈을 움켜쥔 채 보기 흉하게 나뒹굴고 있었다.

"이익!"

당장욱은 이것저것 가릴 틈이 없었다.

번개같이 몸을 굴려 왼손으로 귀룡혈을 잡아갔다.

그런데 바로 그때,

콰지직!

"끄아아악!"

어마어마한 통증이 왼손을 덮쳤다.

마치 손가락 전부가 짓이겨지는 듯한 통증이었다.

당장욱은 비명을 지르며 눈을 부릅떴다.

그때 자기 손을 짓밟고 있는 누군가의 발이 보였다.

뒤이어 뭔가 거대한 힘이 머리카락을 잡아왔다.

목이 와락 젖혀졌다.

도저히 항거할 수 없는 엄청난 힘이었다.

그러나 당장욱은 억지로 목을 세우려고 했다. 그와 동시에 눈동자를 좌우로 굴려 자신을 억압하고 있는 그 누군가를 찾으려 했다.

그러나 당장욱은 차라리 눈을 감는 게 나을 뻔했다.

갑자기 머리에 가공할 힘이 가해지더니 지면이 무서운 속도로 안면을 덮쳐 왔기 때문이다.

콰지직!

"끄아악!"

찰나간의 공포 뒤에 엄청난 통증이 느껴졌다.

안면이 산산이 부서져 나가는 고통.

당장욱은 정신이 하나도 없었다.

그런 당장욱의 멱살을 누군가가 틀어쥐었다. 뒤이어 당장욱의 몸이 붕 떠오르나 싶더니 갑자기 아래쪽으로 가라앉았다. 그와 동시에 끔찍한 통증이 턱을 파고들었다.

콰자자작!

당장욱은 뇌리에 번갯불이 번쩍이는 느낌이었다. 뒤이어 이전과는 비교조차 안 되는 끔찍한 통증이 밀려왔다.

"크으으, 크으으……."

턱이 산산이 부서져 나가 신음조차 내뱉기 힘든 당장욱의 눈에 비로소 누군가의 모습이 비춰졌다.

냉기를 풀풀 흘리며 한쪽 무릎을 서서히 아래로 내리는 사내.

곽무한이었다.

남궁명과의 격돌 후 뒤로 튕겨났던 곽무한은 남궁명이 쓰러지는 것을 보고 당장욱의 하독을 막기 위해 급한 마음에 도를 던졌다.

다행히 위험한 도박이 성공을 거두자 당장욱의 손을 베어버린 뒤에도 계속해서 뒤로 날아가고 있는 도를 낚아채기 위해 당장욱의 머리 위를 지나간 것이다.

설명은 길었지만 남궁명이 당장욱을 덮치고, 곽무한이 도를 날린 것은 거의 한 호흡도 되지 않는 짧은 순간이었다.

"으으으……."

당장욱은 눈앞에 나타난 곽무한을 보고 버쩍 얼어버렸다.

이미 자신을 공격하고 있는 사람이 곽무한이라는 것을 짐작하지 못한 것은 아니었지만, 막상 곽무한을 보게 되자 심장이 오그라들어 견딜 수가 없었다.

그러나 당장욱이 놀라고 자시고 할 틈도 없이 곽무한의 신형이 재차 움직였다. 마치 폭풍처럼 몸을 회전시키며 당장욱의 턱에 무시무시한 회선각을 날려 버린 것이다.

콰콰쾅!

"쿠에에엑!"

당장욱의 신형은 무려 일 장이나 튕겨져 날아갔다.

"흐으으… 흐으으……."

간헐적인 피거품을 흘리며 눈알을 희번덕거리는 당장욱.

충격과 공포로 인해 당장욱의 눈동자는 이미 시커먼 잿빛으로 변해 버렸다. 하지만 곽무한은 추호의 틈도 주지 않았다.

저벅, 저벅.

싸늘한 표정으로 당장욱을 향해 걸어가는 곽무한.

당장욱은 멍한 눈빛으로 곽무한을 올려다봤다.

불꽃 같은 눈으로 자신을 내려다보는 곽무한의 모습은 마치 명부의 사자 같았다.

"흐으으… 흐으으……."

그 모습이 어찌나 두려웠던지 당장욱은 자기도 모르게 신음을 흘리고 말았다. 그러나 곽무한은 인정사정이 없었다.

콰지직!

곽무한의 발길이 당장욱의 입을 짓뭉갰다.

"끄아아악!"

당장욱은 그 끔찍한 고통을 이기지 못해 바닥을 데굴데굴 구르며 비명을 질렀다. 그러나 그 와중에서도 당장욱은 어떻게든 귀룡혈을 움켜쥐기 위해 손을 뻗었다.

그러나 이미 짓이겨진 왼손이라 붙잡을 수가 없다.

뒤늦게 그 사실을 깨달은 당장욱은 피투성이가 된 입으로 가죽 주머니를 입으려고 했다. 서너 개 남은 이빨로라도 귀룡혈을 터뜨릴 생각이었다.

실로 대단한 집념이었지만, 곽무한은 그런 기도를 용납하지 않았다.

콰드득!

곽무한의 발이 철 기둥처럼 당장욱의 목을 밟았다.

당장욱의 얼굴에 시뻘건 힘줄이 솟았다.

"끄끄끄끄……."

억눌린 신음성과 함께 당장욱의 잇몸 사이로 피거품이 흘러나왔다. 그로 인해 귀룡혈이 든 가죽 주머니가 입에서 툭 떨어졌다.

"끄으으! 끄으으!"

당장욱은 악착같았다.

그 지경에서도 뜻 모를 괴성을 흘리며 다시 가죽 주머니를 물려고 했다.

그때 뭔가 차가운 감촉이 목에 닿았다.

피가 뚝뚝 떨어져 내리는 도신.

곽무한의 도였다.

"끄으으… 끄으으……."

당장욱이 하얗게 질린 표정으로 정신없이 고개를 저었다.

그러나 곽무한은 추호의 용서도 없었다.

콰지직!

재차 당장욱의 머리를 짓밟아 버리는 곽무한.

당장욱의 코가 와지직 부서져 버렸다.

당장욱은 그 충격으로 눈을 까뒤집으며 혼절하고 말았다.

그러나 곽무한의 표정에는 전혀 변화가 없었다.

당장욱의 머리를 짓밟은 채 곽무한은 이글거리는 눈빛으로 도를 치켜 세웠다.

당장욱의 목을 베려는 의도였다.

바로 그때,

"잠시만! 잠시만 참게."

당무운이 만류하고 나섰다.

아무리 그래도 당장욱은 당가의 가주다.

가솔들이 보는 앞에서 그의 목을 쳐버리면 모두가 흥분하고 만다.

어찌 됐든 가솔들이 보기에 곽무한은 아직 남이었으니. 거기다가 다른 곳도 아닌 당가 한복판에서, 그것도 모두가 지켜보는 가운데 항거불능인 가주를 베어버린다면 모두의 눈이 돌아가 버릴 것이다.

"이제 그만 하면 됐으니 뒤로 물러나 있거라. 이놈은 내가 가법으로 처리하마."

"싫소!"

곽무한의 대답에 당무운은 눈을 동그랗게 떴다.

"허허, 이놈이?"

당무운이 어이가 없어 실소를 흘리는 순간 곽무한의 도가 미간을 겨눠왔다.

당무운의 표정이 순간적으로 굳어버렸다.

"물러나시오. 날 방해하면 아무리 당신이라도 그냥 두지 않겠소!"

그 모습을 보고 남궁명의 상처를 돌보고 있던 설아가 깜짝 놀라 달려왔다.

"안 돼요! 그분은 당신 외증조부님이세요."

"외… 증조부?"

곽무한의 표정이 씰룩거렸다.

가까운 사이일 것이라고는 짐작했지만 설마 외증조부일 줄은 몰랐다.

"네, 좋은 분이세요. 그러니 그분을 믿고 칼을 거두세요."

"음……."

설아의 권고에 곽무한의 표정이 서서히 누그러졌다. 그러나 이제껏 싸워온 자들이 다 외가 쪽 사람들이어선지 쉽사리 도를 거두지 않고 있었다.

그때 보옥이가 청랑의 꼬리를 잡고 뿔뿔뿔 다가왔다.

녀석은 영악했다.

아빠와 고조부 사이에 뭔가 일이 벌어졌다는 걸 짐작했는지 당무운의 다리를 잡고 양손을 벌려 보인다.

"하뿌지, 하뿌지."

"허허, 우리 귀여운 강아지, 이 할아비에게 안기려고?"

당무운은 자신에게 애교를 부리는 보옥이를 보고 너털웃음을 터뜨렸다. 보옥이의 의도를 짐작한 당무운은 보옥이가 어찌나 귀여워 보였던지 마구 뺨을 비볐다.

"앙, 따거, 따거."

보옥이는 도리질을 치며 당무운의 수염을 잡아당겼다.

곽무한은 그런 정겨운 광경을 보고 서서히 도를 내렸다. 그리고는 당무운의 팔에 안겨 만세를 부르고 있는 보옥이를 보며 흐릿한 미소를 짓다가 돌연 낯빛을 딱딱하게 굳혔다.

보옥이의 목걸이에서 파란 빛이 흘러나오는 것을 본 때문이었다.

"독!"

곽무한은 번쩍 고개를 돌렸다.

귓전으로 희미하지만 악에 받친 목소리가 들려왔다.

"끄으으… 과… 무… 한……."

당장욱이었다.

곽무한을 쳐다보며 히죽거리는 그의 입술에 귀룡혈이 담긴 가죽 주머니가 보였다.

가죽 주머니에서는 형체를 알 수 없는 투명한 액체 같은 게 흘러나오고 있었고, 그 액체는 주머니 밖을 빠져나오자마자 흔적 없이 사라지고 있었다. 그리고 그때부터 주변 공기가 변해갔다.

스스스스……

바람을 타고 급속히 번지는 독.

순식간에 풀이 마르고 땅이 변색되어 갔다.

곽무한은 뺨을 푸들푸들 떨었다.

찰나의 순간 방심한 게 실수였다.

당무운이 아무리 말리더라도 당장욱을 죽여 버렸어야 했다.

하지만 이미 때늦은 후회였다. 곽무한의 얼굴도 서서히 변색되어 가고 있었다.

천지가 빙빙 도는 가운데 곽무한의 시선으로 시커멓게 변한 얼굴로 바닥으로 쓰러지는 당무운과 그런 당무운을 보며 앙앙 울고 있는 보옥이가 들어왔다. 또한 보옥이 옆에서 놀란 표정으로 자신을 보고 있는 설아의 얼굴도 들어왔다.

그나마 다행이었다.

설아와 보옥이는 무사해 보였다.

곽무한은 공력을 남김없이 끌어올렸다.

독이 더 빨리 번지는 한이 있더라도 당장욱의 목을 베어버리기 위해서였다.

당장욱의 얼굴도 이미 시커멓게 변해가고 있었다. 그러나 당가의 가주답게 독에 대한 내성이 있어서인지 아직은 버틸 만해 보였다.

곽무한은 서서히 도를 세워 들었다.

삽시간에 변해 버린 주변 정경.

설아의 눈망울이 파르르 떨렸다.

"아아… 안 돼!"

눈앞에 독으로 인해 시커멓게 죽어가는 곽무한의 모습이 들어왔다.

그럼에도 불구하고 힘겹게 도를 치켜드는 모습을 보고 설아는 정신없이 눈을 떨다가 한 가지 생각을 떠올렸다.

설아는 급히 장력을 뿌려 날아오는 독기를 밀어내고는 보옥이를 안아 들었다. 그리고는 주위에 떨어진 병장기를 들어 보옥이의 손가락을 베었다.

"우와앙! 아파, 아파!"

보옥이가 도리질을 치며 울음을 터뜨렸지만, 설아는 보옥이를 달래는 대신 고사리 같은 손에 맺힌 핏방울을 찍었다.

"무한 오라버니!"

평소 같으면 부끄러워 제대로 부르지도 못할 이름이요, 호칭이었다. 그러나 상황이 상황이다 보니 설아는 목청을 돋워 곽무한을 부른 뒤 손가락을 튕겼다.

핑!

핏방울이 날아왔다.

곽무한은 의아한 표정으로 설아를 쳐다보다가, 설아의 손짓과 날아오는 핏방울을 보고 입을 벌려 핏방울을 삼켰다.

설아는 그제야 안심이 되어 눈앞으로 몰려오는 독구름을 다시 한 번 밀어내고는 재차 보옥이의 피를 찍어 당무운과 당문혜, 그리고 한쪽 구석에 쓰러져 있는 남궁명에게 먹였다.

갓난아이 때부터 설아에게 키워진 보옥이.

설아와 채 노인의 정성, 그리고 구백팔십 년 묵은 구렁이의 내단으로 인해 보옥이의 피는 천고의 영약이 따로 없을 정도였다. 그 덕에 해약이 없다던 귀룡혈이 순식간에 해독되어 버렸다.

곽무한과 당무운 등의 안색이 제 빛을 찾는 것을 확인한 설아는 먹구름처럼 번져 가는 귀룡혈을 해결하기로 했다.

설아는 먼저 정신을 집중해 바람을 타고 번져 가는 독기를 한곳에 모은 다음, 삼매진화를 일으켜 독기를 한순간에 태워 버렸다. 그러고도 안심이 안 되어 독이 타면서 발생한 연기마저 땅속 깊숙이 묻어버리고, 독기가 스친 땅바닥도 일일이 화염으로 태워 버렸다. 그러자 무섭게 번져 가던 독이 순식간에 사라져 버렸다.

그 모습을 보고 당장욱은 경악했다.

귀룡혈이 어떤 독인가?

가문 내에서도 해약이 없는 독으로 알려져 있지 않은가?

그런 독을 저리 쉽게 해독하다니!

"흐으, 흐으, 이, 이, 이… 끄으으으으!"

당장욱은 어찌나 놀랐는지 그저 경악성만 흘려댔다. 그리고 다음 순간, 당장욱은 경악성 대신 기겁성을 흘려야 했다.

곽무한이 폭발 직전의 얼굴로 다가오고 있었기 때문이다.

곽무한은 더 이상 참을 수 없었다.

곽무한은 심중의 분노를 실어 당장욱에게 도를 뿌렸다.

"케애애액!"

처절한 비명 소리가 장내를 뒤흔들었다.

당장욱의 하체가 순식간에 잘려 나간 것이다.

그 극렬한 통증과 정신적인 충격으로 인해 당장욱은 눈을 까뒤집으며 혼절했다.

그러나 곽무한은 눈 하나 깜짝 않고 다시 도를 내리찍었다. 그리고는 팔뚝에 힘을 돋워 도를 위로 치켜 올렸다.

"끄으으……."

당장욱이 피거품을 흘리며 겨우 정신을 차렸다.

잘려 나간 당장욱의 하체에선 여전히 피가 흘러내리고 있었다. 그리고 그 잘려 나간 부위가 곽무한의 머리 위에서 덜렁거리고 있었다. 곽무한이 혈뢰도로 당장욱의 가슴을 꿰어 머리 위로 치켜든 것이었다.

마치 생선처럼 도에 꿰인 당장욱은 고통으로 인해 온몸을 비틀면서도 흉악한 눈빛을 거두지 않았다.

"끄으으… 애가 어 아위에게… 애가 어 아위에게……."

원독이 가득한 눈빛으로, 그것도 사지가 잘린 채 제대로 벌어지지도 않는 입을 놀려 곽무한에게 악담을 퍼부어대는 당장욱의 모습은 실로 참담해 보였다.

중독에서 겨우 깨어난 당무운은 그 모습을 차마 더 보고 있을 수 없어서 곽무한에게 사정을 했다.

"됐다. 그만 해라. 이미 귀룡혈을 흡입한 데다가 과다한 출혈로 인해 그냥 두어도 죽고 말 것이다. 그러니 네 손을 더럽히면서까지 가솔들을 자극할 필요가 없다."

그러나 곽무한은 그 말에 귀를 기울이지 않았다. 오히려 얼음장 같은 눈빛으로 손목을 비틀어 버렸다.

파라락!

손목이 회전하자 도가 회전했다.

도가 회전하자 처절한 비명성이 흘러나왔다.

"끄아아아아!"

비명 소리는 오래가지 않았다.

도의 회전력에 의해 어육덩어리로 변한 당장욱의 시신이 산산이 흩어지며 바닥으로 떨어졌다.

장내에 잠시 정적이 돌았다.

가주가 죽었다!

당가 역사상 처음으로 가주가 당가 내에서 참살을 당했다.

당가 무인들의 표정이 서서히 굳어갔다.

모두들 예상하고 있던 결과였지만, 막상 눈으로 보게 되자 이성이 마비되었다.

당무운의 경고처럼, 그저 가주가 참살당했다는 비분을 못 이겨 모두의 가슴이 저 밑바닥에서부터 끓어오르고 있었다.

"이, 이, 이놈아… 어쩌자고……."

당무운은 가솔들의 살기를 느끼며 긴 탄식성을 흘렸다.

이제 당가와는 갈 데까지 가버렸다.

제86장
기세

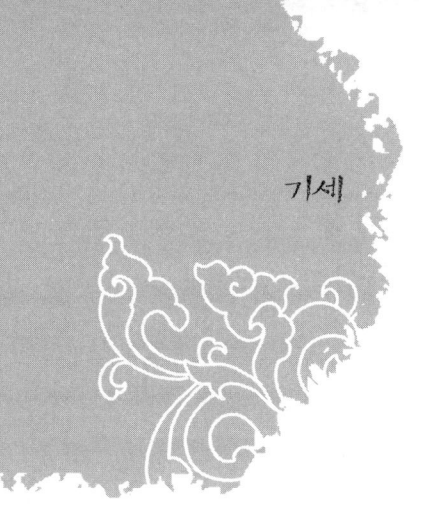

기세

상황은 당무운의 예상대로 흘러갔다.

당장욱의 시신을 보고 난 뒤 당가 무인들의 표정이 서서히 변해갔다.

"이는 가문의… 치욕이다."

누군가가 중얼거렸다.

다른 누군가가 그 말을 받았다.

"역대 조사들을 뵐 면목이 없다. 이건 죽음으로 갚아야 할 일이다!"

혼잣말을 중얼거리듯 군중을 선동하는 자들은 살아남은 장로들이었다.

그들은 모두 당장욱 휘하에서 권력을 누리던 자들이었기에, 지금 상황을 용납할 수 없었다.

"우우우! 놈을 죽이자! 이 피 값을 갚아주자!"

장로들의 목소리가 높아질수록 당가 무인들의 눈에 어린 열기도 점점 거세졌다. 거기에 누군가가 마지막 불을 질렀다.

"홍화뢰(紅花雷)를 터뜨려라! 소환탄(召還彈)을 쏴라!"

그 소리가 울려 퍼지자 모두의 눈에 광기가 일렁거렸다. 모두 이성을 잃어가고 있는 것이다.

당무운은 장로들이 홍화뢰와 소환탄을 거론하자 당황하기 시작했다.

"저, 저놈들이 감히 누구 마음대로 홍화뢰와 소환탄을!"

홍화뢰란 가문이 멸문지경에 처했다는 것을 가내에 알리는 신호였다. 이 신호가 오르면 가내의 식솔들은 남녀노소를 불문하고, 무공을 익혔든 안 익혔든 상관없이 모두 뛰쳐나와 적과 결사항전을 해야 했다.

소환탄 역시 홍화뢰와 비슷한 의미의 신호였다.

홍화뢰와 차이가 있다면, 소환탄은 십 리 밖에서도 볼 수 있다는 점이었다.

인근에서도 다 볼 수 있는 신호.

거기에 소환탄이 의미하는 바가 담겨 있었다.

소환탄은 당가타에서 생활하는 모든 당가 혈족에게 신호를 보내는 것이었다.

바꿔 말하면 직계(直系)와 방계(傍系)를 불문하고 당가와 조금이라도 피가 섞인 사람이라면 최후의 한 사람이 남을 때까지, 아니, 최후의 한 사람마저 적과 싸워야 한다는 의미였다.

가문의 모든 식솔들과 당가타의 모든 혈족들까지 총동원해 생사의 결판을 내겠다는 각오.

이게 바로 강호에서 독심의 당가라고 부르는 이유였다.

그런 무서운 의미의 신호였기에 가주조차도 원로원의 허락이 없으면 함부로 내리지 못하는 신호가 바로 이 신호였다.

그런데 겨우 장로들 따위가 함부로 명을 내리다니!

그러나 이미 타오르는 복수심으로 인해 눈이 뒤집힌 당가들이다.

명이 떨어지자마자 신호가 올랐다.

슈우웃! 퍼퍼펑!

홍화뢰가 터지자 사방팔방에서 당가들이 몰려나왔다.

"와아아아! 놈을 죽여라!"

함성을 지르며 물밀처럼 몰려오는 당가들.

일반 무인들은 물론이고, 주방에서 일하던 하녀들뿐만 아니라 코흘리개 아이들까지 뛰어나왔다.

모두들 가문을 위해 죽음을 불사하겠다는 각오들.

실로 무서운 장면이었다.

그 모습을 보고 당무운이 침중한 목소리로 고함을 질렀다.

"가솔들은 잠시 흥분을 가라앉혀라! 본인이 전전대 가주의 권한과 가문의 원로원 태상원주의 신분으로 명하노니, 가솔들은 이번 일에 참견하지 말고 모두 자기 자리로 돌아가라! 이번 일은 상황이 복잡하게 얽혀 있어 가솔들이 함부로 끼어들 일이 아니다. 그리고 방금 죽은 가주는 가문의 직계혈족이 아니다. 여기에는 말하기 힘든 사연이 있으니 모두들 상황에 휘말리지 말고 잠시 후에 개최될 원로회의의 결정을 기다려라!"

당무운이 소리치자 이곳저곳에서 웅성거리는 소리가 흘러나왔다.

다른 사람도 아닌 가문의 최고 어른이자 전전대 가주가 하는 말이니 쉽게 무시할 수 없어서였다.

예상외로 사람들이 우왕좌왕하는 기색을 보이자 장로들이 다시 고함을 질렀다.

"가솔들은 망령난 노인네의 해괴한 말에 흔들리지 말라! 이미 저 노인네는 가문에 위해를 끼친 행위로 가주령을 받은 상태다. 그러니 가솔들은 노망난 말에 흔들리지 말고 저놈에게 죽어간 가주와 혈우단주, 풍각각주 등의 원수를 갚고 가문의 수치를 지우자!"

상황은 점입가경으로 흘러갔다.

당가 무인들은 누구 말을 따라야 할지 몰라 당황했다.

당무운을 따르자니 가문의 수뇌부가 너무 많이 죽었다. 그렇다고 장로들을 따르자니 여태까지 믿고 따랐던 당무운이 걸린다.

그러나 결국 살아남은 장로들이 고함을 지르며 앞서 뛰쳐나가자 모두들 분위기에 휩쓸려 덩달아 함성을 지르며 앞으로 나아갔다.

당무운은 재차 그들을 설득하려다가 그만 입을 다물고 말았다.

곽무한과 설아를 믿는 마음도 마음이었지만, 저들을 설득하려면 그간의 정황을 모두 설명해야 하는데, 그 정황이 일시간에 설명할 수 있는 일이 아니었기 때문이다.

당무운이 물러서자 곽무한이 앞으로 나섰다.

곽무한은 함성을 지르며 몰려오는 당가들을 보고 차가운 냉소를 짓다가 지면을 향해 힘껏 진각을 내리쬈었다.

콰앙! 우르르르…….

엄청난 진각음에 이어 지축이 뒤흔들렸다.

곽무한은 깜짝 놀란 표정을 짓고 있는 당가들을 노려보며 도를 정면으로 향한 채 우레 같은 목소리로 말했다.

"좋아! 끝장을 보자면 끝장을 봐주지! 와라! 누가 먼저 덤빌 테냐?"

양 발을 벌린 채 태산 같은 기도로 고함지르는 곽무한을 보고 당가 무인들이 일제히 걸음을 멈췄다.

장로들은 가솔들을 다시 선동했다.

"놈의 허풍에 속아 넘어가지 마라! 놈은 조금 전까지만 해도 귀룡혈에 중독되어 있던 놈이다! 그러니 놈의 상태가 정상일 리가 없다."

"정 안 되면 저놈 뒤에 있는 애를 노려! 그러면 놈이 당황할 거야!"

장로들 딴엔 가솔들의 기를 살려주기 위해 한 발언이었지만, 그 말에 이제껏 조용히 있던 설아가 열받아 버렸다.

"당신들이 감히 보옥이를 건드리겠다고?"

쨍! 하는 목소리와 함께 설아의 시선이 어디론가 향했다. 그러자 저 뒤쪽에서 유부에서 흘러나오는 듯한 기음이 울려 퍼졌다.

끼아아아아!

그 소리가 울려 퍼지는 순간 장로들의 안색이 하얗게 변해갔다.

지금 상황에서 저보다 더 무시무시한 협박이 어디 있을까?

"으으……."

장로들은 정신없이 돌아가는 상황 때문에 그동안 잊고 있었던 독강시들의 괴력을 떠올리자 저마다 몸을 덜덜 떨었다.

설아 말이라면 물불 가리지 않는 독강시들.

저들이 뛰어들면 자신들이 아무리 발버둥을 쳐도 대세에 아무런 영향도 끼치지 못하는 허망한 몸부림이 되고 만다.

그런데 그에 더하여 당가들이 또 한 번 혼비백산할 일이 생겼다.

쿠콰콰쾅!

콰자자자작!

갑자기 천지를 뒤흔드는 폭음이 울리더니 외성 입구가 와르르 무너져 내렸다.

그 소리에 놀란 당가 무인들이 화들짝 고개를 돌리는 순간, 쩌렁쩌렁한 고함 소리와 함께 엄청난 함성 소리가 고막을 윙윙 울려왔다.

"수룡채의 이름으로 명하노니 당가는 금일 이 시간부로 무릎을 꿇고 현판을 내리도록 하라! 와하하하하!"

"와아아! 무릎을 꿇어라!"

"총채주, 저희가 왔습니다! 와아아!"

함성 소리와 함께 성벽 이곳저곳을 타 넘으며 물밀듯이 몰려오는 사내들.

그들의 맨 앞쪽에는 이탁이 위풍당당한 기세로 달려오고 있었고, 그 뒤로는 턱을 바짝 치켜든 곽패가 도끼를 휘두르며 달려오고 있었다.

그들을 보자 곽무한의 표정이 와락 일그러지고 말았다.

"아니, 저놈들이……!"

곽무한은 애초에 성문이 부서져 내리자 당가의 응원군이 나타났나 싶어 인상을 찌푸리고 있었다.

그런데 저들이 다 자기 수하들이었다니?

곽무한은 하도 어이가 없어 얼떨떨한 표정으로 수하들을 봤다. 그리고는 곧 눈알을 부라리며 버럭 고함을 질렀다.

"이런 바보 같은 놈들! 여긴 너희가 올 곳이 아니다! 어서 뒤로 물러서지 못할까!"

그러나 말로 해서 들을 놈들이었다면 여기까지 오지도 않았다.

곽무한의 호통 소리에 오히려 힘이 나는지, 수룡채들은 모두 무지막지하게 생긴 병장기들을 휘두르며 마구 환호성을 질렀다.

그 광경을 보고 장로들은 기가 팍 죽어버렸다.

곽무한 하나만 해도 감당이 불감당인데, 갑자기 설아와 독강시들이 끼어들더니 이제는 수천 명에 달하는 수룡채들까지 끼어들었다.

"으으! 오늘이 본가의 생사존망(生死存亡)이 걸린 날이로구나!"

누군가가 암담한 표정으로 중얼거린 말이 당가들의 심정을 대변하고 있었다.

그러나 상황은 이걸로도 끝이 아니었다.

"와아아아!"

외성 입구 쪽에서 또 한 번의 함성 소리가 들려왔다.

곽무한은 이제 기가 막히다 못해 골머리가 지끈거리는 심정이었다.

이번에 나타난 사람은 추단이었다.

추단은 자기 수하들만 데려온 게 아니라 타강에서 싸우고 있어야 할 가릉채 놈들까지 몽땅 끌고 왔다. 그것도 이탁이나 곽패처럼 그냥 온 것이 아니라 오는 도중에 관아란 관아는 몽땅 털면서 왔는지, 각종 중, 장거리 무기에 말까지 구해서 왔다.

콰두두두!

이히히힝!

사방에 울려 퍼지는 말 울음 소리.

"여어, 왔나?"

"어? 자네들도 왔군?"

"와아! 여기서 다 만나게 되는군!"

적진 한복판에서 서로 안부를 묻는 요란한 목소리들까지.

난장판도 이런 난장판이 없었다.

"맙소사……."

이번에는 당가를 가득 메우고 있는 수하들을 보고 두 손 두 발 다 들고 말았다는 곽무한의 신음이 모두의 심정을 대변했다.

당가들을 에워싼 채 기세를 올리고 있는 수룡채들.

그들을 보며 당무운은 수심에 잠겨 있었다.

보아하니 모두 곽무한의 수하들 같은데, 누군지 몰라도 참으로 무식한 방법으로 저들을 데려왔다는 생각이 들었다.

아무리 상황이 이렇게 되었다지만, 막상 싸움이 벌어지면 가장 먼저 죽게 될 자들이 바로 저들이었다.

호랑이는 아무리 상처를 입었어도 호랑이다.

마찬가지로 아무리 대세가 기울었더라도 당가는 당가다.

당가의 독 몇 방울이면 저들쯤은 금방 무찌를 수 있다. 그런 사실도 모르고 한꺼번에 몰려오다니······.

'역시 출신들은 어쩔 수 없구나. 생각이 짧아도 어찌 저리 짧을 수 있단 말인가?'

당무운은 수룡채들의 목숨이 우려되었다.

그런 생각은 장로들도 마찬가지인 모양이었다.

처음엔 수룡채들의 머릿수를 보고 기가 질린 표정이었으나 서서히 본색들을 회복하고 있었다. 어떤 놈은 오히려 저들을 어떤 식으로 죽여야 이 울분을 달랠 수 있을까 하는 표정들을 짓고 있었다.

그러나 수룡채들은 도무지 겁이 없었다.

그들은 자신들을 향해 끈적끈적한 살기를 흘리는 당가 무인들을 보고 오히려 누런 이를 드러내 보이며 짐짓 인상을 지어 보인다.

"허허, 어이가 없구나. 아무리 무식한 놈이 용감하다지만, 감히 당가 무인들을 상대로 저런 객기를 부리다니."

저러다가 누구 하나 다치기라도 한다면 장내는 금방 아비규환의 소용돌이에 빠지고 말리라.

당무운은 염려와 우려가 뒤섞인 눈으로 수룡채들을 봤다. 그러다가 당무운은 차츰 저들에 대한 인식을 바꿔야 할지도 모르겠다는 생각이 들었다.

당무운이 그런 생각을 하게 된 계기는 곽무한이 손을 치켜들고 난 다음부터였다.

이전까지만 해도 그렇게 왁자지껄 떠들어대던 자들이 곽무한이 손을 들자마자 일제히 부동 자세, 마치 돌덩이처럼 굳은 자세로 명을 기다린다.

그 때문에 장내에는 일순간 정적이 감돌아 십 장 뒤에 떨어진 바늘 소리까지 들을 수 있을 정도였다. 그러니 그 모습만 봐도 그들이 얼마나 잘 훈련된 사내들인지, 또한 곽무한에 대한 그들의 충성심이 어느 정도인지를 알 수 있었다.

'허허, 대단하군! 기세가 달라져도 어찌 저리 한순간에 달라질 수 있단 말인가? 그것도 한두 사람도 아니고 저 많은 인원이 동시에?'

저들의 기세를 보니 결코 아무런 생각조차 없이 이곳으로 뛰어든 머저리들이 아니란 생각이 들었다. 또 그렇게 봐서 그런지 몰라도 저들의 눈빛에서 생사를 초월한 각오 같은 게 어렴풋이 느껴졌다.

그런 느낌이 모이자 수룡채들의 기세가 왠지 마음에 드는 당무운이었다.

곽무한은 천천히 장내를 둘러봤다.

좌측 끝에서부터 우측 끝까지, 당가 무인들의 눈을 하나하나 쳐다보며 생각을 정리했다.

'끝났군!'

강호의 싸움, 특히나 세력 간의 싸움은 언제나 기세가 좌우한다.

그동안 매일 실전을 치르다시피 한 수룡채와 이제껏 제대로 된 기습 한 번 받아보지 못한 사천당가.

대세는 이미 결정 났다.

한껏 사기가 올라 있는 수하들의 눈빛과 하염없이 위축되어 있는 저들의 눈빛이 그런 사실을 증명해 주고 있었다.

곽무한은 천천히 설아를 보며 말했다.

"미안하지만 저들을 뒤로 좀 물려주시겠소? 아무래도 이 싸움은 우리들의 싸움인 것 같구려."

그 말과 함께 곽무한은 눈짓으로 독강시를 가리켰다.

설아는 잠시 곽무한을 쳐다보다가 천천히 고개를 끄덕였다.

사실 설아는 할 수만 있다면 무슨 수를 써서라도 곽무한을 돕고 싶었다. 그 때문에 자기 목숨을 잃게 된다고 해도 설아는 후회하지 않을 자신이 있었다.

왜냐하면 이제껏 저들이 얼마나 집요하게 곽무한을 죽이려고 했는지, 또 그로 인해 곽무한이 얼마나 많은 사람들을 잃어야 했는지 잘 알고 있었기 때문이다.

그러나 그런 결심에 비해 자기 마음이 워낙 약한지라 상대에게 살수조차 제대로 뿌리지 못하니, 오히려 곽무한에게 짐만 될까 싶어서 속만 태우고 있던 참이었다.

그나마 도울 수 있는 방법이 독강시들을 이용하는 것인데, 그마저 죽은 사람을 이용하는 것이라 썩 내키지 않았다.

만약 저들이 보옥이를 해치려고만 들지 않았다면, 아직도 자신은 뒤에서 가슴만 졸이고 있었을 터였다.

그러나 그런 자신의 마음과 상관없이 독강시들을 앞세우고 싸울 수 있었음에도 그러지 않고 스스로의 힘으로 싸우겠다는 곽무한을 보자, 마음이 안타까운 한편으로 곽무한이 더욱 믿음직스럽게 느껴지는 설아였다.

설아는 독강시들을 뒤로 물린 뒤 보옥이를 꼭 껴안은 채 당가와의 마지막 결전에 나서는 곽무한을 조마조마한 눈빛으로 쳐다봤다.

곽무한은 천천히 걸음을 내디뎠다.

곽무한이 한 걸음을 내딛자 수룡채들도 일제히 한 걸음을 내디뎠다.

곽무한과 수룡채가 한 걸음씩 나아오자 당가들은 한 걸음씩 뒤로 물러났다.

그렇게 몇 발짝을 걸은 곽무한은 잠시 걸음을 멈추고 당가들을 봤다.

곽무한의 눈빛이 자신들을 향하자 당가 무인들은 자기도 모르게 어깨를 움찔 떨었다.

그 모습을 보며 곽무한은 천천히 손을 치켜들었다.

수룡채들은 일제히 곽무한의 손을 쳐다봤다.

곽무한이 쩌렁쩌렁한 목소리로 명을 내렸다.

"추단! 선봉에 선다!"

"존명!"

추단이 복명하자 추단 휘하의 사내들이 일제히 곽무한에게 허리를 꺾어 보이고 우루루 선봉에 나선다.

"곽패! 후위를 맡아라."

"존명!"

곽패가 복명하자 곽패 휘하의 사내들이 곽무한에게 일제히 허리를 꺾어 보이고 또 우루루 뒤로 물러난다.

"이탁! 중간을 맡아라. 전황을 살펴가며 양쪽을 지원한다."

"존명!"

이탁이 복명하자 이탁 휘하의 사내들이 양쪽으로 진형을 벌려 나갔다.

수하들의 움직임을 보며 곽무한이 다시 목청을 높였다.

"모두 명심할 것! 오늘 당가의 주춧돌 하나 남기지 않는다!"

그 말이 떨어지자마자 수룡채들이 각자의 병장기를 흔들며 요란한 함성을 질렀다.

"와아아아!"

그 순간 당가 무인들의 안색이 하얗게 질려 버렸다.

수룡채들의 활활 타오르는 눈빛.

장난이 아니었다.

정말 일전을 불사하겠다는 결의가 가득 차 있었다.

"준비……."

드디어 곽무한이 도를 치켜들었다.

수룡채들은 일제히 병장기를 치켜들며 돌격 자세를 취했다.

곽무한이나 수룡채들의 눈에 한 점 흔들림도 없었다.

당가 무인들은 그 모습을 보고 오금을 덜덜 떨었다.

이윽고 곽무한에게서 강렬한 안광이 흘러나왔다. 그와 동시에 혈뢰도를 쥔 손에 굵은 힘줄이 돋았다.

이제 혈뢰도가 떨어지는 순간 장내가 아수라장으로 변한다.

그때 당무운이 수염을 휘날리며 달려왔다.

"이놈아! 잠깐만, 잠깐만 손을 멈춰다오!"

이제 당무운의 생각은 완전히 바뀌어 버렸다.

이대로 가면 수룡채들이 아니라 가솔들이 다 죽어나게 생겼다. 그러니 어떻게든 곽무한을 말려야 한다.

그러나 무심한 표정으로 자신을 바라보는 곽무한.

당무운은 식은땀을 흘렸다.

자신이 말릴 때마다 사태가 엉뚱하게 흘러갔으니, 이제 무슨 말로 그를 설득해야 할지 막막했던 것이다.

그런데 바로 그때,

"아들아… 이제 그만."

귓전으로 구원의 목소리가 들려왔다.

모기 울음소리보다 작고 가냘픈 목소리.

그러나 이 자리에 있는 그 누구보다 크고 강력한 목소리.

당군혜의 목소리가 들려온 것이다.

곽무한은 그 소리를 듣자마자 손을 뚝 멈췄다. 뒤이어 뇌성벽력이 떨어져도 눈 하나 깜짝 않을 것 같던 곽무한의 눈빛이 격렬하게 떨렸다.

"어… 머니?"

당군혜를 돌아보는 곽무한의 눈에 뿌연 물기가 어렸다.

죽음과의 사투를 벌이다가 기적적으로 눈을 뜬 당군혜는 웃는 듯, 나무라는 듯 묘한 표정으로 곽무한을 보고 있었다.

장내에 잠시 정적이 흘렀다.

모두의 시선이 곽무한에게 집중되었다.

수룡채들은 어리둥절한 표정으로, 당가들은 잔뜩 긴장한 표정으로 곽무한을 쳐다봤다.

당무운은 조마조마한 표정으로 곽무한을 쳐다봤다. 그러다가 곽무한이 도를 거두는 모습을 보고는 안도의 한숨을 쉬며 가슴을 쓸어 내렸다.

"휴우, 다행이구나. 가문의 영령들께서 돌보셨어."

그렇게 당무운이 중얼거릴 때 수룡채들이 뒤로 물러났다. 그러자 고조되었던 살기가 누그러지며 장내에 전운이 걷혔다.

이제 모두의 시선은 곽무한과 당군혜를 향했다.

부축하듯 조심스럽게 당군혜를 끌어안는 곽무한과 파리한 낯빛임에도 얼굴 전체에 온화한 미소를 띠고 곽무한을 어루만지는 당군혜.

두 사람의 포옹엔 뜨거운 혈육의 정이 묻어 나왔다

그 모습을 보고 당가 무인들은 콧날이 시큰해지는 것을 느꼈다.

이전까지는 상황이 워낙 급하게 돌아가 두 사람의 사연을 생각하지 못하고 있다가 이제 두 사람의 포옹을 보게 되자 그동안 잊고 있었던 사연이 생각나 새삼 가슴이 뭉클해진 것이다.

수룡채들 역시 마찬가지였다.

그들은 장내에 도착한 지 얼마 되지 않아 당군혜가 누군지 알 길이 없었다. 그래서 한동안 어리둥절한 표정을 짓고 있다가 몇몇 귀 밝은 놈들로부터 두 사람이 모자지간임을 전해 듣고는 그때부터 휘둥그레진 눈으로 두 사람을 쳐다보고 있었다.

그중 몇 놈은 돌아가는 분위기도 모르고,

"와! 고우시다! 저분이 총채주의 모친이시라구?"

"총채주가 모친을 닮으셨구나. 그런데 많이 아파 보이시는데?"

라며 서로 귀엣말을 나누다가 주변의 눈총을 받기도 했으나, 대부분은 곽무한을 껴안고 있는 당군혜의 모습에서 각자의 모친 얼굴을 떠올리며 눈시울을 붉혔다.

그렇게 모두의 시선을 받으며 포옹을 나누던 두 사람은 언제부턴가 도란도란 이야기를 나누기 시작했다.

그들이 무슨 이야기를 나눴는지는 알 수 없었다.

그러나 가끔 장내를 가리키며 눈시울을 적시는 당군혜와 그런 당군혜의 말에 묵묵히 고개를 끄덕이는 곽무한의 표정으로 봐서는 당가에 대한 이야기를 나누는 것 같았다.

이윽고 대화가 끝났는지 곽무한이 손짓으로 추단과 이탁, 그리고 곽패를 불렀다.

신호를 받고 달려온 세 사람은 먼저 곽무한에게 눈인사를 보낸 뒤 당군혜에게 극공의 예를 갖췄다.

"대부인, 처음 뵙겠습니다. 삼두점 이탁이라고 합니다."

"독심환 추단입니다."

"무적쌍부 곽패입니다."

당군혜는 세 사람에게 미소로 화답했다.

"안 그래도 세 분 이야기를 듣고 어떤 분들일까 궁금했었는데 이렇게 뵙게 되어 영광입니다. 세 분을 뵈오니 협골웅풍(俠骨雄風)이란 말이 왜 생겨났는지 알 수 있겠군요. 모두들 마음을 같이해 뜻하시는 바를 이루시기 바랍니다. 그러나 대부인이란 말은 듣기 민망하니, 마음 편하게 곽 부인이라 불러주세요."

여자가 죽은 남편의 성을 내세운다는 것은 그만큼 남편을 사랑하고 존중한다는 말.

곽무한은 가슴이 찡해지는 기분이었다.

'엄마는 아직까지도 아버님을 그리워하고 있어……'

그러고 보니 어린 시절에도 엄마가 단 한 번이라도 외롭다거나 후회한다거나 하는 원망조의 말을 하는 걸 들어본 적이 없다. 오히려 돌아가신 부친을 떠올리며 항상 행복해하셨다.

곽무한은 갑자기 부친이 원망스러웠다.

그런 사연도 모르고 세 사람은 입이 확 찢어졌다.

'흐흐흐, 호협이래. 협골웅풍이래.'

명가의 기품.

부드러움 속에 위엄이 있고, 겸양 어린 말속에 상대에 대한 배려와 찬사가 배어 있다. 그러니 평생 수적질로 살아온 이들이 이런 극찬을 받아봤겠는가?

세 사람의 입이 귀밑에 걸리는 건 너무나 당연한 일이었다.

그중에서도 특히 곽패가 더했다.

"와하하! 대부인! 총채주 곁에는 항상 저희가 있습니다. 그러니 아무 걱정 마시고 밤잠 팍팍 주무셔도 됩니다. 그리고 곽 부인이라뇨? 천부당만부당하신 말씀입니다. 다른 사람도 아닌 대수룡채 총채주의 자당(慈堂)이시니 당연히 대부인이라고 불리셔야죠. 암요! 안 그랬다가는 저희가 총채주께 맞아 죽습니다요."

제 가슴을 팡팡 치며 짐짓 익살을 떠는 곽패.

그 말을 듣고 당군혜가 물었다.

"우리 무한이가 그렇게 무서운가요?"

"그럼요! 어찌나 무서우신지 지옥의 사신이 따로 없… 합!"

당군혜의 질문에 한바탕 신나게 떠들어대려던 곽패는 자신을 노려보는 곽무한의 표정을 보고 급히 입을 다물었다. 그러나 이미 할 말은 다해 버린 상태.

당군혜가 살짝 찌푸린 눈으로 곽무한을 쳐다봤다.

곽무한은 슬그머니 고개를 숙였다.

그 모습을 보고 곽패는 잠시 계면쩍은 표정을 짓다가 이내 웃음을 참느라 애썼다.

당군혜의 눈길 한 번에 마치 흙장난을 치다가 들킨 아이처럼 고개를 숙이는 곽무한을 보니, 저 사람이 과연 자신이 알던 곽무한이 맞나 싶어 웃음이 나왔던 것이다.

그러나 만약 이 분위기에서 웃었다가는 명년 오늘이 자신의 제삿날이 되고 말 터.

곽패는 목구멍까지 치민 웃음을 참느라 무진 애를 썼다.

그때 마침 설아가 왔다.

"아이고! 저분 소저는 또 누구십니까? 혹시 총채주께서 아시는 분이면 저희에게도 소개를……."

곽패는 마치 죽다 살아난 사람처럼 환호성을 질렀다.

그 말에 곽무한이 퍼뜩 고개를 돌렸다.

"아! 채 소저……."

"채 소저?"

당군혜의 눈에 또 한 번 날이 섰다.

곽무한은 영문을 몰라 고개를 갸웃거렸다.

"세상에 어떤 사내가 자기 여자에게……."

당군혜가 노한 목소리로 나무라려는 순간 설아가 다가와 보옥이를 안겼다. 그러자 언제 그랬냐는 듯 당군혜의 얼굴에 환한 웃음꽃이 피었다.

"아이고, 내 새끼. 이 할미가 보고 싶어 왔구나. 이리 온."

당군혜는 보옥이를 보자 곽무한을 혼내주려 했던 생각을 까맣게 잊어버리고 함박웃음을 지었다. 그러나 기운이 없어서인지 보옥이를 안아 올리지 못한 채 그저 뺨만 비벼대고 있었다.

그 모습을 보고 설아는 잠시 안타까운 표정을 짓다가 곽무한에게 전음을 보냈다.

"아직 어머님은 완치되신 게 아니에요. 심맥을 겨우 이어놓은 상태라 조금만 충격을 받아도 위험해요. 그러니 조용한 곳을 찾아서 서둘러 치료에 전념해야 해요."

그 말에 곽무한의 표정이 눈에 띄게 굳어갔다.

"그럼 어디로?"

"전에 제가 머물던 곳이 있어요."

"음……."

두 사람이 심각한 표정으로 전음을 나누는 동안, 수룡채들의 눈이 몽롱하게 풀렸다.

이미 독강시를 움직일 때부터 호시탐탐 설아를 훔쳐보던 녀석들이다. 그런데 이제 다정한 얼굴로 곽무한과 어깨를 나란히 하고 있는 모습을 봤으니 놈들의 입이 가만있을 리가 없다.

"우와! 정말 예쁜 소전데? 도무지 사람 같지가 않아. 저 살인적인 미소 좀 보라구."

"근데 총채주와 어떤 사이지? 둘이 너무 친해 보이는 거 아냐?"

"혹시 저러다가 우리 총채주 장가가시는 거 아냐?"

휘파람 소리가 나오고 환호성이 터지고, 장내는 순식간에 와자지껄한 도떼기시장으로 변해 버렸다.

그 소리에 설아는 뺨을 붉혔고, 곽무한은 연신 헛기침을 토하며 수하들을 노려봤다.

그러나 설아였기에 저 정도였지, 웬만한 여자들이었다면 질펀한 농지거리부터 던질 놈들이었다. 그런 사실을 감안하면 그나마 예의를 지킨 편이었다. 그걸 알기에 곽무한은 차마 화도 못 내고 얼굴만 붉으락푸르락했다.

곽무한이 설아와 전음을 나누는 동안 보옥이의 재롱을 보며 즐거워하고 있던 당군혜는 갑자기 들려온 환호성에 놀라 고개를 돌렸다.

당군혜는 환호성의 근원을 쳐다보다가 수룡채들의 시선이 향한 곳을 보고는 흐뭇한 표정으로 미소를 지었다.

어깨를 나란히 한 채 뺨을 붉히고 있는 두 사람.

그 모습이 너무 잘 어울려 보여 당군혜는 보옥이를 자기 앞에 앉히며 말했다.

"보옥아, 보이니? 엄마와 아빠야."

"응! 엄마 보여. 아빠… 몰라."

당군혜는 보옥이가 곽무한을 잘 못 알아보자 가슴이 아팠다. 서로 너무 오래 떨어져 있었던 탓이다.

"보옥아, 저기 엄마 옆에 선 사람이 바로 네 아빠야. 보옥이 아빠."

"헤. 보옥이 아빠?"

"그래, 저 다정한 두 사람이 바로 보옥이 엄마와 아빠야."

그제야 고개를 끄덕이며 보옥이는 두 사람을 향해 손을 흔들었다.

당군혜는 보옥이의 고사리 손을 잡고 곽무한에게 다가갔다.

보옥이를 보며 두 손을 활짝 벌려 보이는 곽무한.

당군혜는 그런 곽무한을 보며 보옥이에게 귀엣말로 물었다.

"보옥이는 엄마가 좋아, 아빠가 좋아?"

"헤. 엄마."

당연한 대답이었다.

"그래. 평생 엄마 치마폭이나 따라다녀라, 욘석아."

당군혜는 빙그레 웃으며 보옥이 뺨을 꼬집었다.

보옥이는 혀를 쏙 내밀며 두 손을 벌리고 있는 곽무한을 외면하고는 설아에게 폭 안겨 버렸다.

당군혜는 머쓱한 표정으로 보옥이를 쳐다보고 있는 곽무한을 보며 잠시 미소를 짓다가 문득 그들 뒤에 서 있는 당무운을 발견했다.

아무도 말 걸어주는 사람이 없어서인지 꿔다 논 보릿자루마냥 멀거니 서 있는 당무운.

"어머, 내 정신 좀 봐."

그리고 보니 아직 당무운을 소개하지 않았다.

당군혜는 급히 곽무한을 불러 정식으로 당무운에게 소개를 했다.

"조부님, 이 녀석이 바로 무한입니다. 무한아, 네 외증조부시다. 당가의 전전대 가주이시자 가문의 최고 어른이시니 정중히 예를 갖추거라."

당군혜가 서로를 소개시키자 곽무한이 포권을 보냈다.

"소손이 외증조부님을 뵈옵니다."

"허허허. 오냐, 그동안 고생 많았다."

상황이야 어찌 됐든 드디어 곽무한과 정식으로 인사를 나누게 된 당무운은 흐뭇한 표정으로 고개를 뒤로 젖혔다. 이제야 존장 대접을 받겠구나 싶어 저절로 목에 힘이 들어간 것이었다.

그러나 당무운은 제대로 대접받을 기회가 없었다.

그가 큰소리 한 번 쳐보기도 전에 곽무한이 고개를 휙 돌려 버리며 고함을 질렀다.

"모두 이동 준비!"

그 소리에 당무운과 당군혜는 서로를 보며 당황해했다.

"아니, 갑자기 어디로 이동한단 말이냐?"

당군혜는 곽무한이 제대로 인사를 하지 않아서, 당무운은 곽무한이 또다시 가문을 공격할까 봐 겁이 났다.

다행히 설아가 나서서 대신 설명을 해주자 두 사람은 그제야 이해를 했다. 그러나 머리로는 이해가 돼도 가슴으로는 왠지 섭섭했다.

"제가 갑자기 죽는 것도 아닌데 저 녀석이 왜 저리 서두르나 모르겠네요."

"그러게 말이다."

벌써 저 앞쪽으로 나가 수하들을 진두지휘하는 곽무한을 보며 당군혜는 속상하다는 표정을, 당무운은 떨떠름한 표정을 지었다.

그러나 표정과 달리 당군혜의 상세에 대해 잘 알고 있는 당무운인지라 아무 소리 못하고 그저 곽무한이 하는 대로 쳐다볼 수밖에 없었다.

곽무한의 명이 떨어지자 일사불란하게 움직이는 수룡채들.

비록 추단과 곽패 등이 설아를 소개시켜 주지 않는다고 투덜대긴 했지만, 그들이 수하들 사이로 왔다 갔다 하자 순식간에 진형이 완성되었다. 정말 전광석화가 따로 없는 움직임들이었다.

'세상에! 저게 군대지, 수적이야?

당무운은 한동안 놀란 표정으로 수룡채들을 바라보다가 문득 설아 품에 안겨 있는 보옥이를 보고 눈을 빛냈다.

'맞아! 이렇게 넋 놓고 있을 때가 아니지. 어떻게 한다?

그랬다. 가문의 미래를 위해서라도 보옥이만은 잡아야 한다.

그러나 곽무한의 태도로 봐서는 호락호락하지 않을 것 같았다.

그렇다면 훗날을 위해 좋은 인상을 남겨야 한다. 그래야 보옥이를 얻을 수 있는 확률이 높다.

따라서 저들을 이렇게 맹숭맹숭하게 보내서는 안 된다. 뭔가 성의를 보여야 한다.

"가만? 성의를 보여?"

생각을 이어나가다 보니 좋은 생각이 났다.

당무운은 급히 수하를 불렀다.

제87장
당가의 결정

당가의 결정

출발 준비가 완료되자 곽무한이 다시 돌아왔다.

"어머니, 이대로 떠나시면 됩니까? 따로 준비할 게 없으십니까?"

곽무한이 당군혜를 보며 미소 띤 얼굴로 물었다.

그러나 물을 필요가 전혀 없는 질문이었다.

여자들은 가벼운 외출에도 준비할 게 많다.

하물며 가문을 완전히 떠나는 마당이니 어찌 준비할 게 없을까.

"아! 그렇구나. 생각해 보니 챙겨 가야 할 게 정말 많구나."

깜빡 잊고 있었다는 듯 손뼉을 치며 말하는 당군혜를 보고 곽무한은 회심의 미소를 지었다.

곽무한은 이대로 당가를 떠날 생각이 없었다.

비록 당군혜의 만류로 인해 어쩔 수 없이 떠나긴 하지만 최소한 다시 돌아오겠다는 경고쯤은 해주고 떠날 생각이었다.

그러자면 먼저 어머니를 떠나보내야 한다.

"그럼 채 소저와 함께 준비하시지요. 제가 수하들을 보내겠습니다."

"그래, 알겠다. 그런데 아직도 채 소저냐?"

"예?"

당군혜의 질문에 이전처럼 또다시 멍한 표정을 짓는 곽무한.

그러고 보니 설아도 뺨을 붉히며 옷자락만 만지작거리고 있다.

당군혜는 두 사람의 표정에서 그들이 어떤 관계인지 알아차렸다.

예전에 설아에게 듣던 것보다 더 답답한 상태였다.

"무심한 녀석. 네 아버님은 안 그랬는데, 넌 왜 그리 맹추 같으냐?"

"예?"

"쯧쯧, 굴러 들어온 복도 걷어찰 녀석……."

"예?"

"됐다, 인석아!"

당군혜는 그 말만 남기고 설아와 함께 횅하니 떠나 버렸다. 그 바람에 곽무한은 한동안 멍한 표정을 지었다.

"도대체 내가 왜 맹추 같다는 거야?"

물론 곽무한의 머리로는 아무리 생각해도 알 수 없는 일이었다. 그래선지 한참 머리를 굴리던 곽무한은 결국 생각하기를 포기하고 수하들을 향해 명을 내렸다.

"준비할 게 많으시다니 가마를 어머니 처소로 보내라. 호위도 넉넉히 데려가고."

그때 당무운이 나섰다.

"아니, 가마 따위는 필요없다. 이 할아비가 멋진 팔두마차를 준비했느니라."

곽무한의 환심을 사기 위해 당무운이 일차로 준비한 것은 바로 가주 전용 팔두마차였다.

마차는 당가에서 특별히 제작한 것으로, 이동 중에도 전혀 흔들림이 없고 마차 안팎에 수백 종의 기관 장치가 되어 있어 웬만한 습격쯤은 눈 깜짝할 사이에 퇴치가 가능했다.

거기다가 장정 열 명이 너끈히 타고도 남을 공간에, 비단과 호피로 감싼 따스하고 포근한 침대와 보료, 그리고 일상 용품에서 장식용 소품에 이르기까지 온갖 진귀하고 희귀한 물품들이 구비되어 있어 웬만한 황족 뺨칠 정도의 마차였다.

'그런 마차를 척 하니 내놓았으니 놈의 눈이 휘둥그레질 것이다.'

곽무한의 자존심이 아무리 하늘을 찌르더라도 다른 사람도 아닌 당군혜를 위한 것이다. 그러니 이 정도면 충분히 감동하겠거니 했다.

그러나 감동은커녕,

"잘 쓰겠습니다."

곽무한은 당연히 받을 걸 받는다는 표정이었다.

'고얀 놈.'

그러나 아쉬운 사람은 자신이다.

당무운은 애써 분노를 감추며 다음 패를 꺼냈다.

"자! 이것도 좀 챙겨 가자꾸나."

당무운이 두 번째로 준비한 것은 당가 내의 각종 영약.

그러나 결과는 마찬가지였다.

"효능이 어떨진 모르겠지만 주시니 받죠."

그뿐이 아니었다.

수룡채들이 갑자기 팔두마차를 끌고 가는 것을 보고 당무운이 물었다.

"저놈들은 뭐냐?"

"아시잖습니까? 제 수하들인 거."

"그건 알겠는데, 저들이 마차를 어디로 끌고 가고 있는 것이냐?"

"들으셨잖습니까? 이곳을 떠난다는 거."

'이, 이놈이?'

말을 뚝뚝 잘라먹는 건 두 번째 문제였다.

놈은 뭐가 그리 못마땅한지 자신과 눈조차 마주치지 않는다.

이래서는 소득이 없다.

"허허허, 그렇구나. 그런데 왜 저들만 보내느냐?"

"번거롭게 이곳으로 오실 필요 없이 그곳에서 먼저 출발하시라구
요."

"헉?"

이래서는 곤란했다.

보옥이가 당군혜를 따라가지 않았는가?

"그, 그럼 나도 따라가면 안 될까? 이래 봬도 이 할아비가 당가제일
의 신의란다."

그러나 차라리 이 말은 하지 않는 게 나을 뻔했다.

"됐소! 채 소저는 사천제일의 신의요. 백의신녀, 들어보셨소?"

"헉! 그, 그 아이가 백의신녀였어? 맙소사! 어쩐지……."

그러고 보니 이제껏 번데기 앞에서 주름잡은 꼴이었다.

당무운은 치료 과정에서 온갖 훈수를 두던 자기 모습을 떠올리고는
뺨을 붉혔다. 그리고 이제 그런 사실까지 알고 나자 당무운은 더 이상
따라나서겠다고 할 명분이 없었다. 더구나 아직 장내도 정리되지 않은

상태라 자신이 남아서 뒷수습을 해야 했다.

'끄응······.'

결국 마음은 원이로되 움직이려야 움직일 수가 없고, 환심을 사려고 해도 소 닭 보듯 쳐다보니 속만 바짝바짝 타는 당무운이었다.

그러나 이렇게 물러날 순 없다.

"그, 그럼 호위라도 붙여주마. 가문의 최고 정예들로 호위를······."

"일없소!"

그러나 그것마저 일언지하에 거절해 버리고 마는 곽무한.

급기야 분통이 터진 당무운이 노호성을 터뜨리려는데, 벌써 준비를 마쳤는지 마차가 나오고 있었다.

당무운은 당황한 표정으로 곽무한을 쳐다봤다.

"아까 거기서 바로 출발한다고 하지 않았느냐?"

"음? 뒤쪽으로도 출구가 있었소?"

물론 없다.

당가에서 외부로 나가려면 무조건 외성을 통해야 한다.

결국 할 말이 없어진 당무운이 붉으락푸르락 가슴앓이만 하고 있는데, 어디선가 우렁우렁한 목소리가 들려왔다.

마차의 선두를 호위하고 있는 곽패였다.

"그럼 떠나기 전에······!"

곽패는 목소리를 길게 늘여 수하들의 주의를 환기시켰다. 그리고는 눈짓으로 마차를 가리키며 소리쳤다.

"대부인의 행차시니 모두 예를 갖추도록!"

그 말이 떨어지자 우렁찬 목소리가 장내를 뒤흔들었다.

"대부인을 뵈오!"

저마다 한쪽 무릎을 꿇고 극공의 예를 보내는 사내들.

곽패는 흐뭇한 표정으로 수하들을 바라보다가 당군혜에게 손을 한 번 흔들어 달라고 했다. 그 말을 듣고 곽무한이 눈살을 찌푸렸다.

그러나 당군혜가 차창 밖으로 얼굴을 내밀고 손을 들어 보이자 '와아!' 하는 함성 소리와 함께 수하들이 당군혜를 향해 분분한 인사말을 건넨다.

그 모습을 보며 어떠냐는 듯 고개를 세워 드는 곽패.

곽무한은 어이가 없어 고개를 설레설레 흔들었다. 그러나 곽무한의 눈자위는 자신도 모르게 붉어져 있었다. 그런 사실도 모르고 곽무한은 나중에 두고 보자는 표정으로 곽패를 노려봤다.

마차가 곽무한 앞에서 잠깐 멈췄다.

당군혜가 불안한 표정으로 곽무한을 쳐다봤다.

곽무한은 미소로 당군혜를 안심시켰다.

"뒷마무리만 하고 금방 뒤따라갈 겁니다."

당군혜는 그제야 안심한 표정을 지었다.

곽무한은 시선을 돌려 설아를 쳐다봤다.

설아의 눈빛도 불안하게 흔들리고 있었다.

곽무한은 다시 한 번 웃어 보였다.

"늦지 않을 거요. 어머니와 보옥이를 부탁하오."

그 말에 설아가 살포시 미소를 지었다.

수룡채들의 환호와 호위 속에 당가를 나서는 팔두마차.

그 뒷모습을 보며 당가 무인들은 착잡한 표정을 지었다.

그들의 표정은 마치 마음속의 정인을 남에게 빼앗긴 듯한 표정이었다.

마차가 떠나고 나자 곽무한의 표정이 돌변했다.

입가에 걸려 있던 미소는 어디론가 사라지고 이글거리는 안광이 그 자리를 대신했다.

그 눈빛에 당가들이 전전긍긍할 때, 곽무한이 혈뢰도를 꺼내 들었다.

당가들은 가슴이 철렁해 허둥지둥 응전 태세를 갖췄다. 그러다가 곽무한이 도파를 움켜쥔 게 아니라 날 중간 부분을 잡고 있는 걸 보고 그나마 안심한 표정들을 지었다. 그러나 곽무한의 어깨에서 섬광이 번쩍이는 순간, 당가들의 안색이 백지장처럼 하얗게 변하고 말았다.

쐐애액애액!

바람을 가르는 섬뜩한 파공음.

뒤이어 터져 나오는 가슴 철렁한 소음.

퍼퍼퍼퍼퍽!

놀라운 광경이었다.

혈뢰도가 붉은 빛을 토하며 대기를 갈라 나가자 앞을 가로막고 있던 전각과 벽들이 산산이 터져 나갔다. 그리고 마지막으로,

콰아아앙!

엄청난 폭음이 고막을 울렸다.

당가 무인들은 자기도 모르게 귀를 틀어막았다.

잠시의 정적 후 당가 무인들이 실눈을 떴다.

"헉! 저, 저, 저……!"

부릅뜬 당가들의 눈에 내성 중앙에 있던 화려한 전각, 가주 집무실 어칸 위에 걸려 있던 황금빛 편액을 뚫고 손잡이 부분만을 남긴 채 벽

속 깊숙이 박혀 있는 혈뢰도가 들어왔다.

당가 무인들은 그 광경을 보고 모두 입을 쩍 벌린 채 말을 잃어버렸다.

"이걸로 끝났다고 생각하지 마라, 곧 돌아올 테니까."

곽무한은 그 말을 끝으로 당가를 떠나갔다.

곽무한의 모습이 완전히 사라지고 나자 당가 무인들은 누가 먼저랄 것도 없이 털썩! 바닥으로 주저앉고 말았다.

"으으. 죽다 살아난 기분이군."

"아이고, 난 사지가 떨려서 제대로 서 있지를 못하겠어."

당가 무인들은 저마다 변명 아닌 변명을 하며 망연자실한 표정을 지었다.

그들은 가끔 공포에 질린 눈으로 가주 집무실 위에 박힌 혈뢰도를 훔쳐보긴 했으나 그 누구도 뽑을 생각을 못했다. 왠지 모를 후환이 두려웠던 것이다.

그런 심정은 당무운 역시 마찬가지였다.

"으으, 독한 놈."

당무운은 은근히 놀란 표정으로 도를 쳐다보고 있다가 문득 이래서는 안 되겠다는 생각이 들어 좌중을 둘러보며 냅다 호통을 질렀다.

"모두 뭣들 하고 있는 거냐? 아직 가문이 무너진 게 아니다. 그러니 모두 정신들 차리고 장내부터 정리하도록 하라!"

당무운의 호통이 떨어지자 당가 무인들이 움직이기 시작했다.

시체를 수습하고 이리저리 널린 병장기까지 정리하고 나자 시간이 많이 흘러 오후 나절이 되었다.

그때 한 떼의 무리가 장내로 들어왔다.

그중 선두에 선 사람은 당군혜의 오라비이자 곽무한의 외삼촌이 되는 당중기였다.

당중기를 선두로, 수룡채를 치러 갔던 금엽당과 타강채를 도우러 갔던 염왕대와 뇌전당 무인들이 당가로 돌아온 것이다.

그들이 나타나자 시름에 빠져 있던 당가들의 표정이 갑자기 밝아졌다. 그중 일부는 눈물까지 글썽이며 환호성을 터뜨리기도 했다.

그들이 이처럼 당중기 일행을 반기는 이유는 저들이 바로 당가를 지탱하는 힘이었기 때문이다.

당가들이라면 누구나 아는 사실, 당가의 진정한 힘은 당장명 부자와 그들을 따르는 고수들이다.

당중기만 해도 가문의 미래라 불리는 당가십걸의 최고 고수인데다가 당중기 뒤에는 강호에서도 손꼽히는 고수, 손을 펼치는 순간 생과 사를 가른다 하여 생사협이라 불리는 당장명이 있다. 그리고 그 뒤에는 당장욱이 집권하면서부터 한직으로 밀려나긴 했지만, 그들 부자에게 맹목적인 충성을 바치고 있는 과거의 혈우단과 청운대 출신의 고수들이 있다. 그러니 어찌 당중기를 환영하지 않을 수 있겠는가? 그들 부자가 있는 한 당가는 건재한 것이다.

당장욱이 차도살인의 계략까지 동원해 그들 부자를 떠나보낸 이유도 바로 그 때문이었다.

어떻게든 그들 부자의 세력을 감소시켜 자신의 영향력을 확대하려고 한 것이었다. 그러나 그 계략은 오히려 자승자박이 되어 도리어 그들 부자의 전력만 온전히 보존하는 결과가 되고 말았다.

당중기는 장내를 둘러보는 내내 착잡한 표정을 지었다.

귓전으로는 자신을 반기는 환호성 소리가 들려왔지만 당중기는 전혀 기쁘지 않았다.

무너지고 부서져 거의 폐허 직전으로 변해 버린 가문의 모습.

그 모습을 보자 당중기는 왠지 모를 서글픔이 밀려오는 기분이었다.

가문이 버린 아이가 가문을 부숴놓았다.

아니, 가문이 죽이려고 했던 아이가 오히려 가문을 부숴놓았다.

그러니 이 결과를 자업자득이라고 해야 할까?

그러나 그렇게 생각하기엔 너무 많은 가솔들이 죽어버렸다.

'그럼… 복수를 해야 하나?'

그건 말이 안 되는 이야기였다. 곽무한을 죽이려고 가문이 먼저 손을 썼으니.

'그럼 누구를 탓해야 하나? 이런 참극을 선사한 하늘인가?'

아니었다.

참극을 초래한 사람들은 따로 있었다.

자기들의 욕망을 성취하기 위해, 자기들의 권력을 유지하기 위해 골육상잔까지 마다하지 않은 당장욱 일파를 탓해야 했다. 그리고 가문 역시도 책임을 면할 길이 없었다.

전통만을 고집해, 순수 혈통이 아니면 가문에서 소외시켜 버리고 마는 극단적인 가풍도 이번 참극에 일조(一助)를 했다. 그러니 가문의 기풍에도 책임이 있었다.

이런 저런 생각으로 상념에 빠져 있던 당중기는 긴 한숨을 토해내며 석양에 물든 주홍빛 하늘을 올려다봤다.

"결국… 이렇게 끝난 게 그나마 다행이라고 생각해야 하나?"

당중기는 당가로 돌아오기 전에 타강채를 들렀었다.

적취협에서 허탕을 치고 난 뒤 타강으로 합류하라는 가주령을 받은 때문이었다.

그러나 그가 타강에 도착했을 땐 이미 싸움이 끝난 뒤였다.

찔리고 베이고 깨져 강물 위를 둥둥 떠다니는 시체들과 산산이 부서져 물결 위로 떠다니는 파편들.

그 모습을 보고 당중기는 엄청난 충격을 받았었다.

아무리 수적패라지만, 그동안 휘하에 두다시피 한 놈들이었기에 타강채의 전력이 어느 정도인지를 그 누구보다 잘 아는 당중기였다.

그들의 전력은 자신들이 싸워도 몇 날 며칠을 허비해야 할 정도다.

그런데 저렇게 무참하게 깨지다니?

저항의 흔적이라곤 눈을 씻고 봐도 없었다.

그렇다면 거의 일방적으로 당했다는 말.

그러나 곽무한 일당은 결코 백만 대군이 아니다.

그런데도 저 참담한 패배라니?

당중기는 타강채의 괴멸을 보고 수룡채의 전력이 어느 정도인지 예상할 수 있었다.

'그러나 이 정도일 줄은……'

장내를 보니 타강채의 생존자들이 공포에 떨며 한 말이 생각났다.

무지막지한 자들.

죽음을 두려워하지 않는 야차 같은 자들.

그러나 그보다 더 무서웠던 것은 그들의 수장(首長)이 휘두르던 일장에 달하는 도강이었다는 말.

그 기세에 질려 눈 깜짝할 사이에 무너지고 말았다고 했다.

그런 광경이 눈앞에도 펼쳐져 있다.

석양빛에 스친 무너져 내린 성곽, 그 주변에 있는 육각형의 화강암마다 긴 도흔이 새겨져 있다. 도강의 흔적이었다.

당중기는 오싹한 전율을 느꼈다.

'저 정도라면 가문에서도 상대할 사람이 없었을 것이다. 설령 조부님이었다고 해도⋯⋯.'

물론 당무운은 나서지 않았을 것이다.

이미 당무운과 당장욱 간의 관계에 대해 잘 알고 있었으니, 또한 당무운이 당군혜를 얼마나 아끼고 있었는지도 알고 있었으니.

실제로도 당무운은 독에 당한 흔적은 있어도 도에 당한 흔적은 없어 보인다.

그리고 자기 역시도 곽무한과 눈앞에서 마주치게 되면 손을 쓸 수 없었을 것이다. 왜냐하면 곽무한은 자신이 가장 사랑하는 여동생의 단 하나뿐인 핏줄이었기에.

따라서 눈앞의 결과를 하늘의 뜻이라고 생각하며 마음 편히 받아들이는 게 나을 것 같았다.

나름대로 생각을 정리한 당중기는 걸음을 내성 쪽으로 향했다.

자신을 반기는 와중에도 어딘가를 쳐다보며 기가 죽어버리는 가솔들.

그들의 시선 끝에 걸린 혈뢰도를 본 때문이었다.

파파팟!

당중기가 신형을 박찼다. 뒤이어 멋들어진 회룡반천(回龍反天)의 신법으로 혈뢰도를 뽑아 들었다. 순간 당가들의 입에서 우레 같은 환호성이 터져 나왔다.

다른 사람이라면 몰라도 당중기라면 안심이었다.

어찌 됐든 그는 곽무한과 직접적인 혈연관계가 있어 후환을 걱정하지 않아도 되었기 때문이다.

"헐헐, 그래도 저놈이 오니까 그나마 서광이 비치는군."

당무운은 당가들의 눈에 의욕의 빛이 떠오르는 걸 보고 혼자 미소를 짓다가 천천히 등을 돌렸다.

"지금부터 비상 원로회의를 개최하겠네. 장로들은 모두 뇌풍청(雷風廳)으로 모이시게!"

당무운의 호통 소리에 장로들은 깜짝 놀란 표정을 지었다.

"으으. 이 상황에서 곧바로 비상 원로회의라니……."

이미 장로들 대부분이 죽고 없는 상황이다.

그나마 살아남은 장로는 겨우 네 사람. 그중 두 사람은 기식이 엄엄한 상태고, 나머지 두 사람은 당장욱의 죽음과 당중기의 등장으로 인해 기가 죽은 상태다.

따라서 지금 이 자리에 있는 장로들 중 당무운의 말을 거역할 수 있는 사람은 아무도 없었다. 그러니 회의는 하나마나 당무운의 의도대로 흘러갈 것이다. 그런 사실을 알고 있어서인지 장로들의 표정은 마치 도살장에 끌려가는 소 같았다.

두 사람은 어깨를 축 늘어뜨린 채, 나머지 두 사람은 가솔들의 등에 업힌 채 회의실로 향했다.

그 모습을 보며 당중기는 고소를 지었다.

회의는 예상대로 진행됐다.

당무운은 장로들의 표정 따위는 안중에도 두지 않고 거의 일방적으로 회의를 진행해 나갔다. 그래선지 장로들은 당무운의 입이 열릴 때마다 어깨를 움찔움찔 떨거나 사지를 덜덜 떨었다.

당무운은 먼저 문호를 정리함으로써 장로들의 기선부터 제압했다.

"이미 유명을 달리한 놈들이지만, 욱이가 수행하고 있던 가주 직을 지금 이 시간부터 폐한다. 그리고 욱이의 장남, 중무에게 내려진 차기 가주 직위 역시 마찬가지로 폐한다! 그러니 그들의 장례는 일반 가솔의 예에 따라 치르도록!"

그 말이 떨어지자마자 장로들의 표정이 하얗게 변해 버렸다.

"헉! 노가주?"

"배, 백부님?"

당장욱의 직위를 폐한다 함은 그의 시신을 가문의 선영(先塋)에 들이지 않겠다는 말. 이를 바꿔 말하면, 당장욱이 가문의 직계가 아니라는 사실을 대내외적으로 천명하는 것이다.

그렇게 되면 이제껏 당무운을 노망난 노인네라고 몰아붙인 장로들은 기사멸조(欺師滅祖)의 죄를 저지른 중죄인들이 되고 만다.

참고로 강호에서는 기사멸조의 죄를 대역죄에 버금가는 것으로 여긴다. 따라서 능지처참을 당하더라도 어디 하소연할 데가 없다.

그런 사실을 알기에 장로들의 표정이 청천벽력을 맞은 듯 변할 수밖에 없었다.

그러나 그들의 표정이 변하든 말든 당무운은 추상같았다.

"그리고 집법원의 장로들의 직위는 내일부로 폐한다."

집법원까지 교체란다.

이제 자신들의 목숨은 풍전등화의 위기에 처했다.

"아이고, 가주님!"

"어이쿠! 백부님!"

장로들은 저마다 사색이 되어 넙죽! 고개를 박았다. 그때만큼은 기식이 엄엄하든 말든 아무런 상관이 없었다. 이렇게 문호를 정리함과 동시에 기사멸조의 죄를 암시함으로써 기선을 제압한 당무운은 그때부터 당근과 채찍을 교묘하게 휘두르며 회의를 주재해 나갔다.

"이 사람들이 갑자기 왜 이러나? 체통을 지키게. 내일부터는 몰라도 오늘까지는 엄연한 장로의 신분일세. 그리고 혹시 아는가? 나중에 차기 가주가 그대들을 다시 장로로 지명해 줄지."

그 말에 장로들이 혹시나 하는 기대를 보였다.

그때부터는 일사천리였다.

"욱이를 폐했으니 새로 가주를 뽑아야 하는데, 내 생각으로는 중기 만한 아이가 없다고 생각하네. 자네들 생각은 어떤가?"

"아! 저, 저희들도 중기를……."

"어? 그래? 좋아! 그럼 차기 가주 직위 문제는 자연스럽게 해결됐고, 문제는 어제오늘 벌어진 가문의 참사인데……."

당무운은 장로들을 보며 속내를 이야기해 나갔다.

"이렇게 정리하도록 하지. 욱이 문제는 그 출생 신분이 불분명함을 알고도 자질을 아껴 가주 직을 맡겼으나, 그가 사사로운 욕심에 빠져 사당(私黨)을 만들고, 형과 조카를 시기하여 사지(死地)로 보냈으며, 음험한 수단으로 혜아의 아들을 죽이려고 한 죄, 그리고 마지막으로 전전 대 가주인 나를 암살하려 한 죄로 폐위했다고 이르고, 내 아우는 스스로 금단의 마공을 익혀 그 부작용으로 폭사했으니 아무런 상관 없고, 직이는 욱이가 하는 일에 적극 동참했을 뿐만 아니라……."

들을수록 모골 송연한 이야기였다.

그래서 장로들은 입도 벙긋할 수 없었다.

반면 당무운은 말을 하면 할수록 쌓였던 울화가 해소되는 기분이어서 쾌도난마식으로 이야기해 나갔다.

"다음 사안은 곽무한이 그놈 이야긴데……."

결국 사안은 곽무한에게까지 이르렀다.

"…결국 그런 저런 이유로 그놈은 본가를 칠 수밖에 없었다네. 그러니 이런 사정을 감안하여 장로들은 추호도 그놈을 적대시하는 일이 없도록 하고, 가솔들에게도 이런 사실을 주지시키도록 하게. 그리고 이번 참사의 피해자들에게는 그 당사자뿐만 아니라 가족들에게도 응분의 보상을 해주도록 하고!"

당무운은 먼저 곽무한의 과거 이야기를 꺼냄으로 서두를 풀어나갔다. 그리고는 느긋한 표정으로 곽무한에 대한 예우 문제를 거론했다.

"그리고 이제까지의 과거를 참작하여 무한이 그놈을 가문의 일원으로 받아들이세. 물론 이 결정은 그놈의 아들에게도 해당되도록 하고."

그 순간 의외의 반발이 튀어나왔다.

"노가주! 그것만은 안 되오!"

"차라리 우릴 죽이시오!"

장로들은 눈에 불을 켜며 소리쳤다.

다른 부분은 몰라도 곽무한을 받아들이는 문제만큼은 절대 용납할 수 없었다. 그들이 아무리 사욕에 눈이 멀었다 하더라도 가문에 대한 애정만큼은 그 누구에게도 뒤지지 않는 자들이었다.

그런데 가문을 이 모양 이 꼴로 만든 자를 가문의 일원으로 인정하라니?

있을 수도 없고, 있어서도 안 되는 일이었다. 그것만큼은 목에 칼이 들어와도 양보할 수 없었다. 그게 바로 당가의 원로라고 자부하는 그들의 마지막 자존심이었다.

그러나 당무운에겐 그들의 자존심을 꺾을 수 있는 비장의 패가 있다.

"이미 말했지 않은가? 그놈이 자의로 수적이 된 게 아니라고. 그리고 그놈은 그런 환경에서도 혼자 힘으로 지금의 수룡채를 일구어냈네. 모두들 겪어보지 않았나? 그놈의 능력이 어느 정도인지를."

당무운은 당가들이 가장 좋아하는, 강한 자만이 살아남는다는 강자존(强者存)의 법칙으로 먼저 운을 띄웠다. 그리고 장로들의 표정이 조금 풀리는 듯하자 슬슬 오늘 회의의 핵심 사안으로 들어갔다.

"그러나 그보다 중요한 것은, 놈을 반드시 가문의 일원으로 끌어들여야만 하는 이유는."

잠깐 말을 끊음으로 장로들의 주의를 환기시킨 당무운은 마치 맛있는 음식을 아껴 먹는 사람처럼 천천히 말을 이어나갔다.

"보옥이 때문이지. 아! 모두들 보옥이가 누군지 모르겠군. 무한이 그놈의 아들인데… 아주 귀여운 녀석이지. 그리고 그 녀석이 정말 기가 막힌 녀석이라네."

"……?"

아직까지도 감을 못 잡고 있는 장로들.

당무운은 회심의 미소를 지었다.

비밀을 터뜨릴 때의 쾌감은 겪어본 사람만이 알 수 있다.

당무운은 예의 그 느긋한 표정으로 수염을 배배 꼬며 시간을 끌다가 마침내 비장의 패를 공개했다.

"보옥이, 그 아이는 본 가의 숙원을 풀어줄 아이라네! 즉, 본가의 미완성 절학인 천수탈영인(千手奪靈刃)을 완성할 수 있는 녀석이란 말이지. 그 아이가 갓난아이일 때 제 어미가 벌모세수와 금린탄강법을 베풀었네. 거기에 구백팔십 먹은 이무기의 내단에 구엽음양과까지 복용시켰지. 그래서 벌써 그 아이는 만독불침지체에 이르러 있네. 그런 아이가 바로 무한이 놈의 아들이라네. 내 말이 무슨 뜻인지 알겠나? 당세에 독왕지체가 나타났단 말일세. 그리고 그 아이가 바로 당가의 핏줄이란 말일세!"

꽈꽝!

마치 장내에 천둥벼락이 친 것 같았다.

장로들의 표정은 완전 뒤집어져 눈은 퉁방울로 변해 금방이라도 굴러 떨어질 듯했고, 입은 더 이상 커질 수 없을 만큼 커져 찢어지기 일보 직전이었다.

"마, 마, 맙소사! 독왕지체라니? 독왕지체가 탄생했다니?"

"오오오! 드디어! 드디어 본가의 숙원이 이루어지는구나!"

놀라다 못해 눈물까지 글썽이며 감격해하는 장로들.

그리고 그 모습을 보며 의기양양해하는 당무운.

회의는 더 이상 필요없었다.

가문의 숙원을 풀어줄 후예가 탄생했는데 어찌 그를 외면할 수 있단 말인가? 오히려 억만금을 주고 모셔 와도 부족할 판이다.

결론은 빠르게 내려졌다.

의사봉을 휘두를 필요도 없었다.

이의를 제기하는 사람은 아무도 없었고, 오히려 너무 부족한 예우가 아니냐며 모두들 입을 내밀었다.

내려진 결론은 다음과 같았다.

〈당가는 금일부로 곽무한과 곽보옥을 가문의 일원으로 받아들인다.〉

〈그에 더하여 두 사람에게는 가문의 직계 존속에 준하는 예우를 해 준다.〉

〈그에 한 번 더 더하여 곽무한의 장자, 곽보옥에게는 가문의 모든 금지(禁止)와 비고(秘庫)를 마음껏 출입할 수 있는 권한을 준다. 또한 필요한 경우, 가문의 모든 물품을 무한정 제공해 주기로 한다.〉

〈마지막으로 곽무한의 장자, 곽보옥에게는 당중기 다음 대(代)인 가문의 차차기 가주 직을 제수(除授)한다.〉

〈위 사안은 가문의 비상 원로회의에서 결의한 내용이므로 어느 누구를 막론하고 위 결정을 번복하거나 수정할 수 없다.〉

그렇게 결론을 내린 뒤 장로들은 저마다 감격에 겨워했다.

드디어 가문의 오백 년 숙원이 이뤄지게 된 것이다.

그러나 그들이 미처 생각하지 못한 게 하나 있었으니, 그건 바로 곽무한이 과연 그 제안을 받아들일까 하는 것이었다. 문제는 바로 거기 있었다.

당중기는 문서를 읽는 내내 곤혹스런 표정을 지었다.

장로들의 수결과 원로회의의 결정 사항이 선명하게 적혀 있는 문서.

그 문서를 읽고 난 뒤 당중기는 속으로 한숨을 내쉬었다.

'휴우… 엄청난 특혜로군. 실로 파격적인 예우야. 아무리 독왕지체라지만 이건 너무 과하지 않는가? 일이 터진 지 채 하루도 지나지 않는데 이런 결정이라니…….'

당중기는 문서를 내려놓는 척하며 슬며시 눈을 내리깔았다.

기대 어린 눈으로 자신을 보는 조부의 눈빛이 부담스러워서였다.

'모든 일에는 순서와 방법이 있는 것이거늘……'

물론 혜아와 관계된 일이고, 가문의 숙원이 걸린 일이라 조부의 심정이 이해가 안 되는 것은 아니었다.

그러나 자신이 직계 위주의 가풍에서 자라나서인지 지금의 결정은 왠지 순서와 방법이 틀렸다는 생각이 들었다.

당중기 생각으로는 이런 사안은 먼저 가솔들부터 다독이는 게 순리라고 봤다. 상황이야 어찌 됐든 가문이 맥없이 무너져 버려 비분에 잠겨 있는 가솔들이다. 그러니 세월이 지난 뒤라면 모를까, 지금 상황에서는 너무 앞서 간 결정이라는 생각이 들었다.

그리고 일의 처리 방식에도 문제가 있었다.

아무리 혜아와 관련된 일이고, 아무리 가문의 숙원이 걸린 일이라지만, 지금처럼 가문이 너무 개인에게 매달리는 것은 좋지 않았다.

차라리 가문의 위신을 세움과 동시에 그들을 껴안는 방법을 모색해 보는 게 나을 것 같았다. 또 그렇게 하는 게 후세를 위한 바람직한 선례가 될 것 같았다.

그러나 그런 심정도 몰라주고 연신 재촉만 해대는 당무운을 보자 속으로 한숨만 나오는 당중기였다.

"다 읽어봤느냐? 그럼 쇠뿔도 단김에 빼랬다고, 이미 그 아이들이 어디 있는지 알아냈으니 속히 가보도록 해라. 가서 가문의 결정을 알려주고 확답을 받아오너라."

조부의 표정을 보니 도저히 자기 말이 먹힐 분위기가 아니었다.

당중기는 할 수 없이 고개를 끄덕이고 자리에서 일어났다.

기분 탓인지 당가타를 향하는 내내 당중기의 표정은 잔뜩 가라앉아 있었다.

*   *   *

슬며시 어둠이 내리는 당가타.

사천당가를 둘러싼 이름 모를 산들과 그 아래에 펼쳐진 드넓은 분지를 온통 메우다시피 한 거대한 촌락.

그 당가타의 외곽에 허름한 판자촌이 밀집해 있는 미로 같은 골목들이 있다.

그중 야트막한 동산과 이어진 골목, 당가타 사람들이 금정로라 부르는 골목에 오늘따라 중무장한 사내들이 늘어서 칼날 같은 눈빛으로 사방을 경계하고 있다.

무려 수천 명이 동원된 삼엄한 경계망. 그 중심에는 다 쓰러져 가는 판잣집이 있었고, 판잣집 입구에는 '사천제일세'라는 깃발을 단 팔두마차가 서 있었다.

"거참, 희한한 일이군. 아침까지만 해도 그렇게 난리가 났다는데 갑자기 가주의 마차가 이곳에 납시다니?"

"그러게 말이야. 더구나 가주의 행차에 웬 낯선 사내들이 경계를 서고 있을까? 그것도 낭랑님의 처소에 말이야."

"뭔가 이상하게 돌아가고 있어."

마차를 훔쳐보며 뭔가 불안한 표정으로 쑤군대던 사람들은 중무장한 사내들과 눈이 마주치자 저마다 자라목이 되어 총총히 골목 안으로 사라졌다.

판잣집 안.

그곳에도 중무장한 사내들이 있었다. 그들은 다른 이들과 달리 여유로운 표정으로 툇마루 너머의 안채를 쳐다보며 담소를 나누고 있었다.

그때 안채에서 웬 노파 하나가 물동이를 들고 나왔다. 그러자 사내들의 시선이 일제히 그 노파를 향했다.

"여어, 이 대고. 언제쯤 끝나겠소?"

사내들 중 툭 튀어나온 광대뼈에 외눈박이인 사내, 추단이 물었다.

추단의 질문에 노파가 누런 이를 드러내며 말했다.

"다 끝나갑니다. 아마 반 각 정도 지나면 깨어나실 것 같답니다."

그 말에 사내들이 환한 표정을 지었다.

"휴우, 이제야 끝났군."

"그러게 말이야. 대부인의 치료가 끝났으니 드디어 본채로 돌아갈 수 있겠군."

서로를 보며 미소 짓는 사내들. 그 사이로 한 사내가 끼어들었다.

세모꼴 눈에 짓뭉개진 입술을 지닌 사내였다.

"그럼 드디어 저도 총채주께 인사를 드릴 수 있겠군요."

입술이 짓뭉개진 사내는 갑자기 끼어든 게 민망했던지 뺨을 붉혔다.

그 모습을 보고 추단이 웃으며 말했다.

"아! 그러고 보니 작두 자네, 아직도 총채주께 인사를 못 드렸군. 하하하!"

"도대체 기회가 있었어야죠. 가릉강에서는 죽도록 싸우느라 총채주 얼굴은커녕 수하들 얼굴조차 제대로 못 봤고, 당가에서는 갑자기 대치 상태에 들어가고 또 갑자기 이곳으로 철수하느라 정신이 없었으니……."

그렇게 작두란 사내가 궁시렁거릴 때였다.

사내들 뒤쪽에서 가슴을 웅웅 울리는 낮은 목소리가 들려왔다.

"방금 작두라고 했나?"

그 말과 함께 곽무한이 방문을 열었다.

"총채주를 뵈오!"

곽무한을 보자마자 한목소리로 인사하는 사내들.

"쉿! 목소리가 너무 커."

곽무한은 살며시 검지를 흔들어 보이며 마당으로 나왔다. 그리고는 자신을 보며 눈물을 글썽이는 작두에게 희미한 미소를 지어 보였다.

"내가 경황이 없어 미처 알아보지를 못했군. 그동안 잘 지냈나?"

"어이쿠, 총채주! 소인이 대은을 입고도 이제야 인사를 드립니다. 그동안 별래무양하셨습니까?"

작두는 곽무한을 보자 크게 감동한 듯 넙죽 바닥에 엎드렸다.

곽무한은 그 모습을 보고 당황했다.

"아니, 자네 왜 이러나? 이젠 어엿한 채주의 신분인데, 아무리 오랜만이기로서니 이렇게 고개를 숙여서야 쓰나?"

그 말과 함께 곽무한이 작두를 일으키려고 했으나, 작두가 고개를 저었다.

"천부당만부당하신 말씀입니다. 다른 분도 아닌 저희 가릉채의 한을 풀어주신 총채주신데, 총채주께는 머리를 숙이는 게 아니라 삼고구배(三顧九拜)를 해도 상관이 없습니다. 만약 이런 저를 욕하는 놈이 있다면 그 자리에서 입을 찢어버릴 겁니다."

작두는 그 말을 증명이라도 해보이겠다는 듯 땅바닥에 이마를 콩콩 찢어갔다.

그 모습을 보고 곽무한은 어이가 없었다.

자신이 아는 작두는 이렇게 쉽게 고개를 숙일 놈이 아니었다.

예전에 금사강에서도 그랬듯이, 놈은 제 목에 칼이 들어와도 할 말은 하고 죽을 놈이었다.

그런데 이런 행동이라니?

곽무한은 의심스런 눈길로 추단과 곽패를 봤다.

곽패는 몰라도 추단은 자신조차 포기한 독종 중의 독종.

그에게 걸렸다면 작두 아니라 작두 할아비라도 손을 들고 말았을 터. 거기다가 추단이 가릉채를 지휘해 가며 타강채와 싸웠으니, 그때 군기를 잡는다며 혼쭐을 냈을 확률이 높았다.

그런데 일이 그렇게 되느라고 그랬는지는 몰라도 곽무한이 추단을 노려볼 때 공교롭게도 추단이 작두를 쳐다보며 웃고 있었다. 그 웃음이 왠지 사악해 보여 심증이 가는 곽무한이었다.

'역시 저놈 짓이군.'

곽무한은 다짜고짜 추단의 뒤통수부터 후려쳤다.

"에라, 이놈아! 시킬 걸 시켜야지, 명색이 채주인 놈을 저 모양 저 꼴로 만들면 어쩌냐? 도대체 네가 생각이 있는 놈이냐, 없는 놈이냐?"

그 말과 함께 곽무한의 구타가 시작됐다.

추단은 갑자기 곽무한에게 구타를 당하게 되자 마른하늘에 날벼락을 맞은 기분이었다.

"아이고, 총채주! 갑자기 왜 이러십니까? 아이고, 전 아니에요. 정말 아니라니까요!"

"아니긴 뭐가 아냐? 이 중에서 저런 짓을 시킬 사람이 너 말고 또 누가 있어? 다른 건 몰라도 너에 대해서만큼은 눈치 백 단인 나다."

"아이고, 생사람 잡네! 어이쿠! 저 아니에요. 정말 아니에요!"

그러나 울며불며 결코 자기가 시킨 게 아니라고 펄쩍 뛰는 추단과 마음으로 우러나와서 한 일인데 몰라준다며 눈물을 글썽이는 작두를 보니 아무래도 오해 같았다.

그러나 이미 휘두른 주먹, 거두면 오히려 망신이라 싶어 곽무한은 입을 꾹 다물고 마구잡이로 추단을 후려 패갔다.

그런데 다른 사람도 아닌 곽무한의 주먹이다. 따라서 추단은 더 이상 견딜 재간이 없어 미안하지만 곽패를 팔아야 했다.

"아이고, 총채주. 제가 아니라 저놈이요! 저놈이 작두를 협박했어요. 진짜예요!"

"응? 그래? 곽패였어?"

"으악! 아이고! 왜 이래요? 왜 죄없는 나를 끌어들여요? 으아아악!"

아닌 밤중에 때 아닌 매타작이 벌어졌다.

작두는 괜히 자기 때문에 일이 커진 것 같아 후다닥 달아나고 말았다. 작두의 눈에 비친 곽무한의 구타는 그만큼 무시무시했다.

"아이고, 나 죽네."

"끄응… 난 이미 죽었어."

결국 한바탕 매타작이 끝난 뒤 곽패가 퉁퉁 부은 눈으로 추단을 노려봤다. 물론 추단은 곽패를 볼 면목이 없어 땅바닥만 쳐다보며 툴툴댔다.

"으으으. 이 빌어먹을 작두 새끼! 갑자기 왜 땅바닥에 이마를 찧고 지랄을 떨어서 우릴 이 모양 이 꼴로 만드는 거야?"

"끄응! 작두 놈은 작두 놈이고, 어디 두고 봅시다, 형님!"

그래도 착한 놈들이었다.

그렇게 맞고도 때린 곽무한을 원망하는 대신 서로를 노려보며 눈물만 뚝뚝 흘리고 있으니. 아니, 살기였던가?

아무튼 곽무한은 괜히 계면쩍은 기분이 들어 하늘을 쳐다보며 딴청을 피웠다.

그런데 갑자기 놈들에게서 훌쩍거리는 소리가 사라졌다.

지은 죄가 있어선지 곽무한은 의아한 표정으로 놈들을 찾았다. 그리고 다음 순간, 곽무한의 표정이 소리없이 일그러졌다.

놈들은 여전히 그 자리에 있었다.

그러나 그들의 눈은 이미 자리를 이탈해 꿈속을 헤매고 있었다.

어느새 눈물을 거둔 그들의 몽롱한 눈빛은 저 뒤에 나타난 설아를 향하고 있었다.

곽무한은 그 모습을 보고 소리없이 이를 갈았다.

'저놈들이 감히!'

은은한 달이 수줍게 고개를 내비치는 밤.

달빛 아래 서 있는 설아 모습은 숨 막히게 아름다웠다.

곽무한은 왠지 가슴이 뛰는 느낌이었다.

그런 기색을 감추려고 애꿎은 추단과 곽패의 머리통을 쥐어박는 곽무한.

"이놈들이 뭘 잘했다고 딴 데 정신을 팔아? 어서 눈을 제자리에 갖다 놓지 못해?"

그러나 녀석들은 아파서 눈물을 찔끔찔끔 흘리면서도 결코 설아에게서 눈을 떼지 않았다.

하긴 자기 기분도 이런데 수하들이야 오죽할까?

그때 설아가 입을 열었다.

"어머니께서 곧 깨어나실 거예요. 아마 깨어나시면… 찾으실 거예요."

여전히 호칭을 빼먹는 수줍은 목소리.

곽무한은 왠지 웃음이 났다.

"그래요? 갑시다."

곽무한은 성큼성큼 걸어 설아 옆에 섰다. 그리고는 놈들이 보란 듯이 설아의 어깨에 부드럽게 손을 올려 그녀를 이끌었다.

설아는 잠깐 몸을 떨다가 귀밑을 붉히며 곽무한을 따랐다.

두 사람이 다정한 모습으로 사라지자 추단과 곽패는 땅이 꺼져라 한숨을 내쉬었다.

"아아, 부럽다."

"나도……."

"신은 너무 불공평해요."

"맞아."

"총채주가 갑자기 미워지기 시작했어요."

"나도… 어? 뭐라고? 총채주! 이놈 봐요! 이놈이요, 총채주더러……."

"으악! 형님! 잘 나가다가 왜 이래요? 정말 이러기요?"

항상 잘 나가다가 서로 틀어지는 두 사람이었다.

그렇게 두 사람이 툭탁거리고 있을 때 갑자기 마을 입구 쪽에서 신호가 올라왔다.

마을 입구 쪽이면 이탁이 경계망을 진두지휘하고 있는 곳.

"설마 당가에서?"

두 사람은 잠시 서로를 쳐다보다가 안채 쪽으로 시선을 돌렸다.

그러다가 두 사람이 동시에 떠올린 생각.

안채엔 곽무한이 있어 자기들이 있으나 없으나 아무런 상관이 없다.

두 사람은 서로를 마주 보며 고개를 끄덕였다. 뒤이어 두 사람의 신형은 마을 입구 쪽으로 사라졌다.

제88장

당가의 애원

당가의 애원

곽무한이 들어서자 보옥이가 잠에서 깨어났다.

보옥이는 곽무한을 보자마자 눈을 비비며 방긋 웃음을 지었다.

"아웅. 아빠다, 아빠."

오늘 오후까지만 해도 낯을 가리던 녀석이 잠들기 전부터 조금씩 재롱을 부리더니, 이젠 자신을 보며 두 팔을 벌려 보인다. 아무래도 한방에 있으면서 얼굴을 익힌 때문에 마음이 열린 모양이었다.

곽무한은 왠지 뭉클한 기분이 들어 보옥이를 끌어안고 뺨을 비볐다.

녀석을 안기만 해도 세상을 다 얻은 기분인데, 이젠 녀석이 자신을 알아본다고 생각하자 구름 위를 붕붕 떠다니는 기분이었다.

보옥이는 수염이 따가웠는지 잠깐 인상을 찌푸렸다. 하지만 용케 울음을 터뜨리지 않고 오히려 수염을 만지작거리며 동그랗게 눈을 뜬다.

"수염이야. 조금 따갑지?"

"쭈염?"

"그래, 수염."

곽무한이 웃으며 대답하자 녀석이 고개를 한차례 갸웃거리더니 이번엔 코를 만지작거린다.

"그건 코."

'까르르. 꼬. 알아, 알아."

곽무한이 제 손가락에 입을 맞추며 대답하자 기분이 좋은 듯 까르르 웃음을 터뜨리던 보옥이는 그때부터 방 한쪽 구석에 있는 문갑부터 시작해 방 안에 있는 물건이란 물건은 죄다 가리키며 앙증맞은 눈빛으로 질문을 던져 대기 시작했다.

"아유. 저 녀석이 또?"

설아로서는 지금 장면이 한두 번 겪은 장면이 아니었다.

지금 보옥이의 행동은 곽무한과 친하게 지내고 싶다는 제딴의 애교였는데, 문제는 저기서 조금만 더 지나면 아예 바짓가랑이를 붙잡고 늘어져 온 방 안을 마구 헤매고 다닌다는 것이다.

이제 곧 당군혜가 깨어날 텐데, 녀석이 계속 곽무한을 붙잡고 있으면 도무지 대화가 되지 않을 터였다. 그래서 설아는 당군혜를 간호하다 말고 살짝 보옥이를 흘겨보았다.

그러나 자신을 보고도 냉큼 고개를 돌려 보이는 보옥이.

"잉! 저 녀석이?"

보아하니 벌써부터 곽무한의 바짓가랑이를 붙잡고 늘어질 태세다.

설아는 안 되겠다 싶어 보옥이에게 독강시들을 가리켜 보였다.

"보옥아, 아빠 잠깐 쉬시게 이리 와서 나무 아저씨들과 놀고 있어라."

그러나 웬 걸?

"시러, 시러."

보옥이는 짤래짤래 고개를 흔들었다.

보옥이가 생각하기에 통나무 아저씨들은 재미가 하나도 없었다.

말을 걸어도 대답이 없고 풍당 안기고 싶어도 딱딱한 아픔만 전해지니, 차라리 혼자 놀았으면 놀았지 통나무 아저씨들과는 같이 놀고 싶지 않았던 것이다.

그나마 설아가 방갓을 씌우고 옷을 갈아입혔기에 망정이지, 그렇지 않았더라면 가까이 갈 생각도 하지 않았을 보옥이다.

"아유, 저 녀석, 가뜩이나 정신없는 판에⋯⋯."

설아는 잠시 인상을 찌푸리다가 무슨 생각을 했는지 쿡쿡 웃음을 터뜨리며 독강시들에게 신호를 보냈다. 그러자 독강시 한 구가 껑충껑충 뛰어오더니 보옥이를 달랑 집어 자기 목에 등목을 태워 버렸다.

"앙! 시러. 높아, 높아."

보옥이는 갑자기 통나무 아저씨가 자기를 등목 태워 버리자 마구 심통을 부렸다. 그러나 보옥이가 아무리 도리질을 치고 앙탈을 부려봐도 독강시는 눈도 꿈쩍 않았다. 급기야 보옥이는 눈물이 글썽거리는 다급한 표정으로 쳐다봤다.

그러나 설아는 그런 보옥이를 본 척도 않았다.

그제야 자신이 벌을 받고 있다는 사실을 알아차린 보옥이는 잔뜩 풀죽은 표정으로 독강시의 귀만 만지작거렸다.

그 모습이 어찌나 귀여웠던지 곽무한은 배를 잡고 웃었다.

그렇게 곽무한이 웃고 있는 동안 설아는 당군혜를 간호하기에 여념이 없었다.

깨어날 시간이 훨씬 지났는데도 별다른 차도를 보이지 않자 수시로 맥을 짚어보고 땀을 닦아주며, 이부자리를 고쳐 주는 등 당군혜가 깨어나기를 기다리며 정성을 다했다.

곽무한은 그런 설아를 보며 가슴 찡한 감동을 느꼈다.

세상 어느 남자나 다 마찬가지겠지만, 자기 엄마를 위해 최선을 다하고 있는 설아를 보자 그 손길 하나하나가 더없이 고맙고 사랑스럽게 느껴진 것이다.

'그러고 보니 그녀에게 항상 받기만 했구나…….'

그렇게 곽무한이 설아를 보며 감동하고 있을 때 희미한 신음성과 함께 당군혜가 깨어났다.

곽무한은 얼른 당군혜에게 다가가 그 손을 꼭 쥐어주었다.

"음? 아들. 언제 왔니?"

곽무한은 흐릿한 미소로 묻는 당군혜에게 밝은 목소리로 대답했다.

"온 지 한참 됐어요. 좀 어떠세요?"

"음, 좋구나. 몸도 마음도 상쾌한 게 지금이라도 당장 일어날 수 있을 것 같은데?"

그 말과 함께 당군혜가 몸을 일으키려 하자 설아가 깜짝 놀란 표정으로 만류했다.

"어머니, 죄송하지만 조금 더 쉬시는 게 좋을 것 같아요. 이 기회에 혹시 남아 있을지 모르는 탁기까지 다 제거할 생각이거든요. 그러니 답답하시더라도 조금만 참으세요. 그러면 이후부터는 마음껏 움직이

실 수 있을 거예요."

당군혜는 설아의 권유에 잠시 아쉬운 표정을 짓다가 천천히 몸을 눕혔다. 그리고는 곽무한을 보며 행복한 표정으로 말했다.

"엄마가 방금 꿈을 꿨단다. 아주 멋진 꿈을… 그래서 그 꿈이 진짜 가 싶어 나가 보려 했는데……."

"무슨 꿈인데 확인까지 하려고 그러셨어요?"

곽무한이 웃으며 묻자 당군혜가 힘없이 말했다.

"꿈에 네 아빠가 찾아오셨단다. 생전의 모습 그대로 환한 빛을 안고 나타나셨는데, 멋진 곳이 있다고 나와 함께 가고 싶다고 하셨어. 그 말을 듣고 어찌나 행복하던지… 그런데 막 따라나서려고 보니 내 모습이 너무 초라하게 느껴진 거야. 그래서 네 아빠에게 옷을 갈아입고 가겠다고 말하고는 잠시만 밖에서 기다려 달라고 했지. 그리고는 막 옷을 갈아입고 나가려는데 갑자기 보옥이 저 녀석이 자꾸 내 치마끈을 잡아당기며 앙앙 우는 거야."

당군혜는 잠깐 웃는 얼굴로 보옥이를 흘겨보았다.

"그러니 어쩌겠니? 네 아빠에게 보옥이를 달래고 가겠다고, 조금만 더 기다려 달라고 막 이야길 하려던 참이었는데 꿈에서 깨버렸다. 그래서 꿈인 줄 알면서도 혹시 네 아빠가 밖에서 기다리고 계시지 않을까 하여……."

곽무한은 그 말을 듣고 가슴이 철렁 내려앉는 기분이었다. 그래서 벌컥 화를 내며 소리쳤다.

"가시긴 어딜 가신단 말이에요? 아버지는 이미 이 세상 사람이 아니에요. 저와 함께 사신대 놓고……."

곽무한의 눈빛이 순식간에 충혈되었다. 곽무한이 충혈된 눈빛으로 말했다.

그러나 당군혜는 보옥이를 흘겨보며 아쉽게 웃었다.

"아휴. 보옥이 저 녀석만 아니었다면 네 아빠와 함께 갈 수 있었는데……."

그 말을 듣고 곽무한이 벌컥 화를 냈다.

그 눈빛을 물끄러미 쳐다보던 당군혜가 돌연 눈시울을 적시며 말했다.

당군혜는 아련한 눈빛으로 되물었다.

"무한아… 너는 엄마가 네 아빠를 얼마나 좋아했는지 아니?"

곽무한이 천천히 고개를 내젓자 당군혜의 시선이 천장으로 향했다.

당군혜는 아련한 눈빛으로 말했다.

"꿈에 호수를 봤단다. 저 먼 북쪽 땅에 있는 청해호. 눈과 얼음으로 뒤덮인 그 아름다운 호수를……."

그 말과 함께 당군혜의 눈빛이 아련하게 젖어갔다.

곽무한은 말없이 당군혜의 이야기에 귀를 기울였다.

청해호를 떠올리는 것일까? 엄마의 눈길이 서서히 천장으로 향했다.

"마치 꿈속의 한 장면처럼… 온 세상이 황금빛 낙조에 물들어갈 때, 그 눈부신 호수에서 네 아빠를 만나게 되었단다."

아버지를 떠올리는지 엄마의 눈길이 애잔하게 물들어갔다.

"엄만 그때 호숫가를 거닐고 있었어. 원치 않는 결혼을 피해 집을 떠난 중이었거든. 그런데 바로 그때 그 아름다운 황금빛 호수를 보며 미친 듯이 괴성을 지르는 사내가 있었어. 그가 바로 네 아빠였지."

엄마가 사르르 뺨을 붉히며 눈을 감았다. 그때로 되돌아가는 모양이었다.

"엄마는 그 소리에 놀라 그를 쳐다봤단다. 그때 마침 낙조가 그의 얼굴을 비췄는데, 숨이 턱 막혀 버렸어. 알 수 없는 비분으로 활활 타오르는 그의 눈동자. 그 눈동자가 엄말 바라보는 순간, 엄만 아무 생각도 할 수 없었단다. 그만큼 강렬하고 슬퍼 보이는 눈빛이었지. 그 바람에 그의 덥수룩한 수염이나 초라한 행색 따위는 전혀 눈에 들어오지 않았어. 오로지 그의 눈동자만 내 가슴에 박혔던 거야."

엄마의 목소리는 점점 들뜨고 있었다.

"그런데 그가 다시 호수 쪽으로 고개를 돌렸어. 그 순간 엄마는 암흑 속에 빠진 기분이었어. 그가 한 것이라고는 단지 내게서 시선을 거둔 것뿐이었는데, 왜 세상이 암흑 천지로 바뀌어 버리는 걸까? 엄만 알 수 없는 두려움에 질려 숨도 크게 못 쉬고 네 아빠만 쳐다봤지. 그때 옆모습으로 보게 된 네 아빠의 눈빛. 무척 고독해 보였고, 무척 쓸쓸해 보였어. 그 눈빛에 엄마가 한눈에 반해 버렸지."

그때를 떠올리는지 당군혜는 잠시 눈을 감았다. 그리고는 천천히 곽무한을 보며 말했다.

"넌 네 아빠랑 꼭 닮았어."

그 말과 함께 당군혜가 눈물을 주르륵 흘렸다.

곽무한은 자기도 모르게 코끝이 찡했다.

평생을 원망해 왔던 부친이었다. 그런데 엄마가 본 부친의 첫인상에 대한 이야기를 듣게 되자 자기도 모르게 가슴이 뛰고 마음 한구석에서 진한 격동이 밀려와 눈시울이 붉어졌다.

당군혜는 천천히 말을 이어나갔다.

"이제야 하는 이야기지만, 네 아빤 수적들에게 돌아가신 게 아니었다. 그리고 평범한 뱃사공도 아니셨고. 네 아빠는 대륙의 동쪽, 강인한 사람들이 사는 조선이란 나라의 제일가는 무장(武將)이셨단다. 그런데 그 나라 왕이 너무 폭정(暴政)을 하는 바람에 백성들이 고통을 당하게 되자, 뜻있는 사람들과 함께 반정(反正)에 앞장서셨단다. 그 결과 하늘의 도우심으로 반정이 성공을 거두었고, 그 공로로 인해 공신의 직위를 받으셨다. 그런데 젊은 나이에 너무 높은 직위를 가지셔서인지, 아니면 군부 내에서 너무 많은 신망을 받고 계셔서인지 누군가의 모함을 받아 대역죄의 누명을 쓰셨다는구나. 그래서 구족이 몰살당하는 참변을 겪으시고, 그래도 당신만큼은 꼭 몸을 피해 대(代)를 이어달라는 노모의 유언을 전해 들으시고는 피눈물을 흘리며 나라를 탈출하셨단다."

그 사연을 듣고 곽무한이 주먹을 부르르 떨었다.

부친의 신분이 일개 뱃사공이 아니라 한 나라의 장군이란 말을 듣고 가슴이 벅차왔지만, 그와 동시에 부친의 아픈 과거를 듣게 되자 울분이 치민 것이다.

"그가… 아버님을 모함한 자가 누굽니까?"

곽무한이 물었지만 알 필요가 없는 일이었다. 이미 탈출하면서 그자의 목을 베어버리셨다고 했다.

그 부분에서 곽무한은 무척 아쉬워했다. 부친을 위해서 뭔가 해줄 수 있는 일이 없어져서였다.

곽무한이 안타까워하는 동안에도 당군혜의 이야기는 계속되었다.

"네 아빠는 항상 돌아가지 못하는 고국을 그리워하며 평생을 고통 속에서 사셨단다. 그러나 세월이 흐르고 엄마와 함께 가정을 꾸미게 되고, 또 너까지 가지게 되자 그때부터는 과거의 아픔을 잊으시고 항상 웃으면서 생활하셨단다. 엄마가 가장 행복한 순간이었지. 그러나 좋은 일에는 늘 마가 낀다고, 하늘도 무심하셨지. 그렇게 새로운 각오로 살아가는 그분을 앗아가시다니……."

당군혜의 눈에서 눈물이 줄줄 흘러내렸다.

"폭우가 쏟아지는 날이었다. 그날따라 네 아빠는 무척 기분이 좋으셨지. 뱃일을 못 나가서 집에 계시던 참이었는데, 네가 숨 쉬기에 성공한 거야. 아주 어렸을 때부터 네 아빠가 가르치신 호흡법이었는데, 지금 생각해 보면 선도 계열의 호흡법 같아. 아무튼 그걸 네가 성공하자 너무 기분이 좋으셔서 모처럼 약주를 하시며 파안대소를 터뜨리셨지, 너더러 크게 될 놈이라고 기뻐하시면서. 그때 그들이 들이닥쳤단다. 그 나라에서 온 자객들에 의해… 그 후유증으로 인해 한참을 앓으셨다. 그러다가 결국… 결국……."

그때부터 당군혜는 오열하기 시작했다.

"아무리 명(命)이 하늘이 내리는 것이라지만… 의지에 따라 바뀔 수도 있다는데…… 네 아빠 그걸 못 이기시고… 결국 날 두고… 먼저 가시고 말았지. 엄만 그때가 제일 힘들었단다. 그러나 네가 있어, 그분과 나 사이의, 우리 둘만의 정표(情表)인 네가 있어 다시 웃으면서 살 수 있었단다. 그런데 그 행복했던 시절의 꿈을 오늘 꾼 것이지. 그때 그 시절로 다시 돌아갈 수 있다면… 한 번만이라도 다시 돌아갈 수 있다면 얼마나 좋을까?"

그 말을 끝으로 당군혜는 끅끅 오열을 했다.

곽무한은 엄마의 눈물을 보며 함께 눈물을 흘렸다.

설아도 눈물을 흘렸다.

설아는 눈물을 흘리며 생각했다.

'죽음이 서로를 갈라놓았건만 아직도 어머님은 저렇게 애틋한 사랑을 하고 계시는구나. 나도 저런 사랑을 할 수 있을까?

설아는 눈물을 흘리는 와중에도 부러운 눈빛으로 당군혜를 쳐다봤다. 그러다가 무심코 곽무한을 보게 됐다.

곽무한을 보자 설아는 가슴이 떨려왔다.

갑자기 당군혜의 이야기가 생각났다.

그 이야기가 마치 자기 이야기인 것 같았다.

설아는 곽무한을 훔쳐보며 생각에 잠겼다.

'현실인 듯 꿈인 듯 아름다운 호수. 황금빛 낙조가 떨어지는 호수에서 그를 봤지. 석양을 보며 환히 웃고 있는 그의 웃음을 보고 나는 그만 숨이 막혀 버렸어. 그때 본 그 맑고 순수한 눈빛. 그 눈을 훔쳐보는 순간 나는 아무 생각도 할 수 없었지.'

그때였다

아득한 추억에 잠겨 있던 설아는 은연중에 곽무한과 눈이 마주치게 됐다.

설아는 급히 고개를 숙였다.

자기 마음을 들킨 것 같아 가슴이 철렁했기 때문이다.

설아는 방바닥을 쳐다보는 내내 가슴이 쿵쿵 뛰고 귓불이 달아올랐다.

'그는 알까? 이런 나의 마음을……'

설아는 살그머니 고개를 들어봤다.

곽무한은 이미 고개를 돌리고 있었다.

'칫! 멍텅구리!'

설아는 난생처음으로 곽무한에게 욕을 했다.

그 소리를 들었을까?

곽무한이 갑자기 귀를 긁적였다.

설아는 화들짝 놀라 다시 방바닥만 쳐다봤다.

그때 당군혜의 목소리가 들려왔다.

"보옥아, 이리 온."

설아는 급히 독강시에게 눈짓을 했다.

독강시가 보옥이를 내려주자 보옥이가 까아, 거리며 당군혜에게 안겨갔다.

어느새 눈물을 멈춘 당군혜가 보옥이를 돌려 앉혀 곽무한과 설아를 가리키며 말했다.

"아가야, 네 엄마와 아빠란다. 멋있지?"

설아는 그 말에 뺨을 붉히고 말았다.

남궁명은 힘없이 고개를 떨어뜨렸다.

아직도 귓전에서 맴도는 당군혜의 목소리.

"그때 그 시절로 다시 돌아갈 수 있다면… 한 번만이라도 다시 돌아갈 수 있다면 얼마나 좋을까?"

남궁명은 천천히 한숨을 내쉬었다.

'하아… 대소저……'

지금 남궁명의 가슴속엔 커다란 구멍이 뚫리고 그 사이로 알 수 없는 바람이 불어오고 있었다. 스산하고 허전하고 시리고 아픈…….

남궁명은 문득 밤하늘을 올려봤다.

망막 속에 은은한 달이 들어왔다.

달빛 속에는 그윽한 눈매의 여인이 미소를 짓고 있었다.

평생 처음으로 한눈에 반해 버린 여인.

그러나 그녀는 아직도 다른 사람을 그리워하고 있다.

이미 죽어버린 사람을······.

남궁명은 허탈하게 웃었다.

'허허허. 죽은 사람이라··· 이미 죽어버린 사람이라······.'

죽어서도 가슴속에 남아 있는 사람과 사랑을 다툴 수 있는 사람은 아무도 없다.

자기 역시 예외는 아니었다.

'자신이 없다······.'

남궁명은 고뇌 어린 표정으로 저녁달 옆에 떠 있는 별을 쳐다봤다.

평생 달 속으로 들어가지 못하고 곁에서만 맴돌고 있는 별.

저 별이 마치 자기 자신 같았다.

남궁명은 갑자기 허허로운 기분이 들었다.

'떠나자, 남궁명. 그녀에게 네가 있을 자리는 없다!'

남궁명은 쓸쓸한 눈빛으로 걸음을 옮겼다.

입구 문을 나서자 누군가가 물어왔다.

"어? 어디 가십니까?"

수룡채들의 물음에 남궁명은 쓸쓸한 미소만 지어 보이고 천천히 어둠 속으로 사라져 갔다.

당중기는 어둠이 싫었다.

그래서 수하들에게 불을 밝히게 한 후 어둠을 헤쳐 나갔다.

눈앞에 초라한 판잣집이 보였다.

"저기요."

외눈박이사내가 걸렁한 목소리로 말했다.

당중기는 무표정한 눈빛으로 걸음을 옮겼다.

정원을 지나자 생경한 느낌의 툇마루가 보였고, 툇마루 뒤로 방이 보였다.

"총채주! 당가에서 손님이 오셨습니다."

걸렁한 사내 옆의 선 굵은 사내가 말했다.

천천히 방문이 열렸다.

방 안으로 들어선 첫 느낌은 밝고 포근하다, 였다.

방 안 전체에 따스한 온기가 흐르는 가운데 웬 사내아이를 안고 누워 있는 혜아의 모습이 들어왔다.

가문에서 보던 모습과 달리 평온해 보였다.

"오라버니, 오셨어요?"

혜아가 미소를 지으며 일어나려 했다.

당중기는 손을 저었다.

"됐다. 몸이 상했다는 말을 전해 들었다. 편히 누워 있거라."

혜아가 살짝 고개를 숙이더니 한 사내를 향해 눈짓을 했다.

"네 외숙부 되신다. 인사드려라."

사내가 천천히 읍을 보내왔다.

거대한 기파가 확 몰려오는 느낌이었다.

"곽무한이라고 합니다."

오만하지도 비굴하지도 않은 인사였다.

그러나 당중기는 살짝 눈살을 찌푸렸다.

'무례한 놈! 아무리 수적패 속에 자랐다지만, 제 숙부를 보고도 최소

한의 인사말조차 없다니……'

당중기는 불쾌한 표정으로 시선을 돌렸다.

곽무한 옆에 서 있던 설아가 당중기의 시선을 받고 살포시 고개를 숙였다.

"채설아라고 합니다."

설아의 인사 역시 간단했다.

그러나 눈부신 미모에다 은은한 미소를 띠고 있는 설아를 보고 당중기는 왠지 모르게 정이 가는 느낌이었다. 그래서 호감 어린 눈길로 설아를 쳐다보는데, 귓전으로 당군혜의 목소리가 들려왔다.

"보옥이 어미예요. 무한이 안사람 된답니다."

그 순간 곽무한의 얼굴이 시뻘겋게 달아올랐다.

설아 역시 마찬가지였다.

그러나 자리가 자리인지라 두 사람 다 꿀 먹은 벙어리처럼 아무 말도 못하고 고개만 푹 숙일 뿐이었다.

그런 두 사람을 보자 당중기는 조금 기분이 풀리는 느낌이었다.

"반갑구나. 그동안 가내에 있었다고 들었다. 그러나 말해 주는 사람이 없어 서로 인사를 나누지 못했구나. 앞으로 편하게 외숙부라고 부르려무나."

그 말에 당군혜는 조금 미안한 표정을 지었고, 설아는 쑥스러워하는 표정을 지었다. 그러나 곽무한은 당황했다.

'이거, 도대체 일이 어떻게 돌아가는 거야?'

곽무한은 자신과 설아와의 관계가 점점 공식적인 부부 사이로 못 박히게 되자 설아 보기가 미안해 눈조차 제대로 마주칠 수 없었다.

다행히 설아의 표정을 보니 수줍어는 할망정 불쾌해한다거나 수치스러워하는 표정이 아니어서 그나마 안심이었지만, 자기 때문에 설아의 앞길이 망가지는 듯하자 미안한 마음을 금할 길이 없었다.

이제 보옥이가 인사할 차례였다.

"보옥아, 인사드리렴. 외조부 되신단다."

당군혜가 보옥이를 일으켜 세우자 당중기의 눈이 번쩍 빛났다.

"외, 외, 외… 아이코!"

그러나 외조부란 말이 어려웠는지 끙끙대며 말을 더듬던 보옥이는, 그 때문에 신경을 빼앗겼는지 인사를 하다 말고 콩 넘어져 버렸다.

"푸하하하하!"

그 바람에 모두의 입에서 예상에 없던 폭소가 터져 나왔다.

그때부터 분위기가 한결 부드러워졌다.

웃음은 모든 사람의 기분을 풀어주는 명약인 모양이었다.

당중기는 웃는 얼굴로 보옥이를 일으켰다. 그 와중에 눈으로는 보옥이의 안색을 살피고 손으로는 보옥이의 기맥을 훑어갔다. 순간 당중기의 얼굴에 경악이 스치고 지나갔다.

'맙소사! 정말, 정말 엄청나구나! 이건 가히 상상을 초월할 정도가 아닌가?'

과연 보옥이는 당중기가 입을 쩍 벌릴 만했다.

피부는 금정대력단에 담가져 도검이 불침할 정도의 탄성을 지니고 있고, 내부 장기는 금란탄강법을 거쳐 금석같이 굳은데다가 기맥은 벌모세수를 거쳐 탁기 하나 없고, 그런 가운데 엄청난 진원지기가 전신세맥까지 가득 채우고 있었다. 뿐인가? 이무기의 내단과 구엽음양과의 기운이 전신으로 녹아들어 그 효능이 골수를 채우고 있었으니, 그 증거가 바로 눈동자 속에 어린 우웃빛 기운이었다.

당중기는 그제야 당무운의 조치가 이해가 갔다.

'이 정도라면 파격이 아니라 파파파격이라도 상관이 없다!'

이제껏 모든 일에 있어서 정도만 걸어왔던 당중기였다. 그러나 보옥이의 자질은 그런 고정관념조차 순식간에 깨버릴 정도였다.

당중기는 이제 가문의 결정을 즐거운 마음으로 받아들일 수 있었다. 그런 심정은 가문의 결정을 읽어나가는 당중기의 흥분된 목소리가 증명하고 있었다.

"당가는 금일부로… 그에 더하여… 마지막으로… 차차기 가주 직을 제수(除授)한다. 자! 이게 가문의 결정이다. 어떠냐?"

당중기는 뿌듯한 표정으로 당군혜를 봤다.

그러나 이상했다.

당군혜의 표정에 전혀 변화가 없었다.

'아니? 이 정도 소식이면 기뻐서 환호성을 질러야 정상이 아닌가? 도대체 왜 저런 표정을 짓고 있는 거야?'

당중기는 의아한 표정으로 누이동생을 쳐다봤다.

당군혜는 가만히 보옥이를 끌어안으며 욱하는 표정으로 나서려는 곽무한을 눈짓으로 말렸다. 그리고는 낮은 목소리로, 그러나 단호한 눈빛으로 당중기를 보며 말했다.

"죄송하지만, 저와 제 아이들은 그 제안을 거절하겠습니다."

"뭐, 뭐, 뭐라고? 방금 뭐라고 했느냐?"

당중기는 깜짝 놀랐다.

방금 자신이 전한 가문의 결정은 자기 자신조차 불만을 터뜨렸을 정도로 파격적인 내용이었다. 그런데 그걸 거절하다니?

도저히 이해가 안 돼 어리벙벙한 표정을 짓고 있는 당중기에게 묵직한 곽무한의 목소리가 들려왔다.

"어머님 말씀대로 그 제안을 거절하오. 그리고 난 당가 따위와는 한 하늘 아래에서 숨 쉬고 싶은 생각이 없으니 이만 돌아가 주시오."

당중기는 으스스한 살기가 묻어 있는 곽무한의 말을 듣고 안색을 굳혔다.

이미 가솔들로부터 소문은 전해 들었지만 이 정도일 줄은 몰랐다.

놈 때문에 입은 가문의 피해가 그 얼만데, 그럼에도 불구하고 이런 엄청난 특혜를 베풀었는데 오히려 가문을 협박해 오는 놈이라니!

"보자 보자 하니까 이놈이 감히!"

당중기는 잔뜩 흥분한 얼굴로 주먹을 움켜쥐었다.

그때 당군혜가 나섰다.

당군혜는 천천히 곽무한을 보며 말했다.

"됐다. 내가 이야기할 테니 넌 잠시 나가 있거라."

물론 순순히 물러날 곽무한이 아니다. 당중기를 노려보며 할 테면 해보자는 식으로 살기를 피워 올리고 있었다.

당군혜는 그 모습을 보고 속으로 한숨을 내쉬었다.

당군혜는 곽무한은 물론이거니와 오라비인 당중기의 성격도 잘 알고 있었다.

자신의 오라비인 당중기는 매사에 합리적이고 이성적인 사람이었지만, 한 번 결정 내린 사안에 대해서는 그 누구보다도 집요하고 독선적인 사람이었다. 거기다가 그에 걸맞은 실력까지 겸비하고 있는 데다가 가문의 신망까지 두터워 당장욱 따위완 비교가 안 되는 사람이었다. 그러니 여기서 두 사람을 달래지 못한다면 일은 걷잡을 수 없을 만큼 커지고 만다.

어쨌든 자신의 본가이자 곽무한의 외가인 당가이니, 자칫 잘못하면 골육상잔의 비극을 보게 될지도 모른다. 그러니 쌓인 원한이 아무리 많다 하더라도 계속 이런 식으로 지내는 건 곽무한의 미래를 위해 바람직하지 않았다.

"보옥아, 잠시 밖에 나가 있으렴."

당군혜는 먼저 보옥이를 밖으로 내보냈다. 분위기가 살벌하니 보옥이가 충격을 받지 않게 하기 위해서였다.

설아가 보옥이를 데리고 밖으로 나가자 그때부터 당군혜가 곽무한을 나무랐다.

"혹시 읽어보았는지 모르겠다만, 큰 원한은 풀어도 앙금이 남게 되니 그 원한을 푼다고 해서 어찌 선이 되겠느냐, 라는 말이 있다. 또한 하늘의 도(道)에는 사사로움이 없어 언제나 선한 사람의 편에 서는 것을 모르느냐고 했다. 만족할 줄 모르는 것보다 더 불행한 것은 없고, 남의 것을 얻고자 하는 것보다 더 큰 잘못은 없다. 그래서 남을 아는 사람은 지혜로운 사람이지만, 자신을 아는 사람은 그보다 현명한 사람이라고 하는 것이고, 남을 이기는 사람은 힘있는 사람이지만 자신을 이기는 사람은 그보다 더 강한 사람이라고 하는 것이다. 따라서 하늘의 도는 다투지 않아도 승리하고, 말하지 않아도 대답하고, 부르지 않아도 스스로 호응한다고 하였다. 그 때문에 하늘의 그물은 넓고 커서 죄있는 자를 놓치지 않는다는 말이 나온 것이다. 그러니 이쯤에서 그만 하도록 해라."

당군혜의 준엄한 질책에 곽무한은 서서히 기세를 거뒀다.

방금 당군혜가 한 말이 다 도덕경에 나오는 말이어서 그 말뜻을 알아들은 것이다.

당중기 역시 마찬가지였다.

당군혜가 인용한 구절 속에는 가문의 욕심을 지적하는 말들이 숨어 있었다. 그 뜻을 알아차린 당중기는 부끄러운 기분이 들어 슬그머니 주먹을 풀어버렸다. 그리고는 새삼스런 눈길로 당군혜를 쳐다봤다.

뭔가 달랐다.

지금의 당군혜는 예전에 알던 그 겁 많고 얌전하던 누이동생이 아니었다. 아들 앞이라 그런지 똑 부러지고 위엄이 있어 보였다.

그 모습을 대하자 당중기는 왠지 위축되는 기분이었다.

'음… 아무래도 다른 방법을 써야 할 것 같구나.'

결국 당중기는 여기서 한발 물러나기로 했다.

"좋다! 네 뜻이 정 그렇다면 어쩌겠느냐? 그러나 한 가지 부탁이 있다. 떠나기 전에 가문에 들러 인사라도 하고 가거라. 미우니 고우니 해도 한집안 식구가 아니더냐? 설마 그것마저 거절할 생각은 아니겠지?"

물론 당중기 딴엔 어떻게든 시간을 벌려는 속셈이었다.

그런 의도를 알면서도 당군혜는 거절할 수가 없었다.

어찌 됐든 가문에는 그동안 신세 진 사람도 많았고, 인사를 드려야할 사람도 많았다. 그리고 그보다 더 중요한 이유는 이쯤에서 곽무한이 당가와의 은원 관계를 완전히 청산했으면 좋겠다는 생각이 든 것이었다.

"네, 떠나기 전에 한번 들를게요."

결국 당중기는 당군혜의 대답을 듣고 자리를 떴다.

이제 마지막 기회를 잡았으니 이들이 떠나기 전에 어떤 수를 써서라도 최대한 좋은 결과를 만들어내야 했다.

당중기는 갑자기 마음이 바빠지는 것을 느꼈다.

                        *   *   *

　장내는 쥐 죽은 듯 조용했다.

　당중기의 보고를 받고 노발대발한 당무운이 긴급회의를 소집한 것이다.

　"허허! 당장욱과 당장직, 그 빌어먹을 놈들 때문에 가문의 오백 년 숙원이 몽땅 날아가 버리게 생겼구나. 이 일을 어쩌면 좋단 말인가? 이 일을 어떻게 해결하면 좋단 말인가?"

　당무운의 허탈한 중얼거림에 장로들은 탁자에 코를 박으며 전전긍긍했다. 그러나 그 모습이 오히려 화를 돋웠는지 당무운이 장로들을 보며 호통을 질렀다.

　"아니, 왜 갑자기 고개만 처박고 있는 것이냐? 누구라도 좋으니 말을 해보란 말이다! 일이 터지면 그저 몸 사리기에 급급한 게 장로들이란 말이냐?"

　노한 목소리로 장로들을 면박하던 당무운은 갑자기 보옥이를 죽이려 하던 그들의 옛 모습이 떠올라 울컥 열통이 터지고 말았다. 그래서인지 당무운의 어조가 갑자기 격해졌다.

　"하긴 부끄럽기도 할 것이다. 그놈들이 그런 미친 짓거리를 할 때 얼씨구나 하고 장단을 맞춘 게 바로 네놈들이니 말해 무엇 하랴? 네놈들에게 조금만 머리가 있었더라도, 조금만 혜안이 있었더라도 사태가 이렇게까지 되진 않았을 텐데……."

　화살은 당중기라고 피해 가지 않았다.

　"네놈도 똑같다! 이런 일이 터지고 났으면, 그때부터라도 '나 죽었소' 하고 사정사정할 것이지, 거절한다고 냅다 돌아와 버려? 보나마나 그깟 자존심 때문에 고개를 뻣뻣이 치켜 세우고 찾아갔다가 그냥 돌아 왔겠지. 어디, 내 말이 틀리느냐? 입이 있으면 대답해 보거라!"

"조부님, 아닙니다. 정말 아닙니다."

당중기는 중구난방으로 쏘아대는 당무운의 노기에 식은땀을 흘렸 다. 그러나 생각해 보면 딱히 틀린 말도 아니어서 당중기는 스스로를 자책하며 고개를 숙이고 있다가 문득 떠오르는 생각이 있어 조심스레 자기 생각을 이야기했다.

"조부님, 가만히 생각해 보니 이제껏 우리가 상황을 너무 낙관적으 로 본 게 실수였던 것 같습니다."

"낙관적?"

"예, 아무래도 저희들이 너무 가문의 이름을 믿고 있었다는 생각이 듭니다. 모두들 곰곰이 한번 생각해 보시지요. 지금 무한이가 이끄는 수룡채는 가히 무림문파라 해도 과언이 아닙니다. 그것도 구대문파나 오대세가와 어깨를 나란히 할 정도의 세력이지요."

"음? 그놈들이 오대세가와 어깨를 나란히 해?"

전혀 생각해 본 적이 없는 논리였다.

그러나 곰곰이 생각해 보면 딱히 틀린 말도 아니었다.

이미 곽무한은 오대세가에 버금가는 파양수채와 웅풍산장을 쓰러뜨 린 전력(前歷)이 있다. 그리고 이번에는 사천제일이라 불리는 자신들의 가문을 거의 초토화시키다시피 했다.

현존하는 강호 세력 중 감히 어느 문파가 당가를 이렇게 궁지로 몰 아넣을 수 있단 말인가? 아니, 어느 문파가 감히 당가와 맞서볼 생각이 나 해볼 것인가? 그런 생각만으로도 세간의 관심을 한 몸에 받을 판에,

놈은 혼자서 가문의 삼분지 일 이상을 괴멸시켰다. 거기서 만약 놈의 수하들까지 가세했다면, 가문의 운명이 어찌 되었을지조차 짐작이 가지 않는다. 그러니 놈의 세력을 오대세가에 준하는 전력이라고 해도 과언이 아니었다.

"그뿐이 아니지요. 그 아이는 이번 일을 계기로 사천의 물길을 모조리 장악한 것이나 다름없습니다. 그러니 그 아이가 가문의 제안이랍시고 남들처럼 덥석 받아들일 리가 없지 않습니까?"

"으음… 일리가 있다."

"그래서 드리는 말씀입니다. 그 아이를 자연스럽게 끌어들이는 방법. 상권을 이용하는 것입니다."

"상권?"

당무운은 웬 뚱딴지같은 소리냐는 표정으로 당중기를 쳐다봤다.

당중기는 자신에 찬 미소로 말을 이어나갔다.

"제가 금엽당을 맡아봐서가 아니라, 요즘 세상은 돈이 곧 힘인 세상입니다. 본 가도 마찬가지지만, 강호의 세력치고 돈에 안 흔들릴 세력이 어디 있습니까? 하물며 배신을 떡 먹듯 하는 수적 세계는 말할 것도 없지요. 그래서 생각한 방법입니다. 조부님도 아시다시피 본 가의 물동량이 얼맙니까? 그리고 그 거래 금액이 또 얼맙니까? 그 부분을 놈에게 넘겨주자는 것이지요. 그 아이에게 본 가 물품의 운송권과 하역권을 몽땅 넘겨주겠다고 약속하는 거죠. 그러면 그 아이는 평생 든든한 자금줄이 생기는 것이나 마찬가지니, 못 이기는 척하며 본가의 제안을 받아들일 것입니다."

당중기의 말이 끝나자마자 당무운이 반색을 했다.

"옳거니! 그것 좋은 방법이다. 어차피 하청 줄 바엔 놈에게 몰아주

잔 말이지? 좋아! 그 방법이라면 확실하겠어!"

당중기는 자신의 말에 연신 고개를 끄덕이는 당무운을 보며 회심의 미소를 지었다.

"거기다가 나중에 이런 저런 뒷말이 나오지 않게 아예 한 가지 조치를 더 취해주면 보다 확실하겠죠."

"한 가지 조치?"

"예! 보옥이에게 아예 당씨 성을 허락하는 것입니다. 그러면 나중에 그 누구도 뒷말을 할 수 없을 테니까요."

"오오! 좋구나! 그럼 그렇게 가는 걸로 하지!"

당가에서 외가 쪽 혈통에게 당씨 성을 허락하는 것은 최고의 영예다. 그 의미가 얼마나 대단한 것인지를 곽무한은 몰라도 당군혜는 너무 잘 알고 있으리라.

그렇게 회의를 마친 당가는 그날부터 곽무한 일행을 맞을 준비에 바빴다.

*　　　　*　　　　*

날씨가 완연한 가을로 접어들었다.

수룡채들은 아침저녁으로 불어오는 선선한 가을바람을 맞으며 적취협으로 떠날 준비에 바빴다. 드디어 당군혜의 몸이 다 나아 본채로 돌아갈 준비를 하는 것이다.

그러나 곽패가 파양채들을 워낙 많이 데려오다 보니 그 인원이 장난이 아니었다. 이 인원으로는 삼협 전체가 미어터질 것 같았다.

"도저히 안 되겠어. 이 인원은 아무리 생각해도 무리야."

곽무한은 파양채들을 돌려보내려고 했다.

그때, 이탁이 한 가지 제안을 해왔다.

이번 기회를 이용해 과거의 수채를 복원하자고 한 것이다.

생각해 보니 일리가 있는 말이었다.

지금의 파양채는 암흑마교의 후신인 흑룡방 때문에 제대로 된 활동을 못하고 있으니, 그들에게 실전 훈련도 시킬 겸 예전의 수채망을 회복하는 것도 좋을 듯했다. 아니, 거기서 한발 더 나아가 사천의 물길을 모두 장악하는 것도 가능할 듯했다.

이미 웅풍산장을 무너뜨렸고, 당가까지도 무너뜨리다시피 한 자신들이니 웬만한 수채는 싸워보기도 전에 꼬리를 말 것이다.

한 가지 걱정이라면 사천무림맹인데, 다행히 그들은 모두 양자호에 가 있다. 그러니 이번이 사천 물길을 장악할 수 있는 절호의 기회였다.

"좋아! 그렇게 하지!"

곽무한이 결정을 내리자 수하들이 일제히 환호성을 질렀다.

그동안 억눌려 왔던 세월을 보상받을 수 있다는 생각에선지, 모두들 신이 난 표정으로 서로를 얼싸안았다.

수하들이 그렇게 감격해하는 동안 추단과 이탁, 그리고 곽패는 서로 말다툼을 벌였다.

모두 자기가 사천 정벌의 적임자라고 나선 것이다.

곽무한은 한동안 고민하다가 추단을 지명했다.

이탁은 어차피 전체를 총괄해야 하니 총채에 두는 게 나았고, 곽패는 공격적인 기질보다는 수비 지향적인 기질이 강해, 차라리 수하들의 훈련을 맡기는 게 나아 보였다.

그에 비해 추단은 누구나 다 아는 독종인데다가 잔머리까지 지니고 있어 선봉에 세우기에는 그야말로 제격이었다.

결정이 내려지고 나자 추단이 당가타를 떠나갔다. 그 뒤로 삼천 명에 이르는 파양채와 천 명에 이르는 가릉채가 따랐다.

추단 등이 떠나가자 이탁과 곽패는 감회 어린 표정을 지었다.

오랜 세월 꿈꿔왔던 수룡채의 전설이 드디어 시작되는 것이다.

곽무한은 추단이 떠나고 나자 이탁과 수하들의 일부를 적취협으로 떠나보냈다. 자신과 엄마가 가기 전에 미리 정리를 좀 해놓으라는 뜻이었다. 그리고는 곽패를 비롯한 백여 명의 수하들과 함께 당가로 갈 준비를 마쳤다.

아침부터 화창한 날씨였다.

선선한 가을바람을 맞으며 한 떼의 무리가 당가타를 가로질러 당가로 향하고 있었다.

곽무한과 당군혜를 비롯한 백여 명의 수룡채들이었다.

화려한 팔두마차를 중심으로 백여 필의 말이 당가타를 가로지르자 사람들은 분분히 뒤로 물러서며 호기심 어린 눈빛을 보내왔다.

당가타를 지나 토성 중간으로 난 관도를 따라 반 시진쯤 달리니 군데군데 무너져 있는 전각군이 보였다. 당가였다.

당가 입구를 막아선 거대한 담벼락.

전갈을 받았는지 성문이 활짝 열려 있었다. 그리고 난생처음 보는 생경한 모습이 모두의 눈을 사로잡았다.

입구부터 두 줄로 도열해 있는 당가 무인들과 입구에서부터 성 안쪽으로 쭉 깔려져 있는 비단.

"뭐야? 지금 우리를 반기는 거야?"

수하 녀석들이 킬킬거리며 기분 좋은 표정을 지었다.

수하들의 웃음소리에 차창 밖을 내다본 당군혜가 입을 가리며 웃었다.

"세상에! 본가의 위엄이 너 하나 때문에 완전히 무너져 버렸구나. 호호호."

곽무한은 그 말을 듣고 피식 실소를 흘렸다.

당가들은 잔뜩 긴장하고 있었다.

그도 그럴 것이 가문의 최고 어른인 당무운이 새벽 댓바람부터 내성 입구 쪽에 자리를 잡았고, 그 뒤를 이어 가주와 장로들이 우루루 몰려와 누군가를 기다리며 초조하게 서 있었기 때문이다.

이런 광경은 난생처음 보는 당가들이었다.

그러니 그들도 덩달아 긴장할 수밖에 없었다.

그리고 그들의 시선을 한눈에 집중시킨 사람.

당가들은 팔두마차에서 내리는 곽무한을 보고 저마다 움찔한 표정을 지었다.

당가를 떠날 때의 예고처럼 다시 찾아온 곽무한.

그의 눈엔 여전히 살기가 이글거리고 있었다.

그 기세에 질린 당가들은 저마다 눈 둘 곳을 몰라 했다.

그때 당무운이 앞으로 나섰다.

"허허허, 어서들 오너라."

당무운이 앞으로 나서며 인사를 건네자 장로 한 사람이 쪼르르 달려오더니 공손한 자세로 도를 바쳐 왔다.

자신이 날린 혈뢰도였다.

그걸 덜덜 떨며 갖다 바치는 걸 보니 급하긴 급했나 보다 싶어 곽무
한은 또 한 번 실소를 흘렸다.

당무운은 곽무한의 얼굴에서 엷은 미소를 발견하고 만면에 미소를
지었다.

'그래, 이 분위기야! 이렇게 가는 거야!'

당무운은 자신들의 융숭한 대접에 곽무한의 기분이 많이 풀렸다 생
각하고는 왠지 희망이 보이는 것 같아 급히 장로들에게 전음을 날렸다.

"최대한 저자세로! 최대한 공손하게! 만약 어기는 사람이 있으면 알
지?"

장로들은 급히 고개를 끄덕였다.

자신들이 봐도 왠지 분위기가 좋아 보인 것이다.

연못과 인공 가산을 낀 화려한 정자에서 본격적인 접대가 시작됐다.

곽무한과 당군혜 등이 자리에 앉자 무희들이 비파와 수금을 연주하
기 시작했고, 각종 산해진미가 줄줄이 이어져 나왔다.

당군혜가 장로들과 가까운 친척들에게 작별 인사를 나누는 동안, 당
무운은 곽무한을 훔쳐보며 언제 어떻게 운을 뗄 것인가를 고심했다.

그러다가 마침 보옥이가 당과에 정신이 팔린 것을 보고 암암리에 공
력을 운행해 모든 당과를 자신 쪽으로 끌어당겼다. 그리고는 당과를
쫓아온 보옥이를 무릎 위에 앉혀놓고 슬그머니 곽무한의 눈치를 살폈
다.

다행히 곽무한은 무심한 표정으로 술잔을 들이키고 있었다.

'휴우, 그래도 최악의 경우를 대비해야겠지?'

당무운은 나직히 한숨을 내쉬며 장로 한 사람에게 신호를 보냈다.

그러자 그 장로가 어디론가 쪼르르 사라졌다.

'제발 그 물건을 쓸 일이 없기를…….'

이 부분을 고민하느라 꼬박 이틀 밤을 새웠다.

당무운이 준비한 비장의 패는 바로 귀룡혈.

중수(重水)를 섞어 밖으로 퍼지지 않게 만든 것이다.

이미 보옥이에겐 귀룡혈이 통하지 않는다는 것을 알기에 그나마 안심하고 준비한 것이다.

'휴우… 불쌍한 귀룡혈이로고. 천하의 기독(奇毒)인 네가 어찌 되어 고작 협박할 때만 쓰인단 말인가?'

당무운은 좀 전에 사라졌던 장로가 가져온 항아리를 발밑에 내려놓으며 나직이 탄식을 했다. 그리고는 불안한 눈빛으로 곽무한을 한 번 훔쳐보고는 설아에게 전음을 보냈다.

"아가야, 이 할아비가 워낙 급해서 그런다. 그러니 딱 한 번만 도와다오."

"네? 뭘 도와달라는 건지……."

당무운은 의아한 표정을 짓는 설아에게 다시 한 번 전음을 날렸다.

"귀룡혈이다. 그저 모른 체만 해다오, 별일없을 테니까."

설아는 한참 갈등하는 표정을 지었으나 거듭되는 당무운의 애원에 결국 고개를 끄덕이고 말았다.

그러나 당무운은 그런 부탁을 안 하는 게 나을 뻔했다. 설아가 입을 꾹 다물고 있는 바람에 오히려 혼쭐이 나고 말았으니.

여차저차 연회가 끝나갈 무렵, 드디어 당무운이 당가의 수정안을 제시할 기회를 맞았다.

당군혜가 그동안 자기를 돌봐주던 시녀들을 끌어안고 아쉬운 눈물을 흘리며 자리를 이동한 때문이었다.

엄마가 우는 모습을 보이자 마음이 흔들리는지 연거푸 술잔을 들이키는 곽무한.

당무운은 그 모습을 보고 천천히 운을 뗐다.

"안 그래도 중기에게 이야기를 들었다. 가문의 제안을 거절했다는 소리를 듣고 무척 섭섭했었지. 그러나 한 번만 더 생각해 보거라. 저기 네 어미를 보면 알겠지만 우린 한 가족이다. 가족이란 무슨 말이냐? 서로 슬픔과 기쁨을 같이하고……."

그 말을 시작으로 당무운은 곽무한의 마음을 조금이라도 흔들어보고자 온갖 미사여구를 다 동원해 가족의 의미, 가문의 의미에 대해 이야기를 했다. 그리고는 슬그머니 당가의 수정안을 꺼내놓았다.

"자! 어떻게 생각하느냐? 보옥이의 미래와 네 수하들의 미래를 생각해 봐라. 이득이 됐으면 이득이 됐지, 전혀 손해날 일이 아니지 않느냐? 네가 고개만 끄덕이면 물경 오만 냥의 이득이 돌아간다. 거기다가……."

그러나 주구장창 이어진 설명에도 불구하고 곽무한의 대답은 간단하기 짝이 없었다.

"관심없습니다."

당무운은 너무 간단해 허탈하기까지 한 곽무한의 대답을 듣고 머리 뚜껑이 핑! 날아가는 심정이었다.

"이, 이, 이놈아! 다시 한 번 생각해 봐라! 가문의 모든 상권뿐만 아니라 당씨 성까지 쓰게 해준다니까?"

"다시 생각해 봐도 별 관심이 없습니다."

"이, 이, 이… 이놈아! 제발 한 번만, 딱 한 번만 더 생각해 봐라, 응?"

차마 분을 터뜨리지 못해 뺨만 부르르 떨며 애원 반 협박 반인 목소리로 다그치는 당무운.

곽무한은 그런 당무운을 정면으로 쳐다보며 단호하게 말했다.

"저는 당가가 주는 돈 따위엔 관심없습니다. 또한 제 성은 곽씨입니다. 따라서 보옥이의 성 역시 곽씨입니다. 그게 제 대답입니다."

"하아아……."

당무운은 금방이라도 폭발할 것 같은 심정을 겨우 억눌렀다. 그리고는 극도의 인내심을 발휘해 최후의 타협안을 내놓았다.

"좋다! 네 생각이 그렇다면 넌 예외로 쳐주겠다. 그러나 보옥이는 아니다. 네가 아무리 부정해도 보옥이의 피 중엔 당가의 피도 섞여 있다. 그러니 이렇게 하자, 보옥이가 열여덟 살이 되면 자기가 알아서 선택하기로."

물론 곽무한의 대답은 똑같았다.

"싫습니다."

"갈! 이놈아! 정말로 보옥이의 인생을 망치고 싶으냐? 생각해 보거라. 보옥이를 수적들 틈에서 키워 무얼 어쩌겠다는 것이냐? 설마 그 아이까지 남들이 손가락질하는 수적으로 만들고 싶은 것이냐?"

그 말에 곽무한은 피식 미소를 지으며 말했다.

"제 핏줄끼리 서로 못 죽여 안달하는 이곳보다는 그래도 의리가 뭔지, 형제가 뭔지 아는 우리가 낫습니다."

곽무한은 그 말과 함께 자리에서 일어났다.

그 모습을 보고 급기야 당무운이 폭발하고 말았다.

"으으으! 이불한당 같은 놈아!"

다른 사람도 아닌 자신이, 가문의 전전대 가주이자 최고 어른인 자신이 그만큼 사정했는데도 저리 야멸차게 거절하다니?

당무운은 노기충천하여 자기 무릎 위에 앉아 있는 보옥이를 들어 귀룡혈이 든 항아리 안에 냅다 담가 버렸다. 그 순간 보옥이가 우왕! 하며 울음을 터뜨렸고, 곽무한이 놀란 얼굴로 고개를 돌렸다.

"이놈! 이제 어쩔 테냐? 보옥인 이미 본가의 보물인 귀룡혈을 섭취해 버렸다. 이 일을 어쩔 테냐? 클클클."

"당신이, 당신이 감히!"

곽무한은 정신이 하나도 없었다.

그나마 당가에서 믿을 만한 사람이라고 생각했던 그가 보옥이를 해치다니?

곽무한은 보옥이가 귀룡혈에 당했다고 생각하자 앞뒤 가릴 정신이 없었다.

"으아아아! 다 죽여 버린다!"

그 말과 함께 곽무한이 당무운을 향해 빛살처럼 날아갔다.

당무운은 그 모습을 보고 혼비백산했다.

"이놈! 내가 예전 같은 줄 아느냐?"

비록 겉으로는 큰소리를 쳤지만, 무시무시한 기세로 날아오는 곽무한을 대하자 오금이 쪼그라들었다.

쾌애애애액!

콰자자자작!

폭음이 터지고 혈광이 번쩍였다.

혈뢰도가 닿는 곳마다 기둥이 날아가고 지붕이 부서져 갔다.

"으아아! 이, 이, 이 미친놈이?"

흡사 미친 듯이 달려드는 곽무한.

당무운은 곽무한을 피해 이리 뛰고 저리 뛰느라 정신이 하나도 없었다. 그러나 시간이 흐를수록 그것조차 힘겨워졌다.

점점 눈부신 광채를 발하던 곽무한의 도가 급기야는 시뻘건 불기둥을 토하며 주변을 온통 휩쓸어간 때문이었다.

쐐애애애액!

우르르르릉!

연회장 주변을 뒤흔드는 끔찍한 칼바람 소리.

이제 한 발만 삐끗하면 목이 달아날 판.

당무운은 그야말로 방울 소리가 날 정도로 도망 다녔다.

그러나 그 모습을 보고도 아무도 도와주는 사람이 없었다.

하긴, 곽무한이 도를 한 번 휘두를 때마다 거의 십 장여가 초토화되어 가니 그 모습을 보고 어느 누가 접근할 수 있겠는가?

장로들은 물론이고 당중기조차 입을 쩍 벌리고 경악한 표정을 지을 뿐, 감히 접근할 엄두조차 못 냈다.

그렇게 얼마나 피해 다녔을까?

당무운은 더 이상 피할 재간이 없다는 것을 느꼈다.

점점 숨이 막혀오는 것은 둘째치고, 팔다리, 허리, 머리에 성한 곳이 하나도 없었기 때문이다.

그래서 당무운은 체면도 잊고 곽무한을 향해 애원조로 소리쳤다.

"으아아! 아이코, 이놈아! 그만! 제발 그만! 네 아들은 이미 만독불침지체다! 그러니 귀룡혈 아니라 귀룡혈 할아비라도 어찌하지 못한단 말이다. 그걸 모르느냐? 아이고!"

"헛소리! 그런 말 들은 적 없소."

여전히 불길을 토하는 곽무한.

하긴 그날 상황이 워낙 숨 가쁘게 돌아갔다. 그래서 보옥이의 피를 마시고도 그게 뭐였는지를 제대로 기억하지 못하고 있는 곽무한이다. 그러니 그저 보옥이가 귀룡혈에 당했다는 사실에 분노해 앞뒤 가릴 것 없이 마구 도를 휘두르고 있는 것이다.

"아이고, 설아야! 설아야! 제발 이놈 좀 말려줘!"

결국 그날, 당무운은 설아를 향해 눈물을 펑펑 쏟으며 애원을 해야 했다. 그리고 그날, 당가들은 초라하게 무너져 가는 자신들의 우상을 보고 경악해야 했다.

곽무한은 그렇게 당가를 또 한 번 뒤집어놓고 자리를 떴다.

제89장
행복한 수채

행복한 수채

"타아압!"

"하압!"

쩌렁쩌렁한 기합성이 메아리를 울렸다.

사방을 병풍처럼 둘러싼 절벽.

그 아래 하반신을 물속에 담근 구릿빛 체구의 사내들이 집단 대련을
벌이고 있었다.

그들이 토해내는 기합성이 어찌나 크고 격하던지, 졸고 있던 새들이
구름 속으로 숨어버리고 잔잔하던 강물이 파랑을 일으키며 저 멀리 달
아나 버릴 정도였다.

곽무한 등이 적취협으로 돌아온 지도 어언 한 달.

한동안 잠잠하던 적취협에 또다시 수룡채의 일상이 전개되고 있는
것이다.

"후욱, 후욱!"

곽패는 숨이 가빴다.

이른 새벽부터 지금까지 장장 네 시진에 걸쳐 근 백 명에 달하는 수하들과 차륜전을 벌여왔기에 숨이 턱밑에까지 차 오른 것이다.

수하들 역시 마찬가지였다.

모두들 기진맥진한 표정으로 사지를 후들후들 떨고 있었다.

그래도 그들은 다섯 명이 한 조를 이뤄 싸우기에 진형을 교대하는 짬짬이 한숨 돌릴 틈이 있어 혼자서 그들 전체를 상대하는 곽패나 이탁 등에 비하면 그나마 나은 편이었다. 하지만 쉬는 시간이라고 해봐야 고작 촌각에 불과하고, 또 곽패나 이탁 등의 손속이 워낙 무지막지한지라 숨이 턱에 차기는 매한가지였다.

그러나 아무리 기다려 봐도 중지하란 명이 없으니 모두들 울며 겨자 먹기 식으로 대련을 벌일 수밖에 없었다. 만약 여기서 주저앉았다가는 저 뒤에서 낙오자들만 따로 상대하고 있는 총채주와 대련해야 했기에, 그에 당하느니 차라리 죽기 살기 식으로 병장기를 휘두르는 편이 나았다. 그러다 보니 결국 기진맥진한 상태임에도 불구하고 눈빛 하나만큼은 계속 번들거릴 수밖에 없는 수하들이었다.

"후욱, 후욱! 이놈들아, 제발 좀 쓰러져 다오!"

곽패가 날[刃] 죽인 도끼를 휘두르며 소리를 질렀다. 그러자 수하들 역시 쉰 목소리로 응수해 왔다.

"헉, 헉. 부채주, 우리가 할 말이오. 무슨 호랑이 통뼈라도 고아 드셨소? 제발 우리 손에 좀 쓰러져 주시오!"

거친 고함 소리와 함께 다시 시작된 격투.

강물이 출렁이는 가운데 땀이 튀고 피가 튀었다. 뒤이어 격한 비명 소리가 흘러나오는 가운데 결국 곽패가 승리를 거두었다.

"하아… 하아……."

곽패는 가쁜 숨을 토해내며 주변을 둘러봤다.

쓰러질 놈은 쓰러지고, 터질 놈은 터진 가운데 아직도 마흔 명 정도 가 남아 있다.

"후우, 후우… 그래, 이거야! 이게 바로 수룡채의 힘이지!"

곽패는 지독한 피로로 인해 신형을 비틀거리면서도 가슴 가득 밀려 오는 벅찬 감동을 주체할 수 없었다.

'이제 이 정도 전력이면 더 이상 본채가 무너지는 것을 걱정할 필요 가 없다!'

곽패 자신만 해도 벌써 과거 실력의 배 이상이 늘었다. 그런데 수하 들조차 이미 과거의 자신에 버금가는 실력들이다. 그러니 이제부터는 웅풍산장 아니라 그 이상의 문파에서 습격해 온다 하더라도 충분히 자 웅을 겨뤄볼 수 있겠다는 자신감이 들었다.

'과연 강호에 어느 세력이 이만한 전력을 갖고 있을까?'

그 생각을 하자 하늘을 날 것 같은 심정이었다.

그런 생각 때문일까?

곽패는 진짜 하늘을 날았다.

"잘 가시오, 부채주!"

퍼퍼퍼퍽!

첨—벙!

하늘이 노래지는 통증 가운데 하얀 포말이 쏟아져 들어온다.

그럼에도 불구하고 곽패는 기분이 좋았다.

수하들과 함께 손을 섞으며 서로의 거친 숨소리를 들을 수 있는 지금 이 순간, 곽패는 죽어도 여한이 없을 것 같았다.

세도류가 내려다보이는 언덕 위.

따스한 햇살 아래에서 수룡채의 훈련 모습을 구경하고 있는 사람들이 있었다.

그들은 당군혜와 설아, 그리고 설아 품에 안긴 보옥이와 보옥이 뒤에서 꾸벅꾸벅 낮잠을 즐기고 있는 청랑이었다.

그중에서도 보옥이는 수룡채의 훈련 모습에 완전히 넋을 잃고 있었다. 그래서인지 한동안 입을 헤벌리며 구경에 열중하던 보옥이는 어느 순간부터는 설아를 뿌리치고 앞으로 나아가, 잘 돌아가지도 않는 혓바닥으로 뭐라고 종알거리며 혼자서 뒤뚱뒤뚱 손짓 발짓을 했다.

당군혜와 설아는 그 모습을 보고 폭소를 터뜨렸다.

"호호호! 아유, 저 녀석 좀 봐."

"어머머? 따라 하려나 봐요?"

아직 제대로 걷지도 못하는 녀석이 벌써부터 도법을 흉내 내려 하다니, 그게 가당키나 한 일인가?

결국 걸음이 꼬여 우당탕! 엉덩방아를 찧고 마는 보옥이.

그러나 웬일로 보옥이는 울음도 터뜨리지 않고 다시 일어났다. 그리고는 아무 일도 없었다는 듯이 뒤뚱뒤뚱 다시 손짓 발짓을 했다.

"아유, 저 녀석! 누가 사내 아니랄까 봐."

"그러게 말이에요. 저토록 무서운 장면인데도 완전 넋을 잃었나 봐요."

두 사람은 보옥이를 보며 다시 한 번 미소를 지었다. 그러다가 문득 당군혜가 세도류 쪽을 보며 걱정스런 목소리로 중얼거렸다.

"아무리 수련이 좋다지만, 저런 식으로 하다가 생사람을 잡으면 어쩌니? 그리고 밥은 또 언제 먹는다니? 새벽부터 저렇게 배를 곯아가며 훈련하다니, 난 도무지 이해가 안 가는구나. 음식이란 뭐든지 식으면 맛이 없는 법인데……."

당군혜는 혀를 쯧쯧 차며 뒤쪽에 있는 야외 천막을 돌아봤다.

비록 지금은 아니지만, 사천 물길을 장악하러 간 추단 일행이 돌아오게 되면 수룡채뿐만 아니라 파양채들까지 합류하는 대규모 인원이 되기에 아예 주방을 야외에 마련한 것이다.

설아는 당군혜의 걱정에 고개를 끄덕였다.

"그러게요. 다들 너무 혹독하게 훈련하는 것 같아요. 그러나 이제 곧 끝날 것 같아요. 어제도 이맘때쯤 끝이 났거든요."

"그러니? 그럼 어서 가서 준비하자꾸나. 늦으면 또 배를 곯는 사람이 생길 거야."

이미 한 달 동안 계속되어 온 훈련을 지켜본 터라 당군혜는 짧은 점심 시간 탓에 양껏 못 챙겨 먹는 사람이 생길까 봐 급히 설아를 보며 말했다.

"네. 보옥아! 이제 그만 밥 먹으러 가자."

"밥? 까아! 밥, 밥, 밥!"

보옥이는 밥이라는 소리를 듣자마자 괴성을 지르며 청랑에게 달려 갔다. 그리고는 엉덩이를 들썩이며 연신 청랑을 재촉해 댔다.

청랑은 잠시 귀찮다는 표정을 지어 보이다가 보옥이가 귀를 잡아당 기며 마구 재촉하자 마지못한 표정으로 일어났다.

"까아! 밥, 밥, 밥!"

환호성과 함께 벌써 저만치 앞서 가는 보옥이.

두 사람은 다시 한 번 미소를 지었다.

"아유, 저 녀석. 그만큼 넋을 잃고 보더니 밥이라는 말 한마디에 완전 숨이 넘어가는구나. 그리고 보면 누가 제 애비 아들 아니랄까 봐 먹는 거라면 아예 사족을 못 쓰는구나."

그 말에 설아가 눈을 동그랗게 떴다.

"어머, 오라버니도 저러셨어요?"

당군혜는 말도 말라는 듯 손을 휘휘 내저었다.

"그럼! 저보다 더하면 더했지 덜하지는 않았다. 오죽하면 돌아가신 무한이 아빠가 무한이 배를 밟으며 더 이상 과식하면 혼을 내주겠다고 으름장까지 놓았을까? 그러나 그 상황에서도 무한인 얼굴이 벌겋게 달아올라 숨이 막힐 때까지 도리질을 쳤지. 그 고집에 잘못하다간 애 잡겠다 싶어, 결국 제 아빠가 두 손을 들어버렸지. 그리고는 궁여지책으로 무한이의 밥그릇을 빼앗아 버렸는데, 그때 무한이 행동이 그야말로 가관이었단다. 졸지에 밥그릇을 빼앗기게 되어 닭똥 같은 눈물을 뚝뚝 흘리던 녀석이 갑자기 밖으로 엉금엉금 기어가더니, 정말로 닭똥을 주워 먹는 게 아니겠니? 호호호. 지금도 그 생각을 하면 어찌나 웃음이 나오는지. 쿡쿡쿡."

"어머, 그랬어요? 아유, 어쩌면 둘이 그렇게 똑같을까요? 보옥이도 예전에 산왕이란 녀석의 토사물을 찍어 먹고 입맛을 다셨는데."

설아는 곽무한의 어린 시절 이야기를 듣고 폭소를 터뜨리다가 예전에 보옥이가 한 행동들을 이야기하며 당군혜와 둘이서 박장대소를 터뜨렸다.

"호호호! 정말 부전자전이로구나. 도대체 어찌 된 부자가 먹을 것이라면 가릴 것 안 가릴 것 구별을 못한단 말이냐? 둘 다 전생에 무슨 걸신이 들렸는지 원."

둘이서 웃으며 걷다 보니 어느새 천막 앞이다.

"아유, 저 녀석! 저러다가 배 터지는 건 아닌지 모르겠다."

벌써 한쪽 구석에 틀어 앉아 청랑과 아귀다툼을 벌이고 있는 보옥이를 보며 두 사람은 또 한 번 웃음을 터뜨렸다. 그리고는 곧바로 배식 준비에 들어갔다.

"자, 시작하자꾸나."

두 사람은 팔을 둥둥 걸어붙이고 국자를 쥐었다.

곽무한은 한동안 수하들을 둘러보다가 천천히 고개를 끄덕였다.

"흠, 모두들 물이 올랐군. 이제 폭풍삼식(暴風三式)은 몸에 익은 듯하니 다음부터는 내력폭풍식(內力暴風式)으로 들어가도 되겠어."

곽무한은 흡족한 표정을 지으며 다시 한 번 수하들을 둘러봤다.

폭풍삼식이란 폭풍멸절도법의 앞부분만 따로 빼어 수하들이 익히기 쉽게 손본 것이고, 내력폭풍식은 내공을 폭발적으로 쏟아 붓는 노도세와 뇌전폭풍세를 손본 것이다.

사실 폭풍삼식만 해도 웬만한 일류무인의 초입에 도달할 정도인데, 이제 내력폭풍식까지 익히게 된다면 수하들 중에서도 강호를 주름잡는 고수가 나올 확률이 높았다.

"아마 저 녀석들 중에서 나오겠지?"

곽무한은 대견한 눈빛으로 집단 대련을 통과한 수하들을 훑어보았다. 물론 그 와중에 사지를 활짝 벌린 채 강물 위를 둥둥 떠다니고 있는 곽패를 보고 눈알을 부라리기도 했지만.

사실 이번 훈련은 지나친 감이 없지 않았다.

곽무한 나름대로는 앞으로 있을 사천무림맹과의 격돌을 염두에 두고 며칠 전부터 진행해 오던 훈련이었지만, 일반적인 도법 훈련도 네 시진을 버티기가 힘든데 이런 치열한 대련을 치르면서도 체력과 정신력의 한계를 극복하고 훈련을 당당히 통과한 수하들을 보자 가슴이 뿌듯해 왔다.

이제 수하들의 조련이 끝났으니 상황을 보아가며 사천무림맹에 복수할 일만 남았다. 아마 수하들은 벌써부터 손이 근질근질할 것이다.

"추단이 돌아오면 그때부터……."

곽무한은 혼잣말을 중얼거리며 천천히 손을 들어올렸다.

"모두 그만!"

그 말이 떨어지자마자 수하들이 강물 위로 풍덩풍덩 쓰러졌다.

긴장이 풀리자 탈진한 것이다.

곽무한은 그 모습을 보고 피식 미소를 지었다.

'후후후. 그래, 수고들 많았다. 그러나 시작은 이제부턴데 벌써부터 뻗으면 곤란하지.'

곽무한은 야릇한 눈빛으로 수하들을 쳐다보다가 천천히 등을 돌렸다. 그리고 등을 돌린 곽무한에게서 흘러나온 말.

"간단히 점심들 먹고 다시 정렬하도록! 이각 후에 선상 기동 훈련에 들어간다!"

"으아악!"

"아이고, 죽었다!"

수하들의 비명 소리가 귓전을 울렸다. 그러나 곽무한은 휘파람을 불며 천막으로 향했다.

수룡채의 식사 시간은 언제나 전쟁을 방불케 했다.

그럴 수밖에 없었던 것이, 주어진 시간이 고작 이각에 불과했으니 줄 서는 시간을 빼고 나면 점심을 먹자마자 훈련 준비에 들어가야 한다. 따라서 잠깐의 휴식이라도 취하기 위해서는 최대한 빨리 줄을 서야 했고, 배식을 받는 즉시 음식을 입속으로 쏟아 부어야 하는 속도전을 전개해야 하니 이 어찌 전쟁이 아닐 수 있겠는가?

그러나 다들 그런 일을 겪으면서도 불평을 터뜨릴 수 없었던 까닭은 총채주인 곽무한 역시 자신들과 함께 식사를 하기 때문이었다.

그리고 곽무한이 술 좋아하고 놀기 좋아하는 수룡채의 기풍만은 항상 인정해 주고 있었기에, 하루 일과가 끝난 저녁 시간부터는 경계 인원을 제외한 모두에게 특식과 함께 자유 시간이 허락되었고, 술과 안주도 무한정 제공되었다.

그러나 당군혜와 설아가 오기 전까지는 특식과 안주라고 해봐야 거기서 거기였다.

전문 숙수도 아닌 시커먼 털복숭이 사내들이 건성건성 준비한 음식이니, 그나마 양이 푸짐하다는 것을 빼면 맛이고 뭐고 이전 음식들과 별반 다를 게 없었던 것이다.

그러나 당군혜와 설아가 음식을 도맡고 난 뒤부터는 모두의 얼굴에 화색이 돌았다. 음식 맛이 끝내주었기 때문이다.

물론 처음에는 워낙 많은 인원의 식사를 준비하다 보니 경험이 없어 별다른 맛을 느끼지 못했지만, 시간이 갈수록 맛과 영양이 보장된 다채로운 음식들을 맛볼 수 있었던 것이다.

그런 까닭으로 식사 시간만 되면 모두의 얼굴에는 웃음꽃이 피었다.

비록 입 안으로 들이붓다시피 하는 식사일망정 모두의 입맛에 착착 달라붙는 맛이었기 때문이다.

그러나 수룡채들의 웃음 뒤에는 당군혜와 설아의 희생이 있었다.

별도 뜨기 전인 이른 새벽부터 아침 준비에 들어가, 돌아서면 점심 준비에, 또 돌아서면 저녁 준비를 해야 했다.

다행히 설거지는 각자가 하고 있어서 그나마 힘을 덜긴 했지만, 무려 이백 명분의 식사 준비인지라 고생이 말이 아니었다.

거기다가 설아의 경우엔 점심과 저녁 시간 이후의 부상자들 치료를 맡고 있었기에 쉴 시간이 없을 정도였다.

그나마 청랑이 보옥이를 돌봐주고 있어서 오늘처럼 오전 시간엔 겨우 훈련 모습을 지켜볼 수 있는 여유가 있었지만, 그 시간 외에는 잠깐 잠깐 눈 붙일 시간밖에 없었다.

"휴우, 지금부터 또 네가 고생이구나."

당군혜는 부상자들을 치료하기 위해 침구와 약재를 챙기는 설아를 보며 긴 한숨을 내쉬었다.

"아니에요, 어머니. 제가 좋아서 하는 일인걸요."

"아무리 좋아서 하는 일이라지만, 일에는 정도가 있는 법이다. 이대로 가다가는 네가 쓰러지지나 않을까 걱정이다."

"전 괜찮아요, 어머니."

"괜찮긴 뭐가 괜찮아? 매일같이 잠도 제대로 못 자고 도대체 이게 며칠째냐?"

비록 설아는 웃어넘기고 있었지만, 당군혜의 말처럼 정도가 지나친 건 사실이었다.

설아가 없던 시절에도 부상자가 속출하던 수룡채다. 그런데 설아가 합류하고 난 뒤부터는 부상자가 폭증하고 있었다.

그 이유는 물론 설아의 나긋나긋한 손길에 치료를 받고 싶어 하는 수룡채들의 흑심 때문이었다.

다들 곽무한에게 눈도장도 찍을 겸, 설아에게 치료를 받기 위해 훈련 때마다 죽기 살기로 싸웠으니.

물론 곽무한이 바보가 아닌 이상 수하들의 이런 분위기를 눈치채지 못할 리가 없다. 오늘 곽패의 부상도 그런 이유 때문이 아닐까 싶어 미심쩍은 눈길로 노려보던 곽무한이다.

그러나 부상자가 이처럼 늘어나리라고는 미처 예상하지 못해 아직까지 별다른 대책을 세우지 못하고 있는 상황이다.

아무튼 부상자가 날이 갈수록 늘어나니, 설아 역시 고민이 되었다.

'하긴 이대로 가면 모두들 부상 후유증을 걱정해야 할 거야.'

아무리 설아라지만 이 상태대로라면 부상자들에게 제대로 된 치료를 해줄 수가 없었다. 거기다가 웬만한 부상은 부상으로 치지도 않는 수룡채들의 기질 때문에, 침을 맞거나 약을 복용하기만 하면 치료가 다 끝났다 여기고 채 낫지도 않은 몸을 이끌고 또다시 훈련에 뛰어드는 일이 비일비재했기에, 그들의 후유증이 유난히 걱정되는 설아였다.

설아는 오늘내일쯤 해서 곽무한에게 그에 대한 이야기를 나눠보기로 하고 부상자들이 있는 천막으로 향했다.

"와아! 오셨다!"

"저부터 먼저 봐주세요!"

설아를 보자마자 부상자들의 얼굴에 생기가 돌았다.

조금 전까지만 해도 죽는다며 온갖 신음을 흘리던 녀석들이 설아를 보자마자 마구 환호성을 지르며 난리를 치고 있었다. 물론 곽패도 그

중 한 사람이었다.

옆 천막에서 밥을 먹고 있던 녀석들은 그 모습을 훔쳐보며 연신 부러운 눈길로 투덜거리고 있었다.

오후 훈련이 시작되었다.

세도류에는 또다시 쩌렁쩌렁한 함성 소리가 울려 퍼졌다.

이전에 실시된 집단 대련은 물론이고 식사마저 전쟁같이 치른 수룡채였지만, 진짜 전쟁은 선상 기동 훈련이었다.

선상 기동 훈련은 말 그대로 배 위에서 실시되는 훈련이었다.

수룡채의 특성상 거의 대부분의 전투가 배 위에서 벌어지기에 가장 중요한 훈련임과 동시에 가장 치열한 훈련이었다. 그런 이유로 한 치의 방심도 허락되지 않는 살벌한 훈련이기도 했다.

이미 기진맥진한 수하들에게 연이어 이런 명을 내린다는 것은 무척 가혹한 일이었다. 그러나 곽무한은 나름대로의 이유가 있어 여유로운 표정으로 훈련을 명했다.

곽무한이 기를 흔들자 본격적인 훈련이 시작되었다.

둥둥둥둥!

삐이익!

"와아아!"

요란한 북소리와 피리 소리에 이어 고막을 뒤흔드는 함성 소리와 함께 각자 상대편을 향해 달려드는 수하들.

"좌군! 우회해서 들어가!"

"우군! 방어막을 좀 더 튼튼히!"

"사수들, 뭐 하는 거야! 지금이야! 어서 쏴!"

쐐애액!

촤라랑!

카카칵!

훈련은 치열하게 전개됐다.

귀를 웅웅 울리는 호령에 이어 긴 포물선을 그리며 날아가는 화살들. 뒤이어 격한 기합성으로 상대에게 부딪쳐 가는 수하들.

사방에 병장기가 날고 정신없이 휘두르는 병장기 속에 온갖 비명과 신음 소리가 터져 나왔다.

상대에게 맞아 강물 속으로 떨어지는 놈들, 갑판에 주저앉는 놈들, 피를 흘리며 상대를 향해 돌진하는 놈들 등 다양한 모습과 움직임 속에 모두들 시간을 잊고 자신을 잊고 전투에 몰입해 갔다.

바로 그때,

뿌우우!

멀리서 뿔 나팔 소리가 들려왔다.

그 순간 모두들 동작을 멈추고 일제히 수채 입구 쪽을 쳐다봤다.

"와아아!"

둥둥둥둥!

멀리서 함성 소리와 함께 승리의 북소리가 들려왔다.

추단이었다.

사천을 정벌하러 갔던 추단 일행이 돌아온 것이다.

"와아아!"

"왔어! 드디어 왔어!"

"이제 사천은 물길은 우리 손에 있어. 와하하하!"

수룡채들은 추단 일행을 반기며 일제히 환호성을 질렀다.

멀리서 수초 밭을 헤치며 다가오는 추단의 선단에는 하늘로 훨훨 날아오르는 수룡채의 깃발이 휘날리고 있었다.

곽무한은 개선하는 추단 일행을 보며 환한 미소를 지었다.

추단 일행도 본채의 동료들을 보며 환한 미소를 지었다.

변함없는 본채의 일상.

그랬다.

자신들이 생사의 격전을 벌이고 있을 때도 본채는 놀고 있지 않았다. 그들 역시 내일의 전투를 위해 치열한 훈련을 하고 있었다.

그 모습이 추단 일행의 가슴에 뿌듯한 감동을 선사했다.

그렇게 수룡채들은 서로를 보며 웃었다.

그날 밤.

세도류 앞 자갈밭에는 활활 타오르는 모닥불이 피었다.

모닥불 곁에는 웃통을 벗어젖힌 사내들이 둘러앉아 마구 술잔을 치켜들며 떠들어대고 있었다.

모닥불 중앙에는 누가 꽂았는지 창공을 훨훨 날아오르는 황어 깃발이 꽂혀 있었다.

몇몇 술 취한 놈들은 그 깃발을 보며 눈물을 흘렸다.

오늘의 기쁨을 함께 누리지 못하고 비명에 간 동료들을 떠올린 때문이었다.

곽무한은 그런 수하들을 보며 함께 눈물을 흘렸다.

오늘만큼은 마음껏 울어도 좋으리라.

오늘만큼은 마음껏 취해도 좋으리라.

내일부터는 수룡채의 앞날에 활짝 웃는 날들만 계속될 것이기에.

수룡채들은 그렇게 울고 웃으며, 그동안 억눌러 왔던 비분을 마음껏 토해내며 승리의 기쁨을 만끽했다.

그날 설아도 술을 마셨다.

난생처음으로 마셔보는 술이었다.

만취한 곽무한이 어깨를 보듬으며 술잔을 건네 와 도저히 거절할 수 없었기 때문이다.

그날 설아는 취해 버리고 말았다.

술에 취한 게 아니라 곽무한의 눈물에 취했다.

그날 자기 옆에서 울고 있는 곽무한의 눈물은 이전처럼 슬픈 눈물이 아니었다. 온갖 감회가 어우러진 기쁨의 눈물이었다.

그 눈물에 취해 설아는 정신을 잃어버렸다.

정신을 잃기 직전 설아는 어렴풋이 곽무한의 입술을 느꼈다.

비몽사몽간이어서 정확하진 않았지만, 곽무한의 거친 입술이 자기 입술에 와 닿는 것을 느꼈다.

그 느낌, 그 입술.

과연 꿈이었을까?

숙취로 깨어난 설아는 그 생각을 하느라 새벽 내내 잠을 이루지 못했다.

그날은 별빛이 무척 찬란하던 밤이었다.

『장강수로채』 10권에 계속…

FUSION
ORIENTAL
HEROES

청 어 람 퓨 전 무 협 소 설

장르 무협의 새로운 가능성!
장르문학대상 은상에 빛나는 인기 수작!

귀안(鬼眼) / 현우 지음

파멸적 운명을 불꽃처럼 태우며
새롭게 태어난 자가 있다!

『귀안』
(鬼眼)

내 삶은 시작부터가 그리 호의적이지 않았다.
나는 그저 욕심 부리지 않고 평범하게 살고 싶었을 뿐이다.
하지만 이젠 그럴 수 없게 됐다.

**역사? 인류의 안녕? 개나 줘라!
나는 그런 것 모른다.**

하지만 이것 하나만은 확실히 안다.
내! 현진의 눈물이 마르는 날!
그날이 네놈들이 밥숟갈 놓는 날일 것이다!

**서로 다른 자(紫), 녹(綠)의 눈동자가 빛날 때,
세상에는 혼란이 닥쳐든다!**

유행이 아닌 자유추구 -
WWW. chungeoram.com

FANTASTIC ORIENTAL HEROES

청 어 람 신 무 협 판 타 지 소 설

최고의 신무협 작가 『설봉』의 최신작!

사자후(獅子吼) / 설봉 지음

다시 한 번 당신을 잠 못 들게 만들

불후의 대작!

사자후

獅 子 吼

깊게 깊게 빠져드는 몰입의 세계!
온몸을 전율케 하는 짜릿한 강렬함을 느낀다!

그에게서는 묘한 악취가 풍겼다. 그가 창을 겨눴을 때……

화염이 이글거리는 눈동자를 보았을 때……

비로소 악취의 정체를 짐작해 냈다.

피와 땀이 켜켜이 쌓여 자연스럽게 뿜어져 나오는 살인마의 냄새.

그는 허명(虛名)을 좇아 비무를 즐기는 낭인(浪人)이 아니라 야성(野性)이 살아서 꿈틀거리는 진짜 살인마였다.

투지가 끓어올라 활화산처럼 꿈틀거렸다.

그의 눈길을 정면으로 맞받으며 묘공보(妙空步)를 밟기 시작했다.

우리의 첫 만남은 그렇게 시작되었다.

- 환봉개(幻棒丐)의 회고록(回顧錄) 中에서 -

 유행이 아닌 자유추구 -
www.chungeoram.com

FANTASTIC
ORIENTAL
HEROES

청 어 람 신 무 협 판 타 지 소 설

제1회 신춘무협 공모전에 『보표무적』으로
금상을 수상한 작가 장영훈의 신작!!

한 겹 한 겹 파헤쳐지는
음모의 속살을 엿본다!

『일도양단』
(一刀兩斷)

일도양단(一刀兩斷) / 장영훈 지음

그의 이름은 기풍한.

**천룡맹(天龍盟) 강호 일급 음모(一級陰謀) 진압조(鎭壓組)
질풍육조(疾風六組)의 조장이다.**

임무를 위해 출맹한 지 사 년이 지난 어느 겨울날 새벽,
돌아온 그에게 천룡맹 섬서 지단 부단주가 말했다.

"질풍조는 이미 해체되었네."

그리고…
그의 존재를 알던 모든 이들이 죽었다.

유행이 아닌 자유추구 -
WWW. chungeoram.com